Charlotte Roche
Mädchen für alles

CHARLOTTE ROCHE

# Mädchen für alles

Roman

PIPER
München Berlin Zürich

*Mehr über unsere Autoren und Bücher:*
*www.piper.de*

Personen und Handlung dieses Romans sind frei erfunden. Jede Ähnlichkeit mit lebenden oder toten Personen sowie realen Geschehnissen ist rein zufällig und nicht beabsichtigt.

Von Charlotte Roche liegen im Piper Verlag vor:
Schoßgebete
Mädchen für alles

ISBN 978-3-492-05499-7

Gesetzt aus der Quadraat
Satz: Satz für Satz. Barbara Reischmann, Wangen im Allgäu
Druck und Bindung: CPI books GmbH, Leck
Printed in Germany

*für Martin*

Mein ganzes Wissen über Menschen und Gewalt und wie man Menschen Gewalt richtig antut, ziehe ich aus Serien. Ich schaue oft fünf oder sechs Serien gleichzeitig. Man muss ständig präsent haben, wie welche aufgehört hat und was alles bis dahin passiert ist. Am liebsten sind mir die Serien, die ich nicht mit meinem Mann gucken muss. Da kann ich dann frei wählen, wann ich weitergucke, manchmal sechs, sieben Folgen an einem Abend. Was habe ich eigentlich vorher immer gemacht? Bevor es amerikanische Serien legal in Deutschland zu gucken gab? Keine Ahnung. Ganz schön langweiliges Leben vorher. Die Menschen in den Serien sind meine Wahlverwandten. Ich habe sie viel lieber als meine wirkliche Verwandtschaft. Meine Wahlverwandten bekommen von mir so viel Zeit und Aufmerksamkeit, da bleibt für echte Menschen nicht mehr viel übrig.

# 1. KAPITEL

Jetzt gehen die wieder an meinen Kühlschrank! Die sind wie eine Meute hungriger Wölfe. Oder sagt man Rudel? Egal. Alle haben sich in unserem Haus verteilt. Manche sitzen sogar auf unserem Bett und quatschen schön ein bisschen. Hoffentlich bleibt's dabei. Ey, wehe! In der Küche findet so was wie eine Stehparty im Sitzen statt. Auf der Arbeitsfläche. Ein Rock sitzt fast im Käse.

Ich schaue mich um und sehe nur hässliche junge Menschen und die buckelige Verwandtschaft meines Mannes. Ist das schon ein Grund für eine Scheidung? Dass mein Mann seinem kleinen Bruder erlaubt hat, in unserem Haus seine Hochzeit zu feiern? Sein Bruder ist wirklich *viel* jünger als er, irgend so eine Art Unfall, oder wie nennt man das? Nachzügler? Nesthäkchen? Weil er im Vergleich zu meinem Mann so jung ist, ist es eher keine Bruderbeziehung, sondern eine Vater-Kind-Beziehung. Jörg stimmt oft irgendwelchen absurden Dingen zu, die der kleine Bruder, Arne, anfragt. Diesmal ist es, wie so oft, falsch rum gelaufen. Mein Mann hat mich gefragt, ob sein kleiner Bruder in unserem Haus seine Hochzeit feiern darf, ich habe Nein gesagt, da musste mein Mann mir gestehen, dass er aber leider die Üblichkeiten nicht eingehalten hat, seinem Bruder das schon erlaubt hatte, bevor er mich gefragt hat, und jetzt wegen mir und meiner Absage in der Zwickmühle sitzt.

So wie ich die Situation beurteile, sitzt er nicht in der Zwickmühle wegen meiner Absage, sondern wegen seinem voreiligen Erlauben. Aber egal. Es ist jetzt, wie es ist. Arne feiert seine meiner Meinung nach viel zu frühe Hochzeit jetzt gegen meinen Willen in unserem Haus. Hat das schon mal jemand gehört? Wie wär's, er arbeitet erst hart, hat dann ein Haus und heiratet dann da drin? Oder wie wär's mit Hotel oder Kneipe?

Wenn ich jetzt hier rumlaufe und eine Flappe ziehe, wie ich gerne würde, denken alle, ich bin eine frustrierte Hausfrau, also lächel ich, ich versuche, das Lächeln so natürlich wie möglich aussehen zu lassen.

Achtung, gleich kann ich es kontrollieren, an der Treppe im Flur unten hängt ein kleiner Spiegel, mit Möwen dran aus Blech, was auch immer das soll. Als wir das Haus eingerichtet haben, war ich voll mit Hormonen, Nestbautrieb, haben alle zu mir gesagt, ja ja, da war ich wohl etwas kitschig unterwegs, hat schlagartig aufgehört nach der Geburt meiner Tochter, das Kitschigsein.

Ich verlangsame meine Schritte, versuche das natürlichste Lächeln überhaupt, schaue nur den Bruchteil einer Sekunde in den Spiegel und finde das Lächeln gar nicht natürlich. Scheiße, klappt nicht, das Überspielen meiner wahren Gefühle. Mein Gesichtsausdruck sieht eher verzweifelt aus als locker, glücklich, frei.

Ich muss was tun, ich will nicht, dass diese ganzen fremden Arschlöcherfreunde von meinem Pupsischwager meine Gefühle sehen können. Ich gehe in die Küche und hole die Melonen aus dem Kühlschrank. Das war auch die Idee von meinem kleinen schwer verliebten Schwager Arne. Hat er wohl von Jamie Oliver. Den spricht er zu allem Überfluss auch noch immer französisch aus. Er hat schon vor ein paar Tagen mit einer großen Spritze und einer dicken Kanüle von der Apotheke mehrere Melonen mit Wodka präpariert. Man zieht die Spritze mit Wodka auf und spritzt mehrere Ladungen Wodka rein. Man muss sie regelmäßig umdrehen, weil sich sonst der ganze Wodka in die untere Kurve legt, durch die Erdanziehung. Offensichtlich ist in einer Wassermelone noch viel Platz für viel Wodka, weil er da so einiges reingeballert hat, er kam vor seiner Hochzeit die Tage mehrmals vorbei und hat immer noch ein Plätzchen darin gefunden. Der hat mit Sicherheit zwanzig, dreißig Shots Wodka reingepackt. Wenn die Gäste diese Melonen essen, geht's hier ab.

Ich nehme mir ein Wasserglas, zwei Eiswürfel und mache das ganze Wasserglas voll mit purem Wodka. Alle sind in wichtige Gespräche vertieft, ich trinke einen großen Schluck und stelle das Glas oben auf den Küchenschrank.

Ich kann das Zeug kaum runterschlucken, finde, es schmeckt sehr chemisch, pur, aber ich zwinge mich, für die Wirkung. Muss hier körperlich anwesend sein, aber keiner kann mich zwingen, geistig anwesend zu sein. Ha!

Ich nehme mir in meiner eigenen Küche ein großes Hackbrett und unser Fleischhackebeil, hole eine Melone aus meinem Kühlschrank und schlage mit einer gezielten Bewegung und viel Schmackes drauf und treffe leider nicht wie geplant die Mitte der Melone. Bei dem Krach auf dem Hackbrett hören alle auf zu reden und gucken mich an. Ich schneide die schlecht geteilte Melone in Verzehrhappen und frage cool in die Runde: »Wodka-Melone gefällig?« Das Wort gefällig sagt man nur, wenn man sich sehr unwohl fühlt. Okay, Chrissi, ab geht's mit der Kellnerinnenperformance.

Ich hole einen schönen großen, mexikanisch aussehenden Teller und stapel mit meinen ungewaschenen Händen die Melonenspalten auf den Teller, ich laufe rum, lächel alle an und biete die Spalten jedem einzelnen Gast an. Ich komme auch an meinem Mann vorbei, er guckt mich etwas ängstlich an. Zu Recht! Nimmt aber auch ein Stück Melone. Den meisten Leuten sage ich: »Vorsicht, da ist viel Wodka drin«, außer bei den beiden Hochschwangeren, die im Türrahmen stehen und alles verstopfen, ich halte es ihnen kommentarlos hin, sie nehmen jede ein Stück, ich lächel sie breit an und gehe mit meinem Tablett auf einer Handfläche balanciert weiter, aber ich lasse meine Ohren da. Sie reden an der Stelle weiter, an der ich sie unterbrochen habe. Und die eine sagt zur anderen: »Wir nehmen dann eine Babysitterin für die Zeit.«

Die nehmen eine Babysitterin. Das ist ja gut! Warum bin ich da noch nicht draufgekommen. Irgendwie denke ich immer, alles Gute ist nicht für mich, Arbeitserleichterung ist nicht für mich. Damit ist jetzt Schluss. Das ist es. Eine Babysitterin. Sehr gut!

Ich hatte mal einen Beruf, um den mich viele beneidet haben, aber ich habe den Druck nicht ausgehalten, und dann habe ich mir ausgedacht, dass es für mich besser sei, ein Kind zu bekommen, dann könnte ich aufhören zu arbeiten. Aber, ganz ehrlich, ein Kind haben ist viel anstrengender und mit viel mehr Druck verbunden als die Arbeit, die ich vorher hatte. Voll verplant! Das ganze Leben eigentlich.

Okay, sage ich zu mir selber, Chrissi, du bist sauer, dass hier in deinem Haus gegen deinen Willen gefeiert wird von Leuten, die du nicht leiden kannst. Aber du musst auch ehrlich sein, deine Periode steht an. Der Bauch ist aufgebläht, du fühlst dich zehn Kilo schwerer, gib's zu, der Hauptgrund für deine Aggressivität ist nicht Jörgs Bruder, sondern deine Gebärmutter.

Melone ist alle. Für mich ist das eine gute Ablenkung. Ich gehe zum Kühlschrank und hole die nächste raus. Ich schaue mich wieder um, keiner achtet auf mich, ich stell mich auf meine Zehenspitzen und nehme mein Wasserglas vom Küchenschrank runter. Trinke einen großen Schluck und krieg's wieder kaum runter. Ekelhaft schmeckt das, aber gute Wirkung, also Chrissi, piss dich nicht so an, runter damit!

Die meiste Zeit der Hochzeitsparty verbringe ich damit, den Gästen mit Alkohol vergiftete Melonenspalten zu servieren. Ich muss mich richtig konzentrieren, vernünftig zu sprechen und zu gehen. Das gönn ich hier keinem, zu merken, dass ich einen im Tee habe.

Ich stehe jetzt im Wohnzimmer und beobachte die Braut, die hat nun wirklich sehr danebengegriffen. Satinkorsagenkleid, bisschen wie Goths es machen würden, aber eben ohne ein Goth zu sein. Chucks dazu und Brille. Aber was für eine, die sind, glaube ich, gerade modern, eher klein und rechteckig mit knallkirschrotem Plastikrahmen. Also, schön ist das nicht. Kann die nicht wenigstens zu ihrer Hochzeit für die Fotos Kontaktlinsen anziehen? Ich glaub, das frag ich die gleich mal. Nein, das machst du nicht, Chrissi, du spinnst ja wohl, du weißt genau, ungefragt negative Dinge zum Äußeren zu sagen ist nicht gut, kommt nicht gut an, und wer ist dann die Hysterische? Du! Das ist die Periode in dir, die das machen will. Am Ende musst du dich wieder bei allen entschuldigen, bitte mach das nicht. Tu dir das selber nicht an. Oft genug schon passiert, so was, leider. Ich stehe mir selber viel im Weg rum.

Ich spüre meine Beine Richtung Terrassentür gehen, ich halte der Braut die Melone hin und frage: »Bisschen Melone für die glückliche kleine Brillenschlange?« Chrissi, du bist so eine Asikuh! Sie lächelt mich freundlich an, nimmt die Melone, riecht daran, sie weiß ja von ihrem Mann, dass er was vorhatte mit Melonen. Sie lächelt und beißt genüsslich hinein. Schlimm, diese jungen verliebten glücklichen Menschen, da könnt ich ausflippen! Sie merken nicht mal, wenn sie beleidigt werden. Haltet mich zurück, sonst wird meine Gebärmutter hier noch ausfallend. Ihh, das klingt ekelhaft, sogar im Kopf.

Ich habe auch ganz fatale Gedanken über meinen Mann, ich finde ihn schwach seiner Familie gegenüber. Wenn man eine Frau hat, muss man ihr gegenüber loyal sein und nicht mehr der übergriffigen Familie von früher. Wie heißt die Kackfamilie, aus der man kommt? Kernfamilie? Warum ist das bei uns nicht so wie bei den Tieren? Die meisten gehen doch einfach weg von den Eltern, wenn sie geschlechtsreif sind, also bei uns wäre das so mit vierzehn. Das fänd ich gut. Und dann, wie im Tierreich, sieht man auch seine Eltern nie wieder. Danke fürs Großziehen und tschüss, dann hat man die nicht an der Backe, bis die was?, achtundneunzig werden. Oh Gott. Dann müsste ich jetzt auch nicht klarkommen mit Jörgs Familie. Dann hätten wir nur unsere. Wär das schön, nur die eigene, selbst ausgesuchte!

Diese Hochzeit in unserem Haus gegen meinen Willen ist nur eine von vielen Entscheidungen, bei denen ich mir gewünscht hätte, dass mein Mann auf meiner Seite steht, er aber Verständnis dafür will, dass er seiner Familie immer alles zusagen muss. »Ach bitte, Schatz«, hat er gesagt, »kooomm, mein kleiner Bruder, was soll ich ihm denn sagen, warum er nicht in unserem Haus feiern kann«, und so weiter, wenn ich mich durchsetze, bin ich sonst wieder der Buhmann.

Nee, nee, das mach ich nicht mit. Ich geh jetzt ins Bett. Merkt doch eh keiner, ist ja nicht meine Hochzeit hier, ich kann machen, was ich will, im Gegensatz zum unter Beobachtung stehenden Brautpaar. Ich gehe ganz langsam und unauffällig unsere gelb-weiße Treppe hoch, halb abgeschliffen damals beim Einzug, niemals richtig fertig gemacht, wie so vieles hier drin. Irgendwann sieht man das nicht mehr, hab ich gedacht, ich seh es aber trotzdem noch. Hmmm.

Wie im Tierreich, damit die anderen Tiere mich nicht so wahrnehmen, schleiche ich mich in meinem eigenen Haus, Blick zum Boden, in mein Schlafzimmer, unser Schlafzimmer. Ich schließe die lichtdichten Rollos direkt am Fenster, darüber, weil die lichtdichten hässlich sind, die schönen Samtvorhänge. Dunkelblau, wie die Nacht. Schön. Dunkel ist fast so entspannend wie tot. Herrlich! Rein für die Optik, bisschen bescheuert, merk ich grad, wenn's eh dunkel ist, na ja, die Fehler, die man so beim Einrichten macht.

Ich leg mich auf Jörgs Seite des Bettes, mache meinen Rücken ganz gerade und schwer auf dem Laken, wickel die Bettdecke um meine Füße, wickel den oberen Teil um meine Oberarme und stopf sie ein bisschen unter meinen Schulterblättern fest. Der Bezug der Decke und das Laken fühlen sich beim Reinschlüpfen noch kühl und hart an, aber die Körperwärme macht sie gleich weich und fließend. Ich denke so Sachen wie: Ich bin ganz klein, kann eh nichts ändern, loslassen, loslassen, Chrissi, denke an das Universum, wie klein du bist, es war schon immer da, du bist im Vergleich zum Universum bald tot. Das Universum ist eigentlich ganz schön gruselig in seiner Riesigkeit und Nichtverstehbarkeit und Unendlichkeit, es hat einfach zu viele -keits, um dahintersteigen zu können. Aber es gibt mir das Gefühl von Kleinheit. Und dann kann ich endlich schlafen. Zack, schon bin ich in diesem Zustand zwischen wach und schlafend. Wenn mich jetzt jemand stören würde, wäre ich wieder hellwach, wenn mich keiner stört, bin ich gleich weg. Keiner stört mich, also bin ich weg, ab ins Schlafland. So schön.

Ich werde von einem Gewackele an meinem Fuß geweckt. Ich bleibe erst mal still liegen, weil ich überhaupt nicht weiß, was los ist. Könnte ja ein Tier sein, eine Schlange, ein Hund, oh Gott, die Vorstellung, die beißen mir in den Fuß! Still bleiben, nicht zucken. Dann spricht es plötzlich im Zimmer. Das sind Leute, ich dreh durch, in meinem Schlafzimmer, da fällt mir wieder diese unsägliche Hochzeit meines Schwagers ein. Diese beiden Leute da am Fußende sind schwer verliebt oder auf jeden Fall schwer geile Partygäste. Wahrscheinlich hab ich die abgefüllt mit der Melone. Oh nee. Boah, wie lang hab ich geschlafen?

Ich bleib einfach ganz still liegen, die haben mich bis jetzt noch nicht bemerkt, vielleicht werde ich ja Zeuge sexueller Handlungen, das wär ja was! Mir kommt die Stimme von dem Mann bekannt vor, der redet ein bisschen Hamburger Slang. Denen hab ich wirklich Wodka-Melone angedreht, also, ganz ehrlich: Bin ich auch alles selber schuld, was hier gleich passiert. Sie scheinen ziemlich stramm zu sein, wälzen sich am Fußende ständig hin und her, sie kichert, er hamburgert was in ihr Ohr, das ich leider nicht verstehen kann. Die merken meine Beine nicht, die merken gar nichts mehr. Ich atme ganz ruhig, vielleicht machen die ja noch mehr.

Scheint eine gute Hochzeit zu sein für meinen kleinen bekloppten Schwager, wenn die Leute sich schon so weggeballert haben, auch wenn ich denen die Melone jetzt angeboten habe. Ich weiß aus Erzählungen, dass es immer gut ist, wenn man nach einer Hochzeit von Entgleisungen der Hochzeitsgäste berichten kann und alle damit zum Lachen bringt. Weil, wer will schon erzählen: Es war eine wunderschöne Hochzeit, das Brautpaar passt gut zusammen, das Essen war toll, und ALLE HABEN SICH GUT BENOMMEN UND GUT VERTRAGEN. Keiner will das erzählen! Jeder will erzählen: Weißt du noch, als Dingsi und Bumsi auf der Gastgeberin hackestramm gebumst haben oder Fredo irgendwo hingekotzt hat und Heinz und Hässlich-wie-die-Nacht sich voll geprügelt haben im Garten? Da freu ich mich doch, dazu beitragen zu dürfen, dass diese Geschichten über die Hochzeit meines Schwagers erzählt werden können.

Wann springe ich auf, damit die beiden einen Herzinfarkt bekommen? Ich warte noch, fühle mich wie Andreas Kieling beim vorsichtigen Filmen irgendwelcher Tierpaarungen.

Ach Mann, Chrissi, flirting with desaster, du könntest die auch jetzt einfach erschrecken und rausschmeißen. Machst du aber nicht. Neeeee. Wenn jemand, wie die beiden Saufis hier, so ins offene Messer rennt, dann muss man auch ein bisschen zustoßen, dass es richtig reingeht. Das habe ich mal gelesen in einem Jack-Reacher-Krimi, wie schwer es eigentlich ist, selbst mit einem scharfen Messer richtig reinzukommen in den Rumpf. Sagen wir mal, das Messer ist gekrümmt oder nur an einer Seite scharf, kriegt man es wirklich nur schwer rein, das heißt, wenn man es eilig hat und die Person sich wehren könnte oder weglaufen, muss man direkt beim ersten Mal richtig doll, so feste, wie man kann, zustoßen, vielleicht auch mit beiden Händen zusammen und richtig mit Armkraft.

Ich lege meinen Kopf langsam seitlich, um auf meine Digitaluhranzeige zu schauen. Es ist 15:51 Uhr. So was liebe ich ja. Oh Mann, da krieg ich direkt bessere Laune, nachdem diese Hooligans mich hier wie ein dreckiges Bettlaken behandeln. Aber meine Chance wird kommen. Ich spüre Haut an meinem Fuß. Iiiihhh. Da ist wohl was verrutscht bei den Notgeilen. Ganz vorsichtig bewege ich meinen Fuß in die Richtung, aus der die Haut kam. Ich fühle was Weiches, sehr Schwabbliges, oh Gott, manche Frauen haben aber auch Pech mit ihren Genen, das ist der Arsch oder Oberschenkel von der Frau, da wäre es doch gelacht, wenn ich nicht mit dem Dicken Onkel da irgendwo reinkäme. Die rollen hin und her und hecheln und stöhnen immer wilder, und ich bohre mit meinem dicken Zeh zwischen den Fettröllchen und Stofffalten durch, jetzt stecke ich irgendwo drin, aber ich bin mir nicht sicher, kann alles Mögliche sein. Ich ärgere mich sehr, dass ich meinen dicken Zeh nicht früher mehr auf Feinmotorik trainiert hab. Dann könnte ich jetzt besser fühlen, wo ich bin. Eine Ménage-à-trois, ich kann's noch nicht mal im Kopf aussprechen, ohne dass die anderen beiden wissen, dass wir drei sind.

Ich gehe über zum ursprünglichen Plan A und erschrecke sie und treibe sie auseinander wie zwei sich paarende läufige Hunde. Das sagt man, glaub ich, nicht, weil läufig ja nur Hündinnen sein können, whatever. Ich gehe mit meinem Oberkörper nach oben, wie ein Vampir, der sich in seinem Sarg aufsetzt, nur ohne das Quietschen. Die beiden erschrecken sich total, sie fällt links fast aus'm Bett, und er springt rechts weg. Beide sind ganz blass, und keiner sagt was. Ganz still und erstarrt alles. Ich versuche, sie ganz neutral anzugucken, schlage die Bettdecke zur Seite und stehe auf. Und gehe einfach aus dem Zimmer, weil sie es nicht tun. Ich lasse die Tür weit offen stehen und gleite wie ein Gespenst die Treppe runter. Ich höre noch von ihr den leise gesprochenen Satz: »Was sollte das denn jetzt?« Tja. Weiß ich auch nicht genau. Aber jetzt mal ganz ehrlich: Wer hat sich denn hier auf wen gelegt? Die haben ja wohl angefangen!

Ich gucke mich um, immer noch ist das ganze Haus voll mit fremden Leuten. Ich habe nicht lang genug geschlafen, um den Alkohol im Körper abzubauen.

Ich gehe in die Küche, schaue mich noch einmal um, recke mich zu meinem Wasserglas hoch, alle sind in lustige Gespräche vertieft, ich sehe meinen Mann nicht, die Braut mit Brille stößt grad mit jemandem an, und ich stoße mit mir selber an. Ich führe langsam und genüsslich das Glas an die Lippen, ich nehme einen großen Schluck und direkt noch einen, dabei kommt mir fast die Kotze hoch, aber runter damit. Draußen auf der kleinen Terrasse, die von der Küche abgeht, schreit eine Frau kurz auf. Ich gehe automatisch hin, obwohl ich eigentlich denke, alles Schlechte, das euch passiert, ist gut. Sie hat sich wohl erschreckt über etwas, das von oben kam, jetzt liegt es da auf der Terrasse vor ihr. Es ist der Eichhörnchenkobel von dem Eichhörnchenpärchen, das den auf dem Fensterbrett des Kinderzimmers für seine Jungen gebaut hat. Er sieht einfach aus wie ein fein gebautes Vogelnest, nur dreimal so groß. Keiner fasst ihn an, alle sagen: »Iiihh, bah, was ist das, wo kam das her, aus dem Himmel? Vom Dach?« Ich halt es nicht aus. Ich nehm das kleine Kunstwerk in beide Hände und trage es schnell die Treppe hoch. Oh Mann, jetzt stört der Wodka sehr im Blut. Puh. In der ersten Etage bleibe ich stehen, ich kann in unser Schlafzimmer sehen, die beiden Notgeilen sind weg, gut so, und ich spähe in das dunkle Innere des Kobels. Haben die schon Junge da drin? Ich halte mein Ohr ganz nah an das Loch und warte. Was weiß ich denn, ob die Babys von denen fiepsen. Oder irgendwelche andere Geräusche machen. Da bewegt sich was Kleines an meinem Ohr. Ich gehe ganz langsam in die Knie, damit es nicht tief fällt, wenn es rauskullert. Ganz vorsichtig nehme ich das Gebilde vom Ohr weg und gucke es noch mal an, da hängt so ein kleiner nackter Fredo am Eingang vom Kobel. Halb behaart, halb nackt, die Augen, so weit ich das sehen kann, noch geschlossen und so dick und blau geschwollen, wie man es von Vogelbabys kennt. Ganz minikleine Öhrchen, an den Kopf angelegt, und aus den fast menschenähnlichen Händchen wachsen schon ganz ordentliche Krallen raus. Also, eins lebt schon mal. Ich halte den Kobel schräg, sodass das kleine Ding vom Ausgang wegpurzelt. Dann gehe ich noch eine Etage höher zum Zimmer meiner Tochter. Die sitzt in ihrem Bett, hellwach. Ich betrete das Zimmer und sehe meinen Mann, er steht neben DEM GEKIPPTEN FENSTER an der Wickelkommode und bereitet die Wicklung vor. Das Kind guckt mich komisch an, wegen dem Teil, das ich so vorsichtig an ihrem Bettchen vorbeitrage. Mein Mann bemerkt mich: »Hallo? Was hast du denn da?«

»Das ist das Nest von dem Eichhörnchenpaar, das du gerade durchs Kippen des Fensters zwei Stockwerke tief hast fallen lassen mit wer weiß wie vielen Babys drin«, sage ich. Ich lege es auf der Wickelablage ab, mache alles sehr schmutzig, öffne das Fenster, vor dem wir außen eine Sicherheitsstange angebracht haben, damit man nicht ganz so leicht rausfällt. Das hatte sich das Eichhörnchen zunutze gemacht und vor der Stange, also zwischen Stange und Fensterscheibe, sein Häuschen gebaut. Der Kobel sah mir schon die ganze Zeit so eng an die Scheibe gebaut aus, wenn man das Fester aufkippt, löst es sich und kommt ins Rutschen. Ich bin mir ganz sicher, dass ich mindestens dreimal meinem Mann gesagt habe, dass er das Fenster nicht mehr öffnen darf, wegen den Eichhörnchen. Jetzt hat er's vergessen und die Eichhörnchenbabys auf dem Gewissen. Ich bin sehr sauer.

Nachdem ich das Teil gut wieder zwischen Stange und Fenster gequetscht habe, verlasse ich das Zimmer. Schweigend. Er guckt mir bestimmt resigniert hinterher. Plötzlich fällt mir was ein, was ich in der Schule gelernt habe, aber ich weiß nicht, ob es auch auf Eichhörnchen zutrifft, auf jeden Fall trifft es auf Rehkitze zu. Dass, wenn der Mensch die anfasst, die nicht mehr angenommen werden von der Mutter. Oh nein, ich hätte Handschuhe anhaben sollen, als ich das Teil hochgetragen hab. Wahrscheinlich hat Jörg die eine Hälfte der Babys getötet, und ich hab jetzt durch meinen Körpergeruch dafür gesorgt, dass die andere Hälfte nicht mehr versorgt wird.

Scheiße. Schnell zum Wasserglas zurück.

Im Flur steht auch eine Uhr mit Digitalanzeige. 16:16 Uhr. Ich lächel in mich rein. Wie ich das liebe, dieses universelle Glück, genau dann draufgeguckt zu haben. Ich fühle mich auserwählt. Nur für was? Auf jeden Fall bin ich die Einzige hier, die weiß, wo der Wodka steht, und die Einzige, die einen Wodka-pur-Cocktail auf sich warten hat.

Ich schwebe in die Küche und recke mich wieder und nehme noch einen großen Schluck.

Wie eine Vergewaltigung ist das doch hier. Das eigene Haus ist ja ein bisschen wie der eigene Körper, und ich fühle mich hausmäßig vergewaltigt! Nicht von den beschissenen Gästen hier, sondern von meinem Mann, der sich nicht gegen seinen bescheuerten Bruder durchsetzen kann und lieber seine Frau vergewaltigt, als dem abzusagen. ACHTUNG. Jörg kommt grad mit Mila die Treppe runter und alle im Flur sagen »oh, wie süß« und alles. Sie meinen wahrscheinlich meine Tochter. Sie sieht sehr süß aus für andere. Da hat sie wohl Glück gehabt. Sie ist ganz schlank, im Gegensatz zu ihrer Mutter, sie hat unglaublich süße engelsgelockte weißblonde Haare und süße kleine, stechend blaue Augen, die hat sie von mir. Alle finden sie so süß, aber ich kenne sie auch anders. Wenn ich sie blond und blauäugig anschaue, sehe ich manchmal Gollum aus ihr rausgucken. Nur ganz kurz, aber es ist da. Sie kneift manchmal die Lippen so missmutig zusammen und reißt ein klein wenig die Augen auf, dann sehe ich es in ihr. Tut mir leid, kleine Mila, dass ich in dir das Gollum sehe. Ihdl.

An der Tür wird sich von einigen jetzt brav verabschiedet. Weil ich mich so freue, dass die Spacken gehen, laufe ich so übersprungshandlungsmäßig in den Flur und bin plötzlich mitten in dieser Verabschiedungsorgie. Alle fallen mir um den Hals, bedanken sich für die Gastfreundlichkeit, nee, ist klar, und gehen endlich durch die Tür nach draußen und bleiben draußen. Jaha, fickt euch, tschüühüüsss.

Ach, ist das schön, meine Laune bessert sich merklich. Schön. Dann setzt so eine Art Dominoeffekt ein, weil ein paar Leute gehen, trauen sich auch andere, diese Feiglinge! Ich sage artig Tschüss, und: schön, dich kennengelernt zu haben, obwohl ich sie gar nicht kennengelernt habe. Ich schwöre, bestimmt die Hälfte der Leute ist schon weg. Yeah. Wie lange es wohl dauert, bis ich mich wieder zu Hause fühle in meinem eigenen Zuhause?

Jörg steht weiter hinten im Flur, kurz vor der Küche, mit Mila auf der Hüfte, ich glaub, ich verschlaf die restlichen Abgänge der Gäste. Ich vertrag halt auch nichts mehr, deswegen bin ich so platt. Ich gehe in meiner Schmittchenschleichermanier die Treppe rauf und höre beim leisen Hochgehen Jörg sagen: »Ja, klar, wir suchen auch grad einen Babysitter, ist doch besser so.« Ach, suchen wir schon? Sehr gut. Na dann. Gute Nacht.

## 2. KAPITEL

Die Augen sind noch zu, aber der Geist wacht langsam auf. So stell ich mir das Gefühl im Körper vor, wenn man am Tag zuvor viele neue Sportübungen mit Muskelgruppen veranstaltet hat, die man sonst nicht bewegt. Es ist aber leider kein Muskelkater. Jetzt fällt mir alles wieder ein. Oh Gott. Wie viel Uhr? Ich dreh mich erst nach links, Jörg liegt nicht an seinem Platz. Ich dreh mich nach rechts: digitale 09:11-Uhr. Scheiße. Zwei Minuten zu spät geguckt. Knapp! Na ja, wenn man schläft, kann man ja wohl nichts dafür. Es ist schon hell. Schlechtes Gewissen. Komm, Chrissi, tu mal so, als würdest du was hinkriegen. Ich prügel mich aus dem Bett. Oberkörper hoch. Das erinnert mich an das Sexpärchen von gestern. Bah, ey, in unserm Bett.

Ich hab noch die Klamotten von gestern an. Die ziehe ich mir aus und stopfe sie komplett in den Rattanwäschekorb. Im Treppenhaus ruf ich: »Jörg? Bist du da?« Keine Antwort. Ab ins Bad. Gucken, wie schlimm die Verwüstung im Gesicht ist.

Ich stehe vor dem Spiegel in unserem schönen, hotelmäßig stylischen Spa-grauen Schieferplatten-Naturstein-Badezimmer und finde: ICH HABE TROCKENE HAUT! Vor allem an den Augenlidern. Ich öffne unseren shabbychic Apothekerschrank, den ich extra mal an einem guten Tag an den Ecken abgefräst habe, damit er aussieht wie hundert Jahre alt. Da steht ein kleines schönes Plastikfläschchen, geformt wie ein Tränentropfen. Das habe ich mal in einem unserer Urlaube in New York in Chinatown gekauft. War ganz preiswert. Aber der nette Mann in der chinesischen Apotheke pries es an wie das Goldene Kalb. Da fall ich doch gerne drauf rein, auf so was. Und jetzt, genau jetzt, ist der Zeitpunkt gekommen, an dem ich dieses Zaubermittel an mir selber ausprobiere. Ich träufle mir also zwei Tropfen auf die Zeigefingerspitzen und reibe das neonrot leuchtende Öl die oberen Wimpernkränze entlang. Fast gleichzeitig tropft die zähe Flüssigkeit an beiden Augen zwischen den Wimpern hindurch und läuft brennend ins Auge. Was hab ich getan? Der Schmerz wird von Sekunde zu Sekunde schlimmer. Okay, das halt ich nicht lange aus. Sicher nicht. Ich schließe die Badezimmertür auf und schreie den Namen meines Mannes. Ich setze mich im Schneidersitz auf unseren hellgrauen, dicken, mit Knubbeln gearbeiteten Badezimmervorleger. Und schreie viermal so laut ich kann, und ich kann sehr laut: »Jö-hö-rg!!«

»Ja-ha.«

Er rennt von oben, von seinem kleinen sinnlosen Computerkabuff, was eher ein Kleiderschrank ist, die gelb-weiße Holztreppe runter und stürmt ins Badezimmer. Weiß der Geier, was er denkt, was mir wieder passiert ist. Mir passiert viel im Haushalt. Ich stehe mit ihm auf Kriegsfuß, mit dem Haushalt, aber auch mit meinem Mann. »Was ist?«, hechelt er völlig außer Atem, als er reinkommt.

»Habe mir dieses Zeug in die Augen geschmiert, und das brennt jetzt wie die Hölle.«

»Warum hast du das gemacht?«

»Hab's ja nicht extra gemacht. Ist doch jetzt egal, was soll ich machen?«

»Ähm, ähm, steht doch immer auf jeder Verpackung: mit viel Wasser ausspülen.«

Ja, gut, das ist gut.

Er dreht das kalte Wasser auf, stellt sich hinter mich und hebt mich unter den Achseln hoch.

Er sagt: »Ich halte dir die Augen auf, und du schaufelst dir das Wasser da rein.«

Ich hänge meinen ganzen Oberkörper übers Waschbecken, er stellt sich hinter mich, sein kleiner Penis samt Hodensack drückt sich durch die Anzughose gegen meine rechte Pobacke, ich rutsche etwas nach rechts, damit der sich in der Mitte ablegen kann, passt dann besser, das Puzzle.

Er tastet sich von hinten ganz vorsichtig mit seinen kurzen, dicken Fingern durch mein Gesicht zu den Augenlidern und spannt beide Augen gleichzeitig mit beiden Händen auf. Wie bei *Uhrwerk Orange*, die Folterszene mit der Augenspange, wo der eine Typ gezwungen wird, sich Sachen anzugucken, die er nicht gucken will, irgendeine Therapie war das im Film, aber eine harte. Weiß aber nicht mehr, was er sich angucken musste. Vergewaltigungen vielleicht? Er hatte doch vorher die Frau, die Mutter in der Familie, bei der seine Truppe eingebrochen war, vergewaltigt. Sollte diese Augenspangenaktion ihm die Vergewaltigung austreiben? Scheiße, ich weiß es nicht mehr.

Das Wasser macht es auf jeden Fall kein bisschen besser. Kann es noch schlimmer werden? Scheiß New York, scheiß Chinatown. Scheiß chinesischer Apotheker. Scheiß TCM.

»Okay, hilft nichts, wird immer schlechter eher. Ich will zu einem Augenarzt, das fühlt sich an, als würde es meine Augen verätzen.«

»Gut, bleib hier, ich hol den Autoschlüssel.«

»Oh nein, dein Bruder hat doch den Wagen ausgeliehen, um seinen Scheiß zu transportieren!«

»Ähm, ich ruf ein Taxi.«

»Taxi 19 aber bitte.«

»Ja ja, im größten Schmerz immer noch die richtige Firma unterstützen wollen. Meine Frau. Tststs.«

Sag ich ja, unsere Ehe ist am Arsch. Ich habe sie durch meine unzähligen PMS-Schübe ruiniert!

Zurück zum Taxi. Ich bin mal von einem Taxifahrer hier in unserer Stadt richtig lang am Arsch gestreichelt worden, gegen meinen Willen. Musste eine einigermaßen kurze Strecke fahren und sage ihm, er soll bitte bei Betrag X, den ich mithatte, anhalten und dann steig ich aus und geh den Rest zu Fuß. Er lächelt, nickt und sagt ganz jovial: »Ja ja. Schon gut.«

Wir erreichen auf dem Taxameter Betrag X, und er sagt, ich soll bitte den Po anheben, damit der Kontakt in meinem Sitz denkt, dass ich ausgestiegen bin. Er sagt: »Schön oben lassen, ja? Schaffst du das?« – Du? Okay, wir duzen uns schon nach einer Taxifahrt. Und um mich bei meiner schwierigen sportlichen Herausforderung zu unterstützen, hält er die ganze restliche Fahrt seine rechte Hand unter meinen Po und tätschelt ihn mit einer streichelnden Bewegung, bei der er ganz langsam mit seinen Fingerspitzen meine Poritze entlangfährt. Und was mache ich?? Nichts! Ich bin so geschockt von so viel Ekelhaftigkeit und Dreistigkeit, dass ich einfach nichts sage. Habe dann natürlich noch Beschwerde eingereicht, mit Taxinummer, ich war so geistesgegenwärtig, mir eine Quittung geben zu lassen, und der Honk so dumm, sie auch rauszurücken. Also konnte die Zentrale mithilfe der Taxinummer auf der Quittung im Prinzip ganz einfach rausfinden, welcher Fahrer das war. Als ich ein paar Tage später wissen wollte, was die Beschwerde bewirkt hatte, war mein Schreiben verschwunden. Das ist zweimal hintereinander passiert. So macht man Opfer mürbe, mich auch leider. Die haben mich durch totales Ignorieren und Verarschen dazu gebracht, dass ich einfach nichts mehr unternommen habe und der Typ weiter die Ärsche seiner Fahrgästinnen gegen ihren Willen streichelt.

Und deswegen unterstütze ich jetzt ein neues Konkurrenzunternehmen in unserer Stadt, das der bis dahin Monopoltaxifirma den Kampf angesagt hat. Taxis sollten vor allem für Frauen ein Zufluchtsort sein in der gefährlichen Nacht und nicht ein Ort, an dem man den nächsten Übergriff erlebt!

Wie lange Jörg braucht, um mich zu holen.

»Weißt du die Nummer? Hundertneunzigtausend geht die!«

»Gott, ja, natürlich, Mann.«

Hihi, wenn ich ihn nerve, nennt er mich immer Mann. Aber guck mal, weil ich was an den Augen habe, regt er sich auf, also, guck, er empfindet doch noch was für mich, trotz diesem beschissenen Alltag mit Kind, der jede Liebe zerstört.

Jetzt steht er im Türrahmen und guckt mich ganz besorgt an, das find ich schön. Deswegen hab ich auch gerne mal was, das bringt uns zusammen, irgendwie. Dann kann er sich kümmern.

Meine Augen brennen und tränen, das Wasser läuft nur so über die Wangen, offensichtlich versuchen die Augen, sich mit selbst produzierten Niagarafällen zu reinigen, so, wie wir versuchen zusammenzubleiben, klappt beides nicht gut.

Ich lächel ihn an. Mit meinen roten Klüsen. Ist schade irgendwie, wie alles schiefläuft in der Liebe. Wie wir uns voneinander entfernt haben. Doof. Ich wollte doch auch eigentlich noch sauer sein wegen der fremden Hochzeit im eigenen Haus. Geht jetzt aber irgendwie wegen den Augen und seiner Fürsorglichkeit gar nicht. Verschieb's, Chrissi!

»Komm, ich helf dir hoch, du Rotaugenapache.«

Er packt mich ein bisschen zu feste an, um mich hochzuziehen, und stützt mich wie so eine alte Oma auf dem Weg die Treppe runter.

Der Taxifahrer klingelt.

Mit geschlossenen Augen werde ich zum Auto geführt, im Auto schweigen wir uns an. Der Fahrer parkt illegal direkt vor der Tür des Augenarztes und lässt uns raus. Jörg bezahlt, ich bin ja blind. Und sagt ihm, er soll bitte warten, bis wir wiederkommen. Müsste er dann nicht die Uhr weiterlaufen lassen? Jörg ist so ein Geizkragen! Die Sprechstundenhilfe träufelt mir schon Schmerztropfen in die Augen, gleich als wir reinkommen, ich setze mich auf den ersten Stuhl, den ich ertasten kann, und soll dort sitzen bleiben und die Augen zuhalten. Ich habe großes Misstrauen Menschen gegenüber, deshalb ist es für mich sehr unangenehm, in einem Wartezimmer zu sitzen, das ich nicht kenne, den Geräuschen nach gefüllt mit vielen Menschen, die ich nicht sehen kann. Aber vielleicht die mich ja auch nicht?! Jörg klärt mit der Sprechstundenhilfe lauter Dinge, ich glaub, er füllt grad dieses Blatt aus, das man beim Erstbesuch ausfüllen muss über Name, Adresse, Krankenkasse, Aids und so.

Plötzlich sind die Schmerzen weg, und ich mache die Augen wieder auf und kann zum Glück wenigstens verschwommen sehen. Sehr gut, so Schmerztropfen, als wär nie was gewesen. Brennt nur noch ein wenig. Ich darf vor den ganzen Leuten, die warten, zur Ärztin durch. Sie guckt sich eine Sekunde lang jedes Auge an, muss ja noch nicht mal was fragen, weil ihr das alles schon vorher erzählt wurde. Sie sagt mir nur, weiter diese Tropfen nehmen und abwarten, was anderes kann man mit verätzten Augen leider nicht machen. Und wir dürfen wieder gehen. Dafür hat die jetzt Medizin studiert?

Im Auto, auf dem Rückweg, bin ich von dem Schreck völlig k.o. und lehne mich halb dösend an Jörgs Schulter an, wie ich es früher gemacht habe, als wir frisch zusammen waren. Da ist man ja immer so unglaublich glücklich, dass es den anderen gibt. Die ganze Fahrt wird geschwiegen, als könnte man nicht sprechen, wenn man was an den Glotzerchen hat. Jörg genießt sichtlich, der Held zu sein. Selten genug so eine Situation, leider.

Als wir wieder zu Hause reinkommen, hören wir Mila schreien. Oh, vergessen. Ich gucke mit meinen wässrigen Augen völlig entsetzt Jörg an. Okay, ich habe sie auch vergessen, aber ich hatte ja Schmerzen, ich habe eine gute Ausrede. Und er? Oh Gott, jetzt vergisst er auch schon unser Kind. Beide sagen nichts dazu, die Blicke sagen alles. Ich Vorwurf, er Verzweiflung.

Im Wohnzimmer legt er mich aufs Sofa, läuft hoch und holt Mila aus ihrem Bettchen und setzt sie zu mir auf die Brust, sie kuschelt sich bei mir ein und wird ganz ruhig. Er baut uns ein richtiges Bettenlager im Wohnzimmer auf, mit Tablett und Getränken drauf und Süßem und allen Kissen und Decken, die er im Haus finden kann. Das ist so schön von ihm. Ich fühle mich geborgen, wie bei meiner Mutter damals, wenn ich krank war. Er bringt den Laptop ans Bettenlager, ich bedanke mich, gehe aus Gewohnheit oder Sucht automatisch auf *Spiegel online*. Aber ganz ehrlich, denke ich sofort: Wen interessiert's? Ich habe gerade fast mein Augenlicht verloren, ja ja, aber ich übertreib schon wieder, beruhige mich langsam und überlege, was ich Schönes machen kann am Laptop. Was könnte ich mir denn kaufen, damit ich Glückshormone ausschütte?

Ich wollte schon immer mal eine Rolex haben, und weil ich ja bald weg vom Fenster bin, kaufe ich mir jetzt einfach eine schöne Damen-Rolex bei eBay. Chrissi, du alter Haudegen. Gute Idee! Dieses Weg-vom-Fenster muss ich noch mal genau durchdenken, aber nicht jetzt, bin müde und will was Gutes für mich machen. Das habe ich mein Leben lang nicht gemacht, und jetzt auf den letzten Metern habe ich verdammt noch mal vor, nett zu mir zu sein. Meine Finger kringeln an Milas kleinen perfekten Löckchen im Nacken. Welches Tier hat noch mal so Locken? Am Po, glaub ich? Enten? Erpel? Ich glaube, ja, ich muss lächeln, und Mila lächelt mit.

»Ich liebe dich«, flüstere ich ihr zu. »Tut mir leid.«

Lenk dich ab, Chrissi. Ich gucke mal, was es so gibt. Gebe den Suchbegriff »Rolex Oyster« bei eBay ein. Ich kenne mich gar nicht aus, habe aber mal was von Oyster gehört, die sieht aus wie aus Perlmutt, und das finde ich schön. Hätte ich früher nicht zugegeben. Aber jetzt wird mein Herz weich, wegen der besonderen Umstände. Es gibt hier eine mit helllila Schimmer. So was Kitschiges würde ich mir normalerweise nicht erlauben, aber jetzt ist alles anders. Ich werde ganz anders. Alles ist erlaubt, die letzten Tage. Schön, dass nur ich das weiß, dann kann ich es auch genießen, wenn die andern das wüssten, würden sie es mir sicher versauen, mich traurig angucken und schrecklich anstrengende Gespräche führen. 2400 Euro. Oopsi! Ich kaufe mir die erste teure Uhr meines Lebens, sonst immer nur so beschissene kleine Flohmarkt-Damenührchen, ich esse auch aus dem gleichen Grund jetzt schon jeden Tag das teure Angussteak vom REWE, wo diese geilen kleinen Päckchen Pfeffermischung mit Salz mit dabei sind. Unnützes Steakwissen: Pfeffer darf man nie mitbraten, dann wird das Gericht bitter, auch von der Steakmarinade lieber alles Pfeffrige abfriemeln, bevor es in die Pfanne geht. Ich versuche, mir alles Praktische zu merken, um es dann im Ernstfall anwenden zu können. Der Ernstfall bei diesem Wissen wäre, ein Steak zubereiten, aber das will man ja genauso gut machen, wie jemanden abstechen, wenn es wirklich um Leben oder Tod geht. Geht's ja nie, aber jetzt mal nur theoretisch gesehen.

Ich beobachte mich selber im Kopf. Mir schwant nichts Gutes. Wenn ich so bescheuerte Gedanken habe wie das mit dem Pfeffer und dem Abstechen, geht's meistens wieder los.

Meine Gedanken sacken ab, ich vereinsame im Kopf. Mein Unterleib zieht. Ja ja, ich weiß, was das bedeutet. Die Tage kommen. Und ich reagiere extrem schlecht drauf. Ich glaube mir leider immer selber, wenn die Hormone durchdrehen. Die Hormone machen dann im Kopf, dass ich denke, dass ich alleine bin, alle was gegen mich haben, und ich lasse es dann an meinen Liebsten aus, weil sie mich so fertigmachen und einsam hängen lassen. Wenn die Tage dann vorbei sind, oder wohl eher DIE WOCHE, frage ich mich selber, was eigentlich los war. Es gibt dann de facto kein Problem mehr, aber vorher war komplett Weltuntergang.

Kann mir mal jemand sagen, was das evolutionär für einen Sinn hat, dass alle Frauen auf der ganzen Welt zwischen ja wohl heutzutage elf oder was bis fünfundvierzig oder was einmal im Monat MEHRERE TAGE vollkommen durchdrehen, Ängste haben, sich einsam fühlen, megaaggressiv zu Kollegen sind, bei der Arbeit, ihre Männer und Kinder so hassen und terrorisieren, dass die sie fast verlassen? Was soll das bringen? Ich kapier's nicht. Und mein Mundwerk ist auch nicht zu stoppen dann, ich sage schreckliche Sachen zu Jörg, die nach DER WOCHE kaum zurückzunehmen sind. Wenn wir bald wirklich auseinandergehen sollten, ist ein ganz großer Beitrag zur Trennung PMS, das Prämenstruelle Syndrom. Lass es sein, Chrissi, sag ich dann zu mir selbst, halt die Klappe, egal, was für schlimme Sachen du fühlst und denkst, sag es nicht laut. Nachher musst du es wieder zurücknehmen, und es ist eigentlich nicht zurückzunehmen, manche Sachen, die ich gesagt habe, trennen uns für immer.

Ich beobachte meine schlafende Tochter, oh nein, die kriegt das ja auch irgendwann. Also echt, ich will jetzt nicht den Vergleich mit der Fahrt zum Mond machen, aber doch, ich mach ihn. Wie kann es sein, dass wir zum Mond fliegen? Aber nichts erfinden können, dass keine Frau mehr monatlich so leiden muss? Das kann doch echt nicht sein! Ich stehe vorsichtig auf, lege meine Tochter so weit von der Sitzkante des Sofas, wie es geht, in die Ritze des Sofas, wie wir es immer nennen in unserer Familie. Na gut, aber wir sagen auch zu der spanischen Knoblauchmayonnaise: Aiolli und nicht Aiooli. Und eben Ritze. Diese lustigen Familienwörter. Ist nicht alles schlecht an Familien, vielleicht?

Ich stehe auf und hole mir aus unserem kitschigen Apothekenschränkchen zwei Buscopan für Frauen und gehe zum Kühlschrank und bete zu Gott, dass Jörg Getränke nachgeladen hat. Ich mache die Kühlschranktür etwas zu feste auf, die Flaschen in dem seitlichen Festhalteteil wackeln alle ganz schön, aber: Nichts fällt raus. Glück gehabt. Auf keinen Fall will ich in meinem Zustand jetzt Matschereien vom Boden wischen müssen. Es ist viel Bier im Kühlschrank. Kleine San Miguel, 0,2-Partyfläschchen, und 0,5-Beck's. Ich nehme mir zwei raus. Hole aus der Schublade den Bieröffner und gehe zurück ins Wohnzimmer. Die eine Flasche mache ich auf und stelle sie in Griffnähe auf den Boden. Die andere verstecke ich unter den Kissen. Ich lege mich leise wieder zurück und stelle das Beck's auf meinen aufgeblähten Bauch. Boah, dieses Gefühl, so dick zu sein wie ein Heißluftballon. Schlimm. Wahrscheinlich sieht es von außen nicht so dick aus, aber das Gefühl, gleich in die Luft zu steigen, weil alles voll ist mit, mit was denn eigentlich? Luft? Blut? Kein Ahnung! Man fühlt sich jedenfalls zum Platzen. Die Buscopan lege ich auf die Zunge, und mit einem großen Schluck und noch einem kleinen hinterher werden die runtergespült.

Aber besser wird erst mal nichts. Es ist nicht mein Zuhause, ich habe Angst vor meinem Mann. Er macht mir Vorwürfe, er kontrolliert mich, aber ohne was zu sagen, alles immer nur im Stillen. Ganz subtiler Terror ist das. Wenn ich draußen getrunken oder sonst was gemacht habe und ich muss nach Hause, dann fühle ich mich wie eine Jugendliche mit strengen Eltern, die der sichere Ärger erwartet. Das kann doch nicht sein, ich bin eine erwachsene Frau, ich bin sogar Mutter, und ich traue mich wegen meinem Mann eigentlich nicht nach Hause. Auf einmal tu ich mir selber leid, ICH HABE JA GAR KEIN ZUHAUSE. Bla bla, Chrissi, ich geh mir selbst auf den Sack meistens! Nicht, dass ich diesen Zustand jetzt lange aushalten müsste, aber ich frage mich, ist das bei anderen Frauen auch so? Wirken deren Beziehungen von außen ganz gleichberechtigt und modern, aber der Mann dominiert die Beziehung, bestimmt, was die Frau macht? Oder bin ich einfach zum Opfer geboren? Sag ich nicht genug, ziehe ich meine Sachen vielleicht selber nicht durch? Wenn ich was mache und ich weiß, Jörg findet es nicht gut, dann kann ich es kaum machen vor lauter schlechtem Gewissen. Schlechtes Gewissen ist viel stärker als ein Verbot seinerseits.

Ich stehe leise auf, schaue, dass Mila sicher auf dem Sofa platziert ist und nicht runterfallen kann, nachher hat sie ein Loch im Kopf, und ich bin schuld, gehe rüber zum Fenster unseres Esszimmers und suche unter den Menschen auf der Straße welche mit älteren Kindern. Das dauert eine ganze Weile, weil viel ist nicht los auf unserer langweiligen Familienstraße. Aber ein paar gehen vorbei. Mit geschätzten Achtjährigen oder Teenagerkindern im Schlepptau. Oh Gott, ich glaub, ich pack das nicht. Wie lange das dauert. Wie lange sie klein sind und fast nichts können. Bin ich stabil genug, um lange für ein Kind da zu sein? Mit der rechten Hand halte ich den aufgeblähten Hügel unter dem Bauchnabel so warm wie möglich, dann zieht es nicht zu sehr.

# 3. KAPITEL

Der Wecker klingelt. Heute ist ein ereignisreicher Tag, vielleicht. Ausnahmsweise komme ich gut aus dem Bett. Sonst hasse ich aufstehen. Bekomme nie genug Schlaf. War schon immer eine Langschläferin. Bin übrigens dagegen, dass die Schule immer um acht anfängt. Viele Schüler hätten eine deutlich erfolgreichere Schulzeit, wenn sie später anfangen dürften, SCHEISS DEUTSCHLAND der Frühaufsteher! So!

Heute kommt die Babysitterin. Jörg hat eine gesucht und gefunden. Im Bioladen. Die hing da. Also als Zettel am Schwarzen Brett. Und das Einzige, was er nicht erzählt hat, war, wie sie aussieht. Ob das wohl der ausschlaggebende Punkt war? Wir werden sehen.

An dem Zettel war oben ein Teil entfernt. Wenn es vorher ein DIN-A4-Blatt war, hat er bestimmt das Foto entfernt. Die Abrisskante kam mir auch bekannt vor: Er knickt immer mit der Hand das Blatt an der Kante um, an der er das Stück abtrennen will, dann reibt er mit dem Nagel so lange über den Knick, bis es schon fast von allein abfällt, dann klappt er es zurück und reißt ganz vorsichtig und pedantisch diese Linie entlang. Das hat er mit dem Zettel auch gemacht. Und bestimmt war da ein Foto von ihr, und er dachte, ich denke, sie sieht zu gut aus, und betrachte sie als Bedrohung hier im Haus. Das, was ich zu sehen bekam, war jedenfalls ohne Foto. Einfach oben unter der Abrisskante:

»Mädchen für alles.

Ich kann alles und mache alles. Babysitten. Aufräumen. Erledigungen. Putzen. Gassi.«

Ich kann alles und mache alles. Das ist ja 'ne geile Aussage am Schwarzen Brett! Na, das wollen wir doch mal sehen!

Heute distanziere ich mich von meinem Körper. Da will ich nichts mit zu tun haben. Der macht ja totale Faxen. Durchfall und Periode. Gleichzeitig. Wenn ich recht drüber nachdenke, kommt das oft zusammen. Auf Periode komme ich gar nicht mehr klar, seit ich mich dran gewöhnt habe, dass meine neue Superpille die komplett wegdrückt. Tja, Chrissi, wie wär's mit zuverlässig durchnehmen und nicht wie so ein Asimessi manchmal vergessen, und dann hast du den Salat. Versuche dich von deinem Unterbauch abzulenken jetzt. Steiger dich da nicht so rein!

Gleich kommt jemand, der noch nie hier war, zu uns. Dann guck ich mir vorher immer unser Haus an, als würde ich es zum ersten Mal sehen. Ich laufe durch die Zimmer und versuche, oberflächlich Dinge zu ändern. Ich bleibe im Flur stehen und gucke mir die vielen Jacken an, die da hängen. Sehr viele Sweatshirt-Kapuzenpullis mit Reißverschluss von meinem Mann, praktisch in jedem gedeckten Ton: Dunkelblau, Grau, Dunkelgrün, Schwarz. Er möchte auf keinen Fall auffallen. Zur Arbeit geht er mit einem gedeckten dunklen Anzug, immer. Lederschuhe, Herrenmantel. Arbeitet in der IT-Branche, da muss man untergehen in der Masse. Er interessiert sich nicht für Mode. Und auch für keinen Sport. Komisch, dass er überhaupt so lange lebt, ohne sich zu bewegen. Oder gesund zu ernähren.

An der viel zu vollen Garderobe hängen auch zu viele Jacken von mir. Auch nicht gerade farbenfroh. Ich habe seit der Geburt meines Kindes leider nicht abgenommen, sondern nur zu.

Meine Jacken sind an Brust und Bauch ausgebeult. Wenn ich eine von denen anziehen will, fummel ich den Reißverschluss am Oberschenkel ineinander. Über Po geht der Reißverschluss schlecht zu, über Bauch auch, über Brust auch, und dann fluppt's aber die paar Zentimeter zwischen Brust und Hals. Mein Mann liebt meine großen Brüste, aber die werden immer größer und schwerer, ich glaube, auch vom Bier und vielleicht auch von der Superpille? Und die Brüste sind schon lange nicht mehr da, wo sie sein sollen. Ich laufe noch ein bisschen weiter durchs Haus und hebe Sachen vom Boden auf. Ich höre meinen Mann oben mit unserer Tochter, wahrscheinlich stillt er gerade. Haha, sehr witzig, Chrissi. So nenne ich das, wenn er ihr das Fläschchen gibt. Weil ich neidisch bin, weil er es besser kann und besser daran denkt als ich.

Okay, Küche sieht scheiße aus, aber wenn ich schnell alles in die Spüle stelle, was dreckig ist, und dann ein Küchentuch drüber, sieht das auch keiner. Der Besuch gleich ist leider mit einer Führung verbunden.

Ich stelle mich in der Küche an unseren Kaffeevollautomaten und drücke auf den Knopf »Cappuccino«, unser Kaffee steht neben der Maschine in einem luftdicht verpackten hellblauen Beutel, passend zur ganzen Küche: hellblau. Hellblaue Karos, genauer gesagt. Die Tapete hat hellblaue Karos, alles voll damit. Davon hat der Tapetenverkäufer dringend abgeraten. Aber wir haben's trotzdem gemacht, dadurch sieht unsere Küche jetzt ein bisschen aus wie ein Puppenhaus. Aber egal. Eigentlich wusste der Typ genau, wovon er spricht. Und wir wieder nicht zugehört.

Der Kaffee ist durchgelaufen, ich drück noch mal auf »Espresso«, dann habe ich den doppelten Shot Kaffee in meinem Cappuccino, schnapp mir die Tasse und will noch mal das Wohnzimmer kontrollieren, trinke im Gehen und schütte mir den brühend heißen Kaffee komplett über meine linke Titte. Ich schreie und springe, was gar nichts bringt außer einer Verteilung des heißen Kaffees bis unter meine Brust, der BH saugt sich voll. Der Bauch verbrüht auch. Jörg kommt von seinem Kabuff runtergelaufen, um mich zu retten: »Was ist passiert?« Und hüpft lustig rum. Ich muss lachen, trotz Schmerzen, weil er so albern aussieht. Ich zeige auf meine verbrühte Brust und hüpfe auch und erkläre dabei, was passiert ist. »Kühlen, kühlen«, meint er, schleift mich zurück in die Küche und macht den Wasserhahn an. Er schaufelt mit seinen beiden Händen eisekaltes Wasser auf meine Brust, ich schnappe nach Luft.

Er sagt ganz aufgeregt: »Eigentlich musst du mit der Verbrennung unter laufendes kaltes Wasser, direkt.«

Ich verdreh die Augen, habe schlechte Laune, meine Titte ist verbrüht, ich bin nass, und mir ist eisekalt. Ich jogge die Treppe rauf, guck an meinem Körper runter, lohnt sich gar nicht, mich auszuziehen, ich geh einfach so in den nassen Klamotten unter die Dusche, stelle den Duschkopf in Bumerang-Form auf Brusthöhe ein und lasse kaltes Wasser über meine Wunde laufen. Ich stöhne und schreie und sage sehr oft hintereinander laut »kalt, kahalt, kahahalt«.

Irgendwann habe ich das Gefühl, dass meine vordere Körperhälfte komplett eingefroren ist und die hintere sich so warm anfühlt, dass es brennt.

Dann höre ich unten eine junge Frauenstimme sprechen mit meinem Mann.

Hat er nicht gerade gestillt, als die neue Babysitterin klingelte? Das mit dem Fläschchen mussten wir leider machen, weil keine Milch mehr kam. Die Nippel haben sich entzündet, und es fühlte sich so an, als wollte Mila die wunden Teile abbeißen. Tut mir leid, meine Süße, aber das war nicht mehr auszuhalten. Es ist aber auch der Wurm drin bei uns. Scheiße!

Jedenfalls muss er die Tür aufgemacht haben, als es klingelte.

Ich schmeiß alle meine klatschnassen Kleidungsstücke auf den Badezimmerboden, auf die modernen grauen Fliesen, es bildet sich sofort eine Pfütze drumrum. Ich laufe schnell ins Schlafzimmer, in mein Riesenstrandbadehandtuch gewickelt, und trockne mich ab. Ich fummel meinen noch feuchten Arsch in die sich immer wieder aufrollende Unterhose, ziehe hoch, rollt sich zusammen, rolle auseinander, ziehe hoch, rollt sich zusammen. Oh Mann, jetzt das Gleiche mit der Strumpfhose, noch schlimmer, weil ich nie Lust habe, meine Füße abzutrocknen, geht noch schwieriger hoch als die Unterhose.

»Ich komme gleich! Tschuldigung, hab mich grad verbrüht, musste kühlen, kommmeeee!«, schreie ich aus dem Schlafzimmer nach unten.

Ich hoppel mit halb hochgezogener Strumpfhose zum Kleiderschrank, da ist alles einfach reingestopft, bin nicht so die Falterin, und untersuche den Inhalt nach einem alltäglichen Jerseykleid. Jetzt fängt die Titte an zu pochen. Verbrühen tut weh. Bestimmt Verbrennungsgrad 2b. Hab ich bei der Führerscheinprüfung gelernt, also in dem Erste-Hilfe-Kurs dafür.

Ich finde ein dunkelblaues Kleid von Asos mit beigen Schwalben drauf, das Kleid muss nämlich an der Brust weit geschnitten sein, weil ich die Verbrühung mit Bepanthen zukleistere, und dann soll der Stoff nicht am Kleid festkleben. Drübergeschmissen.

Jörg kommt rein mit einem genervten Gesicht. »Du musst nicht die ganze Zeit von oben schreien. Ich hab dich schon entschuldigt. Du hast dich ja verletzt. Nicht verschlafen oder so. Marie hat Verständnis.«

»Ja, ist ja schon gut, wollte dich nicht blamieren vor deiner neuen Mitarbeiterin.« Er geht wieder runter.

Marie, Marie, Marie, so nennt er sie schon, sie bauen grad eine Beziehung auf, und ich bin wieder mal unpässlich. Kotz.

Los jetzt, Chrissi, du verlierst deinen Mann an die, wenn du nicht schnell da runtergehst und Präsenz zeigst.

Ich bringe mich in Form und geh dann auch runter. Ich kann ihre Erscheinung von der Treppe aus durch den Flur Luftlinie circa sieben Meter weit gut sehen. Sie steht in der Küche. Sofort weiß ich, warum er sie ausgesucht hat. Sie sieht sehr gut aus. Lange, glatte blonde Haare, riesige braune Augen. Coole Klamotten, sehr selbstbewusstes Auftreten. Aber ich weiß, das ist meistens nur gespielt bei Frauen. Er hat sie für sich ausgesucht.

Ich beobachte ganz ruhig, wie er sie nervös begrüßt. Peinlich. Tja, er hat auch Hintergedanken, das seh ich ihm an, so gut kenn ich ihn schon. Schrecklich, wenn man jemanden so lesen kann. Ich geh rüber ins Wohnzimmer, ich muss einmal durchatmen.

Die beiden unterhalten sich kaum hörbar. Sie reden offensichtlich über mich oder das von ihr zu betreuende Baby, beide gucken lächelnd zu mir rüber. Ich lächel zurück, aber nur mit dem Mund, nicht mit den Augen, und nuschel ein »Hallo«.

Ja, ja, denkt ihr mal, es geht um euch und das Baby, in Wirklichkeit geht's um mich. Wetten? Sie kommt ins Wohnzimmer, gefolgt von meinem Mann, er ist wegen ihrer Schönheit so aufgeregt, dass er auf seinen durchgewetzten Herrensocken fast ausrutscht. Aber recht hat er mit seinem Rumgerutsche: Sie ist wirklich wunderwunderschön!

Mein Mann hat sie aus dem Bioladen und hat nicht erzählt, wie hübsch sie ist! Der ist ja nicht dumm. Dann hätte ich sie nie in unser Haus gelassen. Er hat gesagt, sie studiert Medizin. Das wär ja praktisch, falls dem Kind mal was zustößt.

Ich strecke meine Hand vor mir aus, um ihre Hand zu schütteln, sie greift meine Hand, zieht sie und damit mich an sich ran und umarmt mich. Ups. Okay. Sie ist ja noch überschwänglicher als ich. Sie drückt mich fest. Ich kann ihre Brüste gegen meine fühlen, superunpraktisch eigentlich bei einer Begrüßung: Brüste. Und erst recht verbrüht, kann sie ja nicht wissen. Aua. Brüste stören beim Umarmen wie Nasen beim Küssen. Sicher, dass das so gedacht ist, Gott? Diese störenden rausstehenden Teile überall? Sie trägt offensichtlich Push-up. Ich spüre bei der Umarmung am Brustbein ihr Metall. Full Metal Jacket. Klonk, Brustbein auf Metall. Zur Begrüßung. Schöne Infos. Also hat sie Komplexe wegen der Größe ihrer Brüste, warum sonst sollte man sich einen Push-up-BH mit Metall an den Brüsten anziehen?

Ich löse mich schnell aus der Umarmung. Und kann sie mal richtig angucken. Sie sieht sehr hübsch aus. Diese Kombination von blonden Haaren und braunen Augen, sehr interessant, etwas verhangener, trauriger Blick, aber trotzdem glänzende gesunde junge wache Augen. Platinblonde dicke gesunde glatte Haare, aber soweit ich das erkennen kann: echtes Blond. Weil ihre Wimpern und Augenbrauen auch platinblond sind. Sie hat superschöne Haut im Gesicht, ganz prall von Feuchtigkeit, rosige Wangen, aber nicht von Rouge, sondern von Natur aus. Weil die Sonne grad durchs Fenster scheint, sehe ich ganz leichten blonden Flaum an den hinteren Wangen Richtung Ohr und etwas am hinteren Kinn. Und dann Topfigur. Richtig top. Aber ich glaub, sie weiß es nicht, das erkenne ich sofort an der Haltung. Sie sieht richtig gesund aus. Wie das Pampers- oder Zwiebackbaby in erwachsen. Sie schlägt die Augen nieder und fängt an, an ihren Fingern rumzufummeln. Oh, ich glaub, während meiner ganzen Begutachtung hat keiner was gesagt. Auf Jörg kann man sich auch nicht mehr verlassen, mich aus peinlichen Situationen zu retten. Er produziert sie sogar noch, diese Situationen, lässt mich auflaufen.

Ich sage zu ihm: »Dann mach ich mal von hier weiter.« Ha, Jörg, abgeluchst!

»Also, hier die Küche hast du ja gesehen jetzt.«

Eigentlich ist doch eine Führung Quatsch. Die kann sich auch selber das Haus ansehen. Außerdem haben wir viel Geld ausgegeben, damit es aussieht wie das von allen in unserem Alter und mit unseren Berufen. Wir sind wie alle. Schrecklich. Ich dachte, wir sind so individuell, bis ich angefangen habe, Wohnblogs zu lesen, oder sagt man eher: zu gucken? Wie Freunde von Freunden. Und da sieht man, dass es, auch wenn sie noch so sehr beten, individuell zu sein, nicht klappt mit dem Beten.

Vom Flur geht's direkt noch mal ins Wohnzimmer mit schönem Blick in den leider überhaupt nicht bewirtschafteten Garten. Alles war mal so angedacht, dass ich Spaß an Gartenarbeit haben könnte. Jetzt ist alles voll mit Pampasgras und wuchert zu, weil Pampasgras keine Aufmerksamkeit braucht. Einmal war ein Freund zu Besuch, der hat sich kaputtgelacht über unser Pampasgras im Garten, weil er meinte, das weiß wohl jeder außer uns: dass das ein Zeichen für die Vorbeigehenden ist, dass man gerne Partnertausch macht, also ein Swinger ist.

Ich deute Marie mit einer kleinen Handbewegung an, dass sie sich setzen soll. Klappt. Sie setzt sich.

»Und? Wie kommst du mit deiner Familie klar?« Warum nicht direkt ans Eingemachte?

Sie guckt irritiert. Ja, ich bin eben nicht für Small Talk. Ich habe gelernt, dass man schneller eine Beziehung aufbaut, wenn man den Small Talk, das Drumherum, weglässt. Ist mir auch unangenehm, selber. Aber es führt meistens schnell zu was. Und Höflichkeiten und umeinander Rumschleichen nicht.

»Große Frage. Wie soll ich auf so etwas kurz antworten?«

»Wer sagt, dass es kurz sein muss? Wir haben doch Zeit.«

Wir hören ein Geräusch im Flur, Jörg geht von der Küche zur Treppe. Er versucht für das kurze Stück, wo ich ihn sehen kann, meinen Blick zu erhaschen, und presst die Lippen aufeinander und öffnet fast unmerklich die Augen, mehr als normal. Das soll wohl drohend aussehen. Er hasst es, wenn ich so mit Menschen rede.

Keine Ahnung, ob Marie das gesehen hat?

Sie denkt wahrscheinlich noch über eine Antwort nach.

Ihre Körperhaltung verändert sich, sie wird etwas kleiner, die Schultern sacken ein kleines Stück herab. Ihr Gesicht wird neutral, im Gegensatz zu vorher, diese angespannte Lächelmaske, die man normalerweise auflegt, wenn man mit Fremden über Oberflächlichkeiten redet.

»Hm, ja. Meine Eltern haben sich in einer Selbsthilfegruppe für Kinder getroffen, deren Väter zu früh verstorben sind. Also ist irgendwie die Verbindung zwischen ihnen die toten Väter. Komisch, oder? Leider merkt man das unserer Familie und unserem Zuhause ein bisschen an. Also meine Omas, die Oberhäupter der Familie, sind auch überhaupt nicht mit dem frühen Tod ihrer Männer klargekommen, das heißt, mein Vater und meine Mutter sind beide mit zusammenbrechenden Müttern groß geworden. Meine Eltern reden schlecht über die anderen Verwandten. Sie haben nur Kontakt zu den Omas gehalten, damit sie auf mich aufpassen konnten, als ich noch klein war. Sobald ich mehr alleine konnte, sollten die Mütter, also meine Großmütter, auch nicht mehr so oft da sein. Ja, das ist ganz kurz meine Familie. Geschwister hab ich keine. Klingt nicht so gut, oder? Na ja, später hatte ich dann eine englischsprachige Babysitterin, weil meine Eltern viel gearbeitet haben. Die kam aus Sri Lanka. Die sah so aus wie Mahatma Gandhi als Frau, bisschen verhungert und sehr streng und gläubig. Und weil meine Mutter so schlecht Englisch spricht, hat sie der Babysitterin verboten, mit mir Englisch zu sprechen, damit ich nicht irgendwann besser Englisch spreche als sie. Hat geklappt, mein Englisch ist nicht so doll. Das hat mir vor Kurzem erst bei einem späten Treffen die

Babysitterin erzählt. Ich hatte eine Babysitterin, weil beide meine Eltern viel gearbeitet haben und sehr ungern mich der jeweiligen Mutter ausgeliefert, weil die eben so nervenschwach sind. Oje. Mir fällt leider nicht viel Gutes ein, außer dass sie sich bestimmt viel Mühe gegeben haben, aber auch leider viel falsch gemacht.«

Ich nicke und wechsel erst mal das Thema:

»Kann ich dir was zu trinken anbieten? Einen Kaffee, mit Schuss vielleicht?«

»Mit Schuss? Mit Alkohol drin?« Sie lacht ungläubig. Und sagt: »Klar.«

Ich lasse sie sitzen, laufe im Sauseschritt in die Küche, drücke die Knöpfchen, die man drücken muss an unserem Vollautomaten, wir haben nämlich leider nicht genug Zeit, einen Baristakurs zu machen, um eine richtige italienische Kaffeemaschine bedienen zu können, und während die Kaffeemaschine den Kaffee zubereitet, gehe ich an den Kühlschrank, der unseren Alkohol beherbergt, und wähle ... ja. Was denn? Da sind immer noch alle Reste von der Hochzeit drin.

Rum. Das ist gut. Warum steht der im Kühlschrank? Wollt ihr mich eigentlich verarschen? Sicherlich auch noch von der Hochzeit, das wird jetzt die nächsten Tage so weitergehen, dass wir in unserem Haus ständig irgendwas finden, das falsch ist, was jemand auf der Hochzeit hier angestellt hat.

Doppelter Shot ins Glas, in die Kaffeetasse, die schon fertig ist, andere große Tasse unter Maschine gestellt, warten, Rum rein und ruckizucki zurück ins Wohnzimmer.

»Sooo, wo waren wir stehen geblieben?«

»Bei meinen Eltern, glaub ich. Aber da haben wir jetzt auch genug drüber geredet.«

Sie führt die Tasse an ihre vollen Lippen, leider bemerkt sie nicht, welche Tasse ich ihr als Witz ausgesucht habe. Ja ja, die

Jugend. Ich habe ihr eine süße Tasse mit Miss Scatterbrain von »Mr Men« gegeben. Diese Tasse hat mir mein Mann mal als Scherz mitgebracht. Aber wie heutzutage alle wissen, gibt es nicht einfach so unschuldige Witze. Mein Mann findet, dass ich ein Siebgehirn habe. Aber ich glaube wirklich, ich bin manisch-depressiv, ohne dass es je wer anders merkt. Obwohl, das denken Manisch-Depressive immer wahrscheinlich, dass die Außenwelt nichts mitbekommt. Oder vielleicht bipolar? Oder nur bi? Haha, Chrissi, du alter Psychoexperte, null Ahnung und nur rumlabern, ne?

Marie riecht, als die Tasse nah genug an der Nase ist, die Alkoholdämpfe, die aufsteigen. Setzt die Tasse lächend wieder ab. Und fragt: »Ganz schön stark. Was für ein Alkohol ist da drin?«

»Ach, nur ein kleiner Schuss Rum. Wirklich ganz wenig. Und du willst jetzt hier bei uns arbeiten? Super. Endlich mal frischer Wind bei uns.«

»Ja, steht es denn schon fest für Sie, dass ich hier arbeiten darf? Bei Ihrem Mann wirkte es grad noch etwas anders.«

»Natürlich steht das fest. Natürlich.«

Jetzt, wo ich mich langsam an sie gewöhne und ohne diese erste Aufgeregtheit betrachten kann, die man ja immer hat bei jedem neuen Menschen, deswegen kann ich mir auch übrigens nie Namen merken, weil sie ja traditionell am Anfang beim Händeschütteln gesagt werden, da guckt man eh nur aufs Äußere und überlegt, wie man selber rüberkommt, und zack, Name nicht mitbekommen, da sieht man auch mal, dass man Tradition in der Pfeife rauchen kann. Das war schon immer so ... ja, aber ist trotzdem schlecht. Viel besser wäre es, wenn es sich ändern würde. Man begrüßt sich, man berührt sich mit der Hand beim Händeschütteln, und erst viel später, wenn man auch was mit dem Namen verbinden kann, DANN kommt der Name dazu. Dann könnte ich mir sicher so gut wie alle Namen merken.

Ja, jetzt jedenfalls, wo ich sie betrachte, merke ich, dass ich völlig auf sie fliege. Ich werde ganz leicht, finde sie wunderschön, sie wird beim Reden immer ein bisschen rot, sie hat ganz leichte Stressflecken an ihrem schönen weißen Hals. Immerhin ist sie grad in einem fremden Haus, alleine und jung. Bei fremden alten Leuten. Na gut, ein bisschen ältere halt. Sie hofft, hier lange arbeiten zu dürfen. Sie hofft, hier was zu verdienen. Wird sie.

»Warum hast du so viel Schminke aufgetragen? Was willst du damit ausdrücken?«, frage ich.

»Oh, das finden Sie viel? Ich dachte, das ist dezent. Hab mich extra zurückgehalten.«

»Oh, ach so, wollte dir nicht zu nahe treten.«

»Das ist kein Problem, ehrlich.«

Sie nippt an dem immer noch sehr heißen Kaffee. Wir haben extra die Maschine aufgepimpt, damit sie heißer ist, als ab Werk geplant. Irgendwie wollen die nicht, dass ihre Kunden sich den Mund verbrühen, aber ein Espresso, tut mir leid, muss richtig heiß aus der Maschine kommen. Ich weiß auch, dass die Milch nicht ganz heiß sein darf, weil irgendein Enzym aufbricht und den Geschmack verändert von süß auf verbrannt, aber so kalt, wie die Maschine vorher den Kaffee gemacht hat? Muss auch nicht sein. Da kam ein Typ von einer Vespa-Reparaturwerkstatt und hat unseren Vollautomaten getuned.

Bei mir wirkt der Rum schon. Lecker, denke ich. Ich lehne mich nach hinten und mache es mir gemütlich auf unserer mintgrünen Couch. Die habe ich ausgesucht. Ich wollte was ganz Modernes haben und habe sie ganz klar über unserem Budget eingekauft. Was ist eigentlich, wenn wir uns trennen? Darf ich dann die Sachen behalten, die ich ausgesucht habe? Da haben wir ja nie drüber geredet. Ja, und jetzt einen Vertrag aufsetzen ist auch ein bisschen auffällig, was? Auf jeden Fall behalte ich meine geliebte Couch! Wir waren letztens mal fast getrennt, als mein

Mann rausgefunden hat, dass ich mich ein paarmal sexuell mit meinem Exfreund getroffen habe. Ich liebe ihn immer noch ein bisschen. Mit ihm kann man wenigstens mal was trinken oder rauchen. Unsere sexuellen Treffen sind auch nur betrunken zustande gekommen. Da bleib ich einfach ganz die Alte, sobald alle Lampen an sind, mach ich's mit jedem, leider, wie früher. Und manchmal war eben in letzter Zeit mein Exfreund in der Nähe. Mein Mann kommt besser mit allen anderen klar als mit dem Ex. Weil wir zusammengekommen sind, als ich noch ganz traurig war wegen ihm. Da hat er zu Recht, wie ich finde, leichte Minderwertigkeitskomplexe entwickelt. Mit meinem Mann kann man nur Club-Mate trinken, aber wenn er davon genug getrunken hat, geht der auch ab wie jemand auf Speed.

Dass er nichts Richtiges konsumiert, stört mich besonders an Silvester, Weihnachten und Karneval. Da gehe ich immer aus, als Flamencotänzerin verkleidet, also an Karneval, nicht Silvester!, jedes Jahr gleich, und muss mich mit Freundinnen betrinken und kiffen, weil er einfach all diese Dinge ablehnt. Es ist aber nicht so, dass er ein Gesundheitsapostel ist. Er macht null Sport, ernährt sich auch nicht gesund. Er lehnt es einfach ab, weil sein Vater Trinker war. Das gibt's ja oft, wenn man als Kind so ein schlechtes abschreckendes Vorbild hatte, dann war's das mit lustig. Aber der Jörg macht trotzdem wie ein Kokser immer Nächte durch, weil er dann eben auf Mate ist. Mit seinen ganzen elektronischen Endgeräten mit zu vielen Leuten in Kontakt. Ich glaube auch, dass er dringend mit seinem Magen zum Arzt sollte, ich stelle mir den Magen sehr angegriffen vor von dem Aufputschgetränk, aber er ist ein typischer Mann, er stirbt lieber, als zum Arzt zu gehen. Diese literweise Club-Mate fräsen sich doch irgendwann durch den Bauch, oder nicht? Das ist eins der vielen Minenthemen in unserer Beziehung. Lieber nicht ansprechen, sonst explodiert der!

Mein Mann findet es jedenfalls nicht gut, dass ich meinen Exfreund noch liebe. Natürlich nicht, Chrissi, du bist so bescheuert! Welcher Mann findet es denn gut, wenn seine Frau noch den Ex liebt? Keiner! Aber was soll man machen? Gefühle kann man sich nicht wegdenken!

»Kennst du *Elvis Live in Las Vegas*?«

»Äh, nein ...«

»Soll ich mal anmachen?«

»Klar.«

Was soll sie auch sonst sagen? Heute ist Bewerbungsgespräch. Oder wie soll man das nennen? Einstellungsgespräch. Sie ist ja längst drin. Aber soll sie doch noch nicht wissen. Ich tippel leichtfüßig mit dem Rum in den Gehirnwindungen zum TV-Schrank, hole die DVD raus, die liegt da immer rum, ich gucke sie oft, dann geht's mir richtig gut, wenn Elvis läuft. Lege sie ein, drücke Play, Fernsehen an, es ist echt nicht auszuhalten, wie viele Fernbedienungen man heutzutage braucht, für Sky, für TV, für Apple TV, da trinkt man besser nichts, dann kriegt man das auch einfacher ans Laufen. Die DVD läuft endlich, der Bildschirm zeigt es auch, ich gucke immer mal hin, beste DVD aller Zeiten, *Elvis Live in Las Vegas*, aber wir unterhalten uns jetzt nur noch über ganz dumme oberflächliche Sachen, muss am Alkohol liegen, war aber ja auch genug Hardtalk am Anfang. Vermutlich fühlt Marie sich unwohl mit dieser fremden Frau auf dem Sofa.

Sie behauptet, sie müsse weg, sei mit einer Freundin verabredet. Bedankt sich für den Kaffee, ich linse rüber zu ihrer Tasse, sie hat noch nicht mal ein Drittel davon getrunken, hmmm, und sagt freudestrahlend: »Bis morgen dann?«

»Ja, bis morgen«, versuche ich locker und normal zu sagen, bin aber enttäuscht, dass sie schon gehen will. Habe wohl nicht die Strahlkraft, die ich ihr gegenüber gerne hätte.

Nachdem Marie gegangen ist, geh ich noch mit meiner Tochter raus an die frische Luft. Das macht man so als Mutter. Warum, weiß ich auch nicht. Braucht man Luft zum Wachsen? Was weiß ich. Ich versuche, immer zur gleichen Zeit rauszugehen, weil wir dann immer die gleiche Frau mit Hund treffen. Sie trägt ganz komische Kleidung, oft sehr lesbisch, sehr selbstbewusst, auch mal einen Omahut mit Feder in Dunkelrot, obwohl sie eher mittelalt als alt ist. Mittelalt heißt bei mir fünfunddreißig bis vierzig. Wenn man siebzig bis achtzig werden wird. Diese Frau macht immer sehr lange Spaziergänge mit ihrem Hund, der aussieht wie ein Fuchs. Ich glaube, sie trainiert viel mit ihm in einer Hundeschule. Jedenfalls macht sie mit ihm komische Sachen auf der Straße. Sie geht und sagt stopp! Und beide bleiben wie vom Blitz getroffen stehen. Dann lobt sie, und es geht weiter. Oder sie läuft die ganze Zeit im Zickzack um die geparkten Autos und lobt ihren Hund wie verrückt oder stopft ihn mit kleinen Fleischstückchen voll. Wenn sie einfach mit dem Hund geht, sieht sie traurig oder gelangweilt oder so aus, wenn sie trainiert, wirkt sie zehn Jahre jünger und lacht und lächelt ununterbrochen. Wenn wir sie treffen, ignoriert sie mich komplett, aber meine Tochter liebt sie. Sie liebt Babys und Hunde. Keine großen Menschen. Ist mir aber auch egal, weil ich in der Zeit nicht meine Tochter bespaßen muss. Die liegt dann wie verzaubert in ihrem spacig modernen Buggy und lächelt selig den Hund an. Mit ausgestrecktem Zeigefinger bohrt sie dem Hund ganz vorsichtig in die Nase, ins Auge oder ins Ohr. Streicheln mit einem Finger? Keine Ahnung, was das wieder soll. Ich stehe neben den dreien und gehöre sicher nicht dazu. So ist mein Leben oft.

# 4. KAPITEL

Morgens erzähle ich Jörg, dass ich hier rausmuss und in die Stadt will. Bummeln. Das schlimmste deutsche Wort, finde ich. Er glaubt's. Hat auch verstanden, dass Mila wieder mal in seiner Obhut sein wird. Rabenmutter. Elstermutter. Pelikanmutter. Kuckucksmutter. Schraubenmutter. Mutterkuchen.

Ich darf von Jörg aus keinen Sport machen. Wir haben uns irgendwann geeinigt, dass Leute, die Sport machen, schrecklich sind. Ich habe aber irgendwann dieses starke Bedürfnis nach Sport entwickelt, auch weil ich immer mehr zunehme. Und ich komm gegen die dogmatische Haltung bei gewissen Sachen nicht gegen meinen Mann an. Er hat Angst vor sportlichen Frauen, er denkt auch, dass Frauen langsam ihre Oberweite beim Sport verlieren, er hat Angst vor Frauen mit kleinen Brüsten. Egal, ich muss es jetzt, wie so vieles in unserer Ehe, heimlich machen und lügen.

Ich fahre wie im Schlaf mit unserem Kombi zur Turnhalle meines Fitnesslehrers. Den Kombi hat Jörg gerade frisch abgeholt, ab Werk, damit haben wir ein bisschen Geld gespart. Er ist extra mit dem Zug nach Wolfsburg gefahren. Ich kaufe mir jedenfalls eine Kleinigkeit in der Stadt und behaupte, dass es teurer war, so decke ich die Kosten für den Sportlehrer und viele andere Sachen, die ich heimlich mache. Jörg hat noch viel weniger Ahnung von Mode, Schmuck und sonstigen Sachen, die es in der Stadt gibt. Da kann ich ihm locker einen vom Pferd erzählen. Ich zahle den Sportlehrer als Einzige dort immer bar, wie so einen Drogendealer. Damit Jörg nichts auf dem Kontoauszug bemerkt. Fast ohne irgendwas gedacht zu haben bin ich an der Turnhalle der Heimlichkeit angekommen. Weil es niemand wissen darf, was ich da mache, komm ich mir immer vor, als würde ich fremdgehen, das ist ein schönes, warmes, aufregendes, bekanntes Gefühl.

Ich watschel in die Halle, grüße alle Fitnesskanonen da, alle muskulöser und jünger als ich, natürlich. Und gehe in die Umkleide für Damen und zieh mich um. Ich ziehe mich immer ganz nackt aus, hoffe, dass jemand reinkommt, kommt meistens niemand, dann zieh ich mir enttäuscht meine Sportklamotten an, die ich ganz klein, wie ein Paket, zusammengerollt habe in meiner großen Handtasche. In meiner Handtasche liegt eine ganz tolle Erfindung, das Kangaroo Light. Das habe ich im Internet gefunden. Das wurde für Frauen erfunden und gegen Frust von Frauen. Jede Frau, die eine Handtasche benutzt, kennt dieses schlimme nervige Gesuche in der Handtasche. Meistens ist die Handtasche vollgestopft mit Zeug, und es ist stockfinster da drin. Wo dann jeder, der dabei zuguckt, sagt: Na, zu viel in die Tasche gestopft? Ja, du Arschloch, wie man mir ansieht, krieg ich nie den Hals voll, aber vor allem ist es einfach zu dunkel in der Tasche, um was zu finden! Und diese klugen Leute aus Madrid haben eine Handtascheninnenbeleuchtung erfunden, in der Form einer biegsamen kleinen Plastikdecke. Dieses Lichtdeckchen ist immer sehr leicht zu finden, weil es knallweiß und größer als eine große auseinandergefächerte Hand ist. Das knipst man einfach an, und das Innere der Handtasche wird hell erleuchtet, man sieht jeden Fitzel. Das bringt das Frauenherz zum

Hüpfen, meins jedenfalls. Licht wieder ausgeknipst, damit die Batterie so lange wie möglich hält, ich hasse es, Sachen immer aufladen zu müssen, habe das Gefühl, dass man die meiste Zeit seines Lebens Ladekabel sucht und Geräte auflädt.

Schnell noch die Füße ohne Socken in die Turnis und ab in die Turnhalle. Eine typische Muskelaufbaustunde bei meinem Trainer sieht so aus: Ich betrete die Fitnesshalle. Der Bewegungsmelder macht das Licht an, was sehr schade ist. Ein verdunkelter Fitnessraum sieht eher nach Schlafen aus als nach Arbeit für den Körper. Das bleibt aber eben nur genau zwei Sekunden so schön wie ein Garten, in dem die Sonne untergeht, dass die Grashalme alle lange Schatten werfen. Dann geht das Operationslicht an. Und das braucht mein Trainer. Er sitzt immer ganz nah bei mir und guckt sich jede Bewegung genau an. Er weiß genau, wie lang meine Beine und Arme sind, sodass ich bei gewissen Pendelübungen der Extremitäten nicht ihn berühre, aber meine Armbehaarung seine. Wie ein ganz leichter Stromschlag. Der Schlag des Flügels eines Schmetterlings.

Ja, solche Gedanken hat man eben, wenn man sich sportlich so nah kommt. Bis jetzt, sagen wir, ich war schon hundertmal bei ihm, lag immer eine dünne, kaum gepolsterte Matte da, eine kleine Kugel aus Styropor, die aussieht wie diese Hass-Avocados, so heißt die Sorte, Hass, heißt bestimmt in einem anderen Land Sonne oder so was, nur eben nicht in der typischen Tropfenform einer Avocado, sondern kugelrund, aber mit dieser braunen, hubbeligen, pickelähnlichen Oberfläche, wie die Hass-Avocado sie hat. Eine Styroporrolle, ein Gummiband, sehr breit, dick und eng. Je fitter man wird bei den Gummibandübungen, umso enger, breiter und dicker wird eben das Band. Das brauchen wir später noch, um mit Gegenkraft die Beine zu spreizen. Und eine Flasche stilles Wasser der Marke Evian steht auch da. Das ist das Begrüßungsritual meines Trainers. Jetzt nicht nur für mich, sondern für jeden seiner Klienten. So nennt er sie. Nicht etwa Patienten oder Kunden.

Jede Übung wird dreimal wiederholt. Am Anfang muss man irgendwas nur fünfmal machen und dann mit Pause dazwischen dreimal wiederholen. Wenn man was fitter geworden ist, muss man diese Sachen fünfzehnmal machen mit drei Wiederholungen von der ganzen Rutsche. Ich schwitze mir da den Arsch ab, aber vielleicht hilft's ja. Marie ist jetzt ein neuer Ansporn, so viel ist klar. Ich versuche während der ganzen Stunde, nicht zu sehr in meinem Kopf zu jammern, damit das Elend schnell zu Ende ist. Lieber einfach an nichts denken. Das ist das Komische an Sport, während man ihn macht, will man immer, dass er vorbeigeht, und wenn es dann vorbei ist, kommt es einem rückblickend nicht mehr so schlimm vor. Wie bei der Geburt eines Kindes. Nachher ist man stolz auf sich. Und fühlt sich bombe. Alles Schlimme vergessen.

Der Trainer beendet die Stunde, wir schlagen ein, wie man das so unter Sportsleuten macht, offensichtlich, und ich gehe zur Dusche hinter der Damenumkleide.

Ich ziehe die salzigen Kleidungsstücke ab, die kleben schön am rot angelaufenen Körper. Ich muss meine Atmung stark beruhigen, weil ich sonst hyperventiliere. Passiert mir nach dem Sport oft, daran sehe ich immer, wie unfit ich eigentlich bin. Ich pfeffer die Klamotten auf den Boden. Und gehe in die Dusche. Die Duschen hier sind locker noch aus den Siebzigerjahren. So schöne bedrohliche dunkelbraune Fliesen. Nur die Duschköpfe sind neu. Da ist kein einziges Loch verstopft mit Kalk. Ich drück auf den Buzzerknopf, und schon prasselt das erst kalte und dann etwas zu heiße Wasser gegen meine Stirn. Es läuft auch über die verbrühte Haut an meiner linken Brust, ich halte es aber aus, ziehe nicht weg, wie der erste Impuls eigentlich wollte. Ich presse die Augen zu und halte mein Gesicht in den harten Strahl.

Das piekst richtig, wie Nadelstiche, aber ich ziehe nicht weg, will keine Pussy sein. Vielleicht ist das ja auch gut für meine Haut. Ich gucke nach unten. Da sind diese verbrühten Stellen, und daneben sind so was wie Mitesser, aber die sehen sooo klein aus, als dürfte man sie nicht ausdrücken. Wird trotzdem zu Hause bei besserem Licht probiert. Wieder Konzentration auf die Hände! Ignorier die pochende Haut auf der Brust. Ich streichel meine Taille, meine Pobacken, bei mir ist alles schön weich. Ich hebe meine bisschen schweren Brüste an, da muss ich immer drauf achten, dass es da drunter sauber bleibt, nicht, dass sich irgendwann eine Unterbrustfaltenentzündung entwickelt.

Sie sind sehr weiß, wie soll es auch anders sein? Ich sonne mich ja nicht nackt irgendwo. Wir fahren auch nicht mehr in den Urlaub, weil Jörg immer so viel arbeitet und an seiner Karriere schrauben muss. Deswegen sehe ich jetzt jede blaue Ader durch die weiße Brusthaut. Um die linke Brustwarze herum sind drei Hexenhaare und neben der rechten Warze zwei. Das wird aber auch immer mehr. Chrissi, versuch, dir zu merken, die zu Hause mit der Pinzette rauszuzupfen! Nur falls es noch mal zum Äußersten kommen sollte zwischen Jörg und mir, wäre es mir extrem unangenehm, wenn er, wie immer, meine Brüste und Brustwarzen genau untersucht, bevor er sie ausgiebig leckt, auch wie immer, und dann stehen da wie bei einer sehr alten Frau die Hexenhaare rum. Oder was wäre, wenn Marie das sieht? Das könnte ich mir auch vorstellen. Ich muss mich noch im Schritt waschen, aber ich muss vor mir selber zugeben, dass die Schamlippen schon bei meinen Berührungen und Gedanken angeschwollen sind. Ich reibe zwischen den Schamlippen rum, schiebe meine Hüfte total bescheuert nach vorne, damit Wasser überall drankommt, und höre schnell auf. Wo soll das denn hinführen. Ich werde ja wohl kaum mich hier fingern, bis ich komme, und womöglich kommt noch jemand rein. Hilfe, nein!

Ich drehe mich um und lasse das Wasser zwischen meine Pobacken laufen. Ich spreize mit meinen Händen meine schweren Pobacken auseinander und halte das Poloch ganz genau in Richtung des harten Strahls. Der Wasserfluss stoppt, ich schlage wieder den Buzzerkopf und spreize noch mal den Arsch auseinander. Leider habe ich kein Duschzeug eingepackt. Vergesse ich oft. Aber Wasser reicht eigentlich, um den frischen Sportschweiß wegzuwaschen, ich will ja nur nicht, dass Jörg was merkt. In einer normalen Beziehung würde doch bestimmt die Frau, jetzt von sich selbst aufgegeilt, nach Hause fahren und vielleicht ihren Mann verführen oder, ein bisschen abgefuckter, einfach sagen: Komm, wir ficken. Wie man es halt so macht in alten Beziehungen. Ich mache das nie. Leider. Ich finde das irgendwie peinlich, oder ich gönne ihm diese Freude nicht.

Bleibe ein paar Sekunden so, atme tief ein und aus, es entfleucht ein ganz leises kleines Geräusch bei einem Ausatmer. Fast gestöhnt, aber nur fast. Ich drehe mich noch einmal mit dem Gesicht in den Strahl, schiebe mir ganz schnell zwei Finger rein und reiße sie wieder raus. Zack. Keiner gemerkt.

Vielleicht kann ich Marie mit zum Sport nehmen? Kann ich ihr vertrauen, dass sie es Jörg nicht erzählt? Immerhin hat er sie ja am Schwarzen Brett gefunden! Oh ja, das stell ich mir geil vor, so ganz unauffällig tun, bla bla haha, Frauen nach dem Sport, natürlich duschen wir nackt, so tun, als wär's ganz normal, und in Wirklichkeit zwickt es fast schon schmerzhaft beim Gedanken daran in den geschwollenen Lippen!

Ich werde testen, ob ich ihr trauen kann. Da denk ich mir noch was Gutes aus.

# 5. KAPITEL

»Mariiehiie?«

Ich stehe im Treppenhaus und halte wie ein Matrose, der auf dem Boot ruft, beide Hände als schallverstärkenden Trichter vor meinen Mund und schwenke mein Gesicht schreiend nach oben und unten. Sie arbeitet hier irgendwo in meinem Haushalt, den eigentlich ich schmeißen müsste. Als ich die Hände runternehme, schrappe ich mit einem Fingernagel an meiner großen Brandblase an der Brust vorbei und bringe sie zum Aufplatzen und Auslaufen. Das tut sehr weh, aber nervt noch mehr, als es wehtut, weil mein dunkelgraues Jerseykleid mit Apfeldruck am Ausschnitt Flecken bekommt von Blut, Eiter und Wundflüssigkeit. Bevor ich weiter Marie suche, ab an den Kleiderschrank, Kleid übern Kopf gezogen, mit in die Reinigungskiste, ein schlichtes schwarzes, etwas zu enges altes Kleid drübergezogen und weiter Marie gesucht: »Mariiehiie?«

»Jaha! Ich bin in der Küche hier unten«, schreit sie zurück. Lustig, wie selbstbewusst sie dann manchmal ist, als hätte sie schon immer hier gearbeitet oder sogar schon gelebt. Dabei sind es erst ein paar Tage.

Schwupsdi, die Treppe wieder runtergehüpfelt, nicht zu schnell, sonst stuft Jörg das wieder als zu sportlich ein, komme mir schon fast vor wie bei den Feedern, und spreche mit Marie in der Küche.

»Kannst du bitte gleich noch die Reinigungssachen wegbringen? Hatte ich heut Morgen vergessen, dir zu sagen.«

»Klar. Ich mach nur noch schnell den Kühlschrank sauber.«

Sie hat alle Produkte aus dem Kühlschrank ausgeräumt und so auf der Arbeitsfläche aufgestellt wie die Blechdosen beim Büchsenwerfen auf der Kirmes. Eine stabile Pyramide aus Käse, Sahne, Gurken im Glas und Nudelsaucen. Das ist so typisch Marie, das rührt mich richtig. Eigentlich ist alles, was sie macht, schön. Aber nicht mehr lange. Oh Gott, Chrissi, übertreib mal nicht mit deiner Dramatik. Ja, ja, du wirst sie verführen, ist schon klar, dann halt dich mal ran.

»Ist er innen schon gewischt?«

»Ja, hab ich grad fertig gemacht.«

»Dann helf ich dir einräumen, geht schneller so.«

»Willst du mich loswerden?«

»Nein! Wieso?« Sie hat's gemerkt.

Sie lacht. »Warum guckst du so geschockt? War doch nur ein Witz.«

»Ah, ach so.« Ich Idiotin. Da muss ich aber auch besser werden.

Zack, zack, alles eingeräumt.

»So«, sage ich, und das soll heißen: Verpiss dich, du kleiner Honk.

Sie versteht es genau richtig, mit einem irgendwie verwirrten Gesichtsausdruck macht sie einen Schritt nach hinten, richtet sich ihre zu kurze Jacke am Revers, lächelt etwas verkrampft und geht, wahrscheinlich zur Reinigungskiste. Gut, die Sache läuft, bald verlassen alle Maden im Speck hier das Haus, und dann kann ich endlich ungestört telefonieren. Ich traue mich auch nie zu pupsen, wenn andere im Haus sind. Hab schon öfters versucht, heimlich zu pupsen in meinen eigenen vier Wänden, zum Beispiel im Wäschekeller, aber was passiert dann natürlich? Genau dann kommt Jörg mich suchen, um mir was Wichtiges zu erzählen. Und sagt dann, wenn er den zugepupsten Raum betritt: »Äh, hier stinkt's aber, ist irgendwas hier im Keller mit den Abwasserrohren nicht in Ordnung?« Er käme in hundert Jahren nicht drauf, dass ich das war, weil er mich als Nichtpupserin kennengelernt hat. Es muss alles andere sein, nur nicht die Gedärmfunktion der eigenen Frau. Und ich steh dann da, und jedes Mal, wenn er nicht guckt, wedel ich an meiner Kleidung, damit er bloß nicht merkt, dass der stärkste Geruch aus meiner Kleidung steigt. Ja, ja, die Probleme einer Ehe. Gleich wird telefoniert und leise vor mich hingepupst, damit man das am anderen Ende der Leitung nicht hört. In meiner Schublade habe ich ganz unten, unter all den nicht eingelösten Geschenkgutscheinen von Verwandten und Freunden für kosmetische Behandlungen, Massagen und so, die Nummer der Flugangsttherapeutin. Ich hebe lieber die ganze Schublade raus, dann komm ich besser an die untersten Schichten. Was mir schon alles geschenkt wurde. ADAC-Sicherheitstraining, nur weil einer Freundin mal die ganze Familie in einem Auto gestorben ist! Heute, wenn ich mir die Hochzeit meines Schwagers in meinem Haus angucke, wär ich froh, wenn ein paar Verwandte bei einem traurigen Schicksalsschlag umkämen. Oder wenigstens die liebe neue Frau meines Schwagers, die erwiesenermaßen hässlichste Braut der Welt, mit schlimm geschnittenem Kleid und Brille dazu. Dieses familiäre Problem von vielen, leider, fing mit einer Überfallfrage meines Schwagers an meinen Mann an. Ich denke die ganze Sache immer wieder durch, um eine andere Haltung zu dieser Hochzeit zu bekommen. Diese Gedanken, in denen ich mich als Opfer der Umstände fühle, sind quälend! Ich versuche, mich in meinen Mann reinzufühlen. Chrissi, er wurde in einem schlechten Moment der Schwäche direkt gefragt: Darf ich meine Hochzeit in eurem Haus feiern? Und er so: Klar. Sagt einfach zu, ohne vorher mit mir gesprochen zu haben. Ich kenne das von meinem Mann, diese schwachen Momente. Wenn eigentlich das Gehirn schon ganz laut schreit: NEIN, SAG NEIN. Und um das zu verbergen, sagt man einfach: JA. Der Bruder meines Mannes hat nicht viel Geld, ist meiner Meinung nach auch viel zu jung zum Heiraten. Wiederhole ich mich? Aber gut. Gut, Jörg hat zugesagt, was sollte ich da noch machen? Natürlich war Arne auch für die Organisation einer solchen Party zu jung, bedeutet: Wir standen ihm mit Rat und Tat und dann am Ende auch ganz schön viel Geld zur Seite. Ach, Chrissi, hör auf, drüber nachzudenken, verdräng lieber das Thema, du willst es abschließen, aber du buddelst alles nur wieder aus und fühlst dich genauso wütend wie während der Hochzeit. Was wolltest du eigentlich machen?

Ach ja, hier ist die Nummer von Frau Dr. Nikitidis.

Ich setzte mich im Schneidersitz neben die Schublade auf den Boden und versinke in Gedanken, das mache ich meistens, wenn ich den Dreck unter meinen Fingernägeln rauspule. Habe da eine ganz spezielle zwanghafte Technik entwickelt. Ein Nagel nach dem andern, in der immer gleichen Reihenfolge, wenn ich den Dreck unter dem ersten Nagel raushab, muss der wiederum mit dem umgedrehten gereinigten Nagel wieder rausgeschoben werden, dann liegt er obenauf und kann am Hosenbein abgewischt werden. Das mache ich bei allen zehn Nägeln. Bis jedes winzig kleine Dreckskörnchen weg ist.

Ich hege schon länger einen Plan, einen Wunsch, einen Traum. Ich würde gerne mal, das erste und letzte Mal, alleine verreisen. Weil ich schreckliche Flugangst habe, trau ich mich nie, irgendwo hinzufliegen. Für Jörg ist das richtig schlecht, er kann nur alleine weit wegfliegen oder hat eben so ein Angstfrettchen den ganzen Flug neben sich sitzen, wenn ich mich überhaupt traue einzusteigen. Oft genug habe ich Flüge auch schon platzen lassen. Ich will mal ohne Flugangst fliegen, alleine, damit ich stolz auf mich sein kann.

Ich überlege die ganze Zeit schon, wohin. Am liebsten Hawaii, aber so viele Stunden im Flugzeug sitzen, ist für den Anfang vielleicht ein bisschen übertrieben. Mein Vater hat mir mal *Elvis. Aloha from Hawaii* mitgebracht, seitdem will ich da hin.

Ich drehe die Visitenkarte von der Ärztin um, das ist ja schon der Anfang der Flugangst. Ich denke, ich will doch nicht verreisen, damit ich nicht den Schritt machen muss und sie endlich anrufe. Schlimm. Aller Mut schwindet wieder. Ich werde sie wieder nicht anrufen. Aber eines Tages werde ich stark sein und vielleicht zu einem richtig guten Anlass, was sollte das denn sein?, ruf ich sie an. Und wieder dem Tod von der Schüppe gesprungen. Ach, Chrissi, du Honk. Deine Flugangst ist schon eine schwere Behinderung.

Und sie äußert sich folgendermaßen: Schon lange vor dem Flug, beim Packen und am Flughafen, geht es mir sehr schlecht. Wie eine negative Form von Lampenfieber. Ich bin angespannt und aggressiv. Jedem und allem gegenüber. Der Taxifahrer mit seiner Quittung für die Steuer, die Drehtür am Flughafen, die Schlange am Check-in sind schon für mich kaum zu bewältigen. Ich atme flach und habe Schwindel. Bin überfordert mit den einfachsten Denksportaufgaben, wie zum Beispiel: eine Flasche Wasser in der Tasche vor der Sicherheitskontrolle: NEIN, eine Flasche Wasser nach der Sicherheitskontrolle in der Tasche: JA.

Das Schlimmste, was ich in einem Flugangstpanikanfall am Boden mal gemacht habe, war: Ich habe die ganze Zeit einen Mann beobachtet. Er sah genauso aus wie Mohammed Atta, der Hässlichste aus der Gruppe vom 11. September. Er trug eine knielange Khakihose, Sandalen ohne Socken, ein sandfarbenes kurzärmeliges Hemd. Nicht der Atta, sondern der, den ich am Gate beobachtet hab, der dem Atta ähnlich sah. Alles schon mal sehr verdächtig. Und zusammen mit dem Fakt, dass er KEINE Tasche dabeihatte, reichte das dann alles für den Eindruck, dass er sich in die Luft jagen will auf meinem Flug, zumindest wenn man so viel *Homeland* guckt wie ich. Zu allem Überfluss schrie er »Alhambra almacha« in sein Telefon. Das war das einzige Teil, das er bei sich trug. Natürlich um letzte Anweisungen von seinem Hassprediger zu erhalten. Ich beobachtete die anderen Fluggäste, alle waren betont locker, guckten in verschiedene Richtungen, lasen fast schon verkrampft Zeitung oder kniffen ihre Augen zu und taten so, als würden sie ganz beseelt im Sitzen schlafen. Sie hatten auch alle Angst, ganz sicher, aber trauten sich nicht, was zu unternehmen. Also musste ich das machen! Für mich stand fest, dass unser aller Leben in Gefahr war. Ganz ganz tief in mir drin bestand natürlich die minikleine Möglichkeit, dass es peinlich enden könnte für mich. Aber eben nur miniklein. Deswegen musste ich zur Tat schreiten. Da ich für den Flug eine Tasche aufgegeben hatte, und ich weiß natürlich, dass ein Flugzeug nicht losfliegt, wenn jemand seine Tasche drinhat, dann aber nicht einsteigt, wusste ich, dass ich meine Tasche zurückfordern würde. Die würden mir alle noch dankbar sein, wenn ich diesen kriminellen Mann verhaften ließe und unser aller Leben retten würde.

Ich ging zur Bodenpersonalticketabreißerin, die an ihrem Schalter schon alles fürs Einsteigen vorbereitet hatte. Sie wollte grad durch ihr Mikrofon sagen, in welcher Reihenfolge die Passagiere einsteigen sollten, damit es schneller ging. Ich versuchte, meine Stimme nicht ganz so laut klingen zu lassen, weil ein bisschen schämte ich mich auch für das, was ich jetzt sagen würde: »Guten Tag, es tut mir leid, aber ich kann nicht in das Flugzeug steigen, ich beobachte schon die ganze Zeit einen sich sehr auffällig benehmenden Fluggast. Er macht mir Angst, und darum steige ich hier nicht ein.« Das schien sie nicht sonderlich zu beeindrucken. Sie fragte: »Haben Sie Gepäck aufgegeben?« – »Ja!« – »Oh nein.« Sie verdrehte die Augen. »Da muss ich den Koffer ja dann rausholen lassen.« – »Ja!«, sagte ich wieder. »Außerdem will ich jetzt zur Flughafenpolizei, weil ich es nicht mit meinem Gewissen vereinbaren kann, dass all diese Leute zusammen mit diesem Mann einsteigen.« Sie verdrehte jetzt sichtlich wütend die Augen. »Na gut.«

Ich bin durch die Sicherheitskontrolle nach draußen gestiefelt. Rückwärts durch den Metalldetektor darf man ja, ohne seine Schuhe und den Gürtel auszuziehen. In unserem Flughafen ist die Polizei im Keller. Das ist kein so schöner Arbeitsplatz. »Guten Tag, mein Name ist Christine Schneider. Ich bin auf den Flug nach Berlin gebucht, eine Arbeitsreise, aber das tut hier nichts zur Sache. Und ich hoffe, dass ich jetzt keinen Riesenfehler mache, aber ich möchte nicht in das Flugzeug steigen, weil ich am Gate eine verdächtige Person beobachtet habe, die macht mir so eine Angst, dass jetzt grad mein Gepäck wieder aus dem Flugzeug geholt wird.« Die Polizisten, zwei junge Männer, guckten sich ernst an, und der eine: »Geben Sie uns bitte mal Ihren Ausweis?«

Ich kramte in meiner Handtasche. »Bitte schön.«

»Dann wollen wir da mal hingehen, und Sie zeigen uns den, Frau Schneider.«

»Oh nein, das will ich nicht. Was, wenn ich mich vertue und er unschuldig ist, da zeig ich doch nicht vor allen auf den.«

Die Polizisten hatten Verständnis und dachten sich was Neues aus. Sie gingen mit mir zusammen in Richtung von meinem alten Gate, ließen mich aber ein paar Meter abseits stehen und sich von mir den Atta genau beschreiben, dann sagten sie mir, ich solle auf sie warten. Alle Passagiere für diesen Flug waren schon eingestiegen.

Ein paar Minuten später kamen beide Polizisten dann mit einem fremdländisch aussehenden Ausweis in der Hand zurück. Der eine Polizist blieb bei mir, der andere ging wieder in den Polizeibunker unter dem Flughafen. Während wir auf ihn warteten, stellte ich mir vor, wie der eine unten die Personalien von Atta überprüft und mich sehr dankbar anguckt, weil ich circa siebzig Menschen höchstwahrscheinlich das Leben gerettet habe.

Dann kam der zweite Mann wieder zurück aus seinem Bunker, und er guckte gar nicht dankbar. Er sagte zu seinem Kollegen, der bei mir gewartet hatte: »Nichts Auffälliges zu finden. Keine Vorstrafen. Ich geh da jetzt rein, geb ihm den Ausweis zurück und guck, ob von der jungen Dame hier der Koffer schon rausgeholt wurde.«

Sie haben über mich geredet, als wär ich nicht da. Ich hoffte so sehr, dass dieser nicht vorbestrafte Schläfer gleich seine verdammte Pflicht tun würde und die beiden Polizisten sich bei mir entschuldigen müssten für ihre grobe Fehleinschätzung der Situation.

Ein Mann in neongelber Leuchtweste kam dann von draußen rein und hatte meinen Koffer in der Hand. »Danke sehr.«

Er schüttelte nur den Kopf und ging wieder raus.

Der eine der beiden Polizisten drückte mir meinen Ausweis wieder in die Hand und sagte: »Übrigens: erst mal vor der eigenen Haustür kehren. Ihr Ausweis ist vor drei Monaten abgelaufen.«

Solche Stunts bringe ich dann ständig am Flughafen wegen der Flugangst, und eigentlich mache *ich* das ja nicht, sondern die Angst mit mir. Bei jedem Flug höre ich schon an der Sicherheitskontrolle diese Stimme im Kopf, die mir ständig zuflüstert, steig da nicht ein. Du wirst sterben. Jeder komische Typ ist ein Terrorist. Ich beobachte jedes Mal durch die Scheibe am Gate die Piloten, wie sie im Cockpit alles vorbereiten, sehen sie müde aus? Streiten die sich gerade? Meine Schnappatmung setzt ein, ab da gibt's kein Zurück. Wenn mich jemand anspricht, und sei es nur, ist der Platz neben Ihnen noch frei, kann ich es kaum verstehen, weil ich innerlich schon vor Angst rase. Ich stell mir immer den Zielflughafen vor, wie dort eine Notfallstation eingerichtet wird für die geschockten Verwandten der Toten, wenn der Flug abgestürzt ist, sie wollten sie grad abholen kommen, mit Plakaten und Ballons und einzelnen Rosen. Wie früher mein Vater, wenn ich zu ihm geflogen bin. Da kommt aber keiner an.

Als Kind bin ich oft alleine geflogen. UM. Unaccompanied Minor. Das klingt so schrecklich. Wie alleinstehender Minderbemittelter. Wenn ich jetzt so richtig drüber nachdenke, war ich die meiste Zeit meiner Ferien als Kind in irgendwelchen Zeltlagern, und meine Eltern währenddessen ja wohl alleine im Urlaub. Hör mal, geht's noch? Und für ein paar Tage, wahrscheinlich weil es sich einfach nicht vermeiden ließ, terminlich, bin ich dann meinen Eltern als UM nachgeflogen. Vater holte mich immer ab, weil sich meine Eltern immer im Auto beim Fahren streiten. Das Schönste in Spanien aber war, mit meinem Vater gemeinsame Sache gegen meine Mutter zu machen. Er und ich aßen alle Krustentiere, die nicht bei drei auf dem Baum waren. Er wusste immer genau, welches Krustentier es war, wenn wir am Hafen was den Fischern abgekauft haben, und auch, wie es zu öffnen und zuzubereiten war. Austern mit diesem coolen Killerwerkzeug, spezielles Austernmesser, an beiden Seiten scharf, Austernkettenhandschuh, wie von einem alten Ritter, und legendär, nur nicht bei meiner Mutter: der Krebssalat im eigenen Panzer. Das muss man echt studiert haben, welches von den ekelhaft aussehenden Teilen man isst und welches man wegschmeißt. Das gute Zeug schön in Mayonnaise anmachen, würzen mit Pfeffer, ganz, ganz wenig feiner Essig. Hmmm, hab ich immer so getan und alles aufgegessen, um meinen Vater zu beeindrucken, und nachher hab ich mich ekelig gefühlt im Bauch, weil ich dachte, das krabbelt da noch alles rum.

Ja, Reisen ist schön, aber nur für andere Menschen, nicht für mich.

Ich nehme noch mal die Visitenkarte in die Hand, ich gebe mir einen Ruck, aber der Ruck ist nicht hart genug. Ich schiebe ganz langsam mit hängenden Schultern die Visitenkarte so weit weg von mir, wie es meine Arme erlauben. Und muss mich ablenken von meiner Loserhaftigkeit.

Ich will eine Serie anmachen. Muss kurz überlegen, welche am spannnendsten aufgehört hat. Ganz klar *Prison Break*. Michael Scofield hat Nasenbluten bekommen, und alles deutet auf ein Aneurysma hin. Wenn ich denke, ich habe Probleme, dann schaue ich mir jetzt erst mal seine an. Aus der Süßigkeitenschublade Lorenz Chips Meersalz & Pfeffer geholt. Beck's. Die Bettdecke oben vom Ehebett auf die Couch. Störende Lampen alle aus und Play.

# 6. KAPITEL

Ich schrecke im Schlaf hoch, habe was gehört. Mein Kopf dreht sich zu Jörg, er schläft tief und fest und hat einen verkrampften Gesichtsausdruck. Auch wenn er nachher sauer sein wird, ich kann ihn nicht wecken, und: ganz ehrlich, ich glaub, ich käme spontan mit Einbrechern oder sonst welchen Eindringlingen besser zurecht, weil ich die nötige Wut im Körper habe und er nicht, auch wenn er ein Mann ist, er hat nullkommagarkeine Muskeln und könnte uns deswegen nullkommagarnicht verteidigen.

Ich schäle mich aus den Decken, schwinge wie immer beide Beine gleichzeitig aus dem Bett, damit beide Füße gleichzeitig den Boden berühren. Was war denn das für ein Geräusch, das mich geweckt hat? Ich komm nicht mehr drauf, aber es war auf jeden Fall was.

Als ich ganz leise schleichend das Schlafzimmer verlasse, nehme ich noch meinen Bademantel vom Haken, alles schön an seinem Platz hier in Jörgs Haushalt. Mein Herz schlägt innen gegen den Brustkorb, so laut im Ohr auch, dass ich eh nichts mehr hören könnte, wo jemand im Haus sich bewegt, falls jemand schon im Haus ist. Ich entscheide mich dagegen, das Licht anzumachen, sonst hab ich ja gar keine Chance, denjenigen bei was zu erwischen. Glaube eh, dass unsere frühere Freundin Caroline dahintersteckt, nicht, dass sie jetzt selbst hier rumschleicht, obwohl, sie kennt sich aus, sie hat hier früher auf Mila aufgepasst, wenn Jörg und ich ausgegangen sind, das ist jetzt auch schon länger her, das Ausgehen. Unten öffne ich im Stockdunkeln die Terrassentür und gehe raus in unseren kolosseumähnlich angelegten Garten. Und gehe auf ganz leisen nackten Sohlen im Garten herum. Ich halte die Luft an, manchmal ist Atmen sogar zu laut, wie lange man mit Adrenalin im Körper die Luft anhalten kann, um, wie ein Tier, besser hören zu können. Ich horche in die Hecken und Büsche, die nie jemand schneidet, weil sich keiner in unserer Familie mit Natur auskennt.

Nichts. Ich höre nichts. Langsam beruhigt sich meine Atmung und mein Herz und alles, was mit dem Herzkreislauf zusammenhängt.

Und plötzlich scheppert was vorm Haus. Alter! Ich renne nach vorne, also vom Hintergarten auf die Straße und in den Vordergarten. Was will ich eigentlich machen? Warum bin ich nicht bewaffnet? Vergessen. Ich will nur diese Person mal sehen, die mich immer nachts weckt und um unser Haus schleicht. Ganz sicher hat Caroline den geschickt. Oder sie ist es selber. Das wär mal was, dann könnte ich sie hier auf unserem Grundstück töten, und es wäre irgendwie Notwehr, oder? Vertue ich mich da, und das gilt nur in Amerika? Das ist eben das Problem, wenn man zu viel amerikanische Filme und Serien guckt, dann fühlt man sich rechtlich auch eher dort beheimatet. Meine Freundin wäre ja dann auf unser Grundstück eingedrungen, und ich hätte das Recht, sie zu erschlagen, aus Notwehr oder wie man das nennen soll, um meine Familie vor diesem Eindringling zu schützen.

Da unter dem Carport, in dem ganzen Schrott und Sperrmüll, hockt doch wer? Ich packe mir die große Stahlluftpumpe, die in der Einfahrt vor sich hin vergammelt, weil auch Fahrradfahren bei uns als zu sportlich gilt, leider, und gehe ganz langsam auf diesen dunklen Schatten zu. Ich hole mit der Pumpe aus und schlage drauflos. Das fühlt sich nicht an wie ein Menschenkörper, sondern wie ein Plastiksack voll mit Stoff. Das sind die aussortierten Kleidungsstücke von uns für den nächsten Flohmarkt. Scheiße. Gut, dass ich Jörg nicht geweckt habe. Werde ich verrückt? Oder war da jemand, und er ist nur entkommen? Oder besser sie. Ihr wär so was Craziges echt zuzutrauen. Die ist richtig verrückt! Noch verrückter als ich, auf jeden Fall. Sie kann es nur irgendwie besser verstecken. Ich leg mich jetzt wieder ins Bett und hoffe, dass Jörg nicht merkt, was hier wieder los war.

Ich gehe zurück, den Weg, den ich gekommen bin, ich atme die frische Nachtluft ein, sie kribbelt weich auf der Haut, so fühlt sich der Körper auch nach getanem heimlichen Sport an, ganz leicht, hier mitten in der Nacht mit dieser Körper umwehenden frischen schönen schmeichelnden Luft, dass man ganz stark im Hier und Jetzt ist. Bisschen peinlich, im Bademantel auf der Straße zu sein, fällt mir grad auf. Und ab in den Hintergarten und zur Terrassentür.

Sie ist zu. Fuck. Zugefallen. Oh nee, scheiß nächtliche Brise. Okay, ich muss Steinchen werfen, wie so eine scheiß frisch verliebte Kackbratze, und meinen Mann wecken, und er merkt, was hier los war, und ich muss ihm entweder die Wahrheit sagen oder mir was Gelogenes ausdenken, weiß nicht, was nerviger ist. Kotz. Ich schiebe noch mal mit aller Kraft gegen die Glastür, und sie geht auf. Gott sei Dank. Hab nur nicht feste genug probiert. Ich alte Panikattacke. Ich schließe die Tür hinter mir. Bin so erleichtert, dass ich Jörg schlafen lassen kann, dass er nichts merkt von meinem nächtlichen Ausflug. Ich lege mich ganz leise wieder zurück an meinen Platz im Bett und grübele noch beim

Einschlafen über Caroline nach. Zu was wäre sie imstande? Sie weiß so viel über uns. Ich hätte ihr nie so viel erzählen dürfen. Freundschaft schlägt in Feindschaft um, und ich zerbreche daran. Ich denke, alles kommt zurück wie ein Bumerang.

Ich blicke auf meinen Wecker, 08:09 Uhr. Eine Minute zu spät geguckt, Scheiße! Nicht aufregen, vielleicht schläfst du noch mal ein. Also: Entspanne deinen Rücken, atme tief aus durch den Mund, so lange wie du kannst, atme kurz durch die Nase ein. Man muss es sich einfach nur immer wieder sagen, dass man entspannt ist, dann wird das bestimmt auch irgendwann so. Schlaf, schlaf, schlaf, Chrissi.

Gedanken fluppen zu Marie. Oh Mann. Ich fahr immer so auf neue Leute ab. Dann lass ich sie aber aus Langeweile bald wieder fallen. Wie soll man das durchbrechen? Aber warum überhaupt soll man Dinge durchbrechen, machen andere ja auch nicht. Die bleiben einfach immer die Gleichen, ein Leben lang.

Bei ihr ist es aber was Besonderes. Was ist es? Die Ausstrahlung? Kann nicht nur am Aussehen liegen. Kann nicht! So platt bin ich auch wieder nicht. Marie, Marie, kaum ein paar Tage hier im Haus, schon alles voll von ihr?

Gut, Schlafen geht nicht mehr. Dann halt aufstehen. Gehe in die Küche, schäle drei Orangen, eine große Grapefruit, die kommen in den Entsafter, dann eine Banane, eine Möhre, ein kleines Stück Brokkoli, ein paar tiefgefrorene Beeren, ein Löffel Chiasamen, ein Löffel Spirulina-Algen-Pulver und Moringablatt-Pulver, zwei große Löffel Sanddornpüree, ein Schuss Kokosnussöl und Leinöl und Biozimt, weil normaler krebserregend ist, in den Saft und mit dem Stabmixer auf höchster Stufe durchpüriert. Fertig. Das nehme ich für gute Haut, sage ich allen, aber in Wirklichkeit ist es gut gegen Depressionen. Und die Säfte machen die Schäden von Alkohol weg. Das ist eins meiner Lieblingshobbys, solche Getränke mixen, natürlich heimlich, Jörg weiß nicht, dass ich mich hinter seinem Rücken gesund ernähre. Ich überdecke ekliges rohes Gemüse geschmacklich mit Beeren und Mangos und Äpfeln, da kriegt man unbemerkt viel unter, solange die leckeren Sachen überwiegen. Die Konsistenz krieg ich kaum runter, aber ich denk einfach ans *Dschungelcamp*, an die Kotzefrucht und pürierte Kakerlaken, dann find ich's schon nicht mehr so schlimm, halte mir die Nase zu und gulpe alles in einem runter. Danach, bilde ich mir ein, habe ich so einen Popeye-Effekt, das bringt mich richtig hoch, gut gelaunt, voller positiver Energie, wie ich früher immer war, jetzt wenigstens für dreißig Minuten oder so. Von diesen Säften, oder heute sagt man ja Smoothie dazu, und ich, weil ich keine »th« aussprechen kann, nenne sie Smuti, muss ich mir über den Tag verteilt drei bis vier machen. Ich hau mir auf jeden Fall zwei Liter davon rein. Immer auf dem neuesten Stand der Wissenschaft, was alles da reingehört, damit ständig alle meine Speicher, also Vitaminspeicher, Selenspeicher und so weiter, aufgefüllt sind. Ich will ja doch gesund sein, muss man doch als Mutter, oder? Der Wasserspeicher muss auch immer voll sein, dann trink ich weniger giftigen Alkohol. Alkohol ist nichts zum Durstlöschen. Merk ich immer wieder. Wenn ich Wasserdurst habe, trinke ich viel zu viel Bier, bis sich alles dreht. Früher, bevor ich das gemerkt habe, habe ich abends bestimmt fünf Bier leer gemacht, weil ich einfach so einen Durst hatte. Das ist jetzt vorbei. Total. Ich trink sicher weniger als fünf Bier jeden Abend! Wenn man den ganzen Tag das Wasser vergisst, weil man durch irgendeinen behinderten Zufall den Kontakt zu seinem Körper verloren hat und einfach nie Durst merkt, tun einem irgendwann die Augen weh vor Erschöpfung, vom Wasserdurst, und es wird einem immer mehr zum Weinen zumute. Aber ich merke nicht, warum. Bis ich endlich nach stundenlangem Verdursten, oder soll ich besser sagen: Dehydrierung, merke, dass ich dringend trinken muss. Ich krieg nur den Impuls, zum Bier zu greifen wegen dem Durst. Sobald ich zwei große Gläser Wasser getrunken habe, geht dieses bedrückende weinerliche Gefühl, fast so schlimm wie meine PMS-Schübe, weg, und alles scheint viel einfacher, lockerer, lustiger. Ich war nur innerlich vertrocknet und deswegen dem Selbstmord nah. Was für ein Scheiß, mein Körper. Alle Signale durcheinander. Warum meldet der nicht einfach: Durst? Und zwar auf Wasser, nicht auf Bier! Das soll einer mal verstehen.

Gleich kommt Marie. Ich suche meinen Kimono, liegt auf der Treppe im Staub, schlage ihn einmal aus, wickel ihn fest um mich rum, er ist etwas zu groß, geht fast zweimal rum, und knote das Band fest um mich. Doppelschleife. Geht nie auf. Ab ins große Bad. Jetzt muss ich mich so schminken, dass man es nicht sieht. Bei mir bedeutet das, erst eincremen, dass man nachher mit Schminke drauf die trockenen Hautschuppen nicht sieht. Kurz einziehen lassen und dann mit dem Pinsel ganz, ganz wenig, erst abgetupft und einmassiert, Make-up in meinem hellen Hautton drauf. Von meiner Oma habe ich eine Hautkrankheit geerbt: Rosacea? Diese aufgeplatzten Äderchen auf der Backe. Ja, ja, Wange soll man sagen. Aber jeder sagt: Backe. Also ich auch. Die Haut hat eine Schwäche an der Stelle und schafft nicht mehr, wie sonst am ganzen Körper, die Adern nach hinten zu drücken. Dann gehen die Äderchen in sichtbare Hautschichten, und das macht ein rotes und entzündetes Hautbild, als käme man frisch aus der Sauna. Wenn ich das mit Hautfarbe abgedeckt habe, krieg ich direkt bessere Laune, zack, ebenmäßiger Teint. So schnell geht das. Kajal ins Innenlid und auf diese Plattform zwischen dem unteren Wimpernansatz und dem Auge, da ist ein richtiger kleiner Balkon, den man komplett schwarz malen kann. Ich versteh nie, warum das Schwarze den ganzen Tag da bleibt, obwohl das Auge nässt und diese untere

Plattform ständig die obere berührt, bei jedem Blinzeln, und das ist ganz schön oft. Male mir den Rand der Lippen mit meinem Lippenton nach und mach mir danach ein paar Striche von diesem Altrosa auf die Fingerspitzen. Das tupf ich auf die Wangen. Fertig.

Sehe jetzt nicht frisch geschminkt aus, sondern eher, als hätte ich noch Reste von gestern an den Augen hängen. Bisschen verwegen. Die Haare sind nicht so fettig, dass ich sie waschen muss. Habe eine Bürste von Pearson's London, die verteilt schön das Fett vom Ansatz in die Spitzen, wenn man lang genug kämmt. Da muss man kein extra Öl kaufen. Sehe mein Spiegelbild in dem körperhohen Spiegel, der komischerweise über der Badewanne angebracht ist. Was haben die Vorbesitzer eigentlich hier getrieben?

Na ja. Finde, meine Taille verschwindet langsam. Bin eher so ein quadratischer Klotz geworden. Aber ich wär nicht Christine, wenn ich nicht auch dafür einen Trick wüsste. Ab in den Keller, an den Werkzeugkasten, da ist das ganz dicke verstärkte silberne Gaffa Tape. Ich knote die Doppelschleife vom Kimono wieder auf, lasse ihn wie eine Stripperin langsam den Körper runtergleiten, sieht ja keiner, dann kommt auch keiner auf komische Gedanken, wenn das Jörg sähe, würde er sofort bumsen wollen. Aber der ist selten im Werkzeugkeller, ich öfter. Ich ziehe meinen Bauch so tief ein, wie ich kann, dass die Rippen richtig rausstehen, und klebe den Anfang vom Gaffa auf den Bauchnabel, während ich die Rolle langsam abwickele, drücke ich mit der anderen Hand, kurz bevor das Klebeband meine Haut berührt, den ganzen Speck und die Haut nach innen, damit ich ein ganz starkes, enges Ergebnis bekomme. Am Ende ist das Gaffa zur Stabilisierung zweimal rum, und ich habe eine richtige Dita-von-Teese-Uhlmann-Taille. Richtig wie eine Sanduhr geformt fühle ich mich jetzt. Kimono wieder drum. Fertig. Ab wieder nach oben.

Da steht mein Mann mit unserem Kind auf dem Arm, frisch umgezogen, beide, und sagt: »Guten Morgen, meine große Liebe. Wie lange bist du schon wach? Was hast du im Keller gemacht?«

Soll das ein Witz sein? Ich lächel ihn gequält an.

Die totale Überwachung. So ist das schon nach wenigen Jahren Ehe. Jede noch so freundliche Frage engt ein. Ist so. Bei mir jedenfalls.

»Im Keller? Nichts.« Sehr glaubwürdig. Wie so ein erwischtes Kind lügen, Chrissi. Meine Stimme klingt ein bisschen komisch, weil ich schlecht Luft kriege durch meine Gaffa-Korsage.

»Ich weiß nicht, wie lange ich schon wach bin. Marie kommt gleich zum Arbeitstag. Findest du auch, sie macht ihre Sache gut? Den Job hier? Finde sie sehr angenehm um uns rum. Viel positiver hier alles, seit sie da ist.« Schön abgelenkt.

»Danke«, sagt Jörg genervt und geht weg. Schon wieder was Falsches gesagt? Tretminen einer Ehe.

Es klingelt, ich lasse Jörg zur Tür gehen. Ich beobachte ihn von hinten, er hebt seinen linken Arm ganz gestreckt nach oben und riecht sich selbst unter der Achselhöhle. Wusste ich doch, dass er auf sie steht. Das beweist alles. Oho, ich muss aufpassen hier.

Ich gehe kurz ins Wohnzimmer, um mich zu sammeln. Angriff, oder, Chrissi? Klar!

Ganz selbstbewusst gehe ich beiden im Flur entgegen und sage liebend und freundlich zu Jörg: »Ich übernehme von hier. Du musst dich doch bestimmt zur Arbeit fertig machen, Schatz?« Kotz, haha, ich sage niemals Schatz, bisschen dick aufgetragen, egal.

Ich lächel Marie an und sage: »Hier entlang, bitte«, und zeige in die Küche. So, die beiden schon mal räumlich voneinander getrennt.

»Guck mal, hier ist dein Zettel, den ich dir geschrieben habe, mit all deinen Aufgaben für heute.« Jetzt komme ich mir irgendwie lächerlich vor mit meiner Taille. Als ob das Marie interessiert, ob ich jetzt vier Zentimeter mehr oder weniger habe.

Sie ist schon in den Zettel vertieft. Ich muss ihr doch jetzt nicht weiterhelfen, oder? Erklärt sich alles von selbst, wenn man klug ist.

Sie erblickt neben dem Zettel die Visitenkarte von Nikitidis. Sie fragt: »Hat hier jemand Flugangst?«

Ich fixiere sie. Ich antworte nicht auf ihre Frage, und sie denkt, sie hat was Schlimmes gemacht. Mir ist die Gesprächspause auch sehr unangenehm, aber ich lass es mir im Gegensatz zu ihr nicht anmerken. Manchmal muss man eben, um was Gutes zu erreichen, was Schlechtes machen, oder?

Sie versucht, selbstbewusst zu wirken, und hält den künstlichen Blickkontakt aufrecht. Ein bisschen weniger Augen aufreißen wär besser. Na ja. Die Stressflecken am Hals kann sie nicht verbergen. Schlecht, wenn man so ein heller Hauttyp ist. Kenn ich von mir selber. Ich biete ihr den gesunden Saft an. Ich reagiere null auf ihre Nachfrage.

»Ich möchte dir was erzählen, weil gleich jemand kommt und du wissen sollst, wer das ist, damit es nicht zu unangenehm wird. Vielleicht brauche ich bei dem Gespräch zwischendurch deine Hilfe.« Sie guckt ganz ernst und nickt jetzt schon verständnisvoll, sehr gut, sie ist jetzt schon, ohne was zu wissen, auf meiner Seite.

»Ich hatte mal eine beste Freundin, Steffi, die nicht mehr meine beste Freundin ist, weil ich sie überredet habe, mit mir schwanger zu sein, also gleichzeitig schwanger zu werden, und es ist gehörig in die Hose gegangen, wenn ich das so ausdrücken darf. Ihr Kind ist im Bauch, kurz vor der Geburt, gestorben, sie musste es trotzdem noch gebären. Warum auch immer. Und das hat sie nachhaltig traumatisiert. Also waren gemeinsame Rückbildungsgymnastik und Krabbelgruppe und Stillgruppe dahin. Wir versuchen, die Freundschaft aufrechtzuerhalten, aber für sie ist es fast unerträglich, mein Kind hier zu sehen, und für mich, neben ihr eins zu haben, und dieses schlechte Gewissen, kannst du dir ja vorstellen. Die kommt jedenfalls hierhin, und die bricht vor allem hier immer regelmäßig zusammen, ich bin das schon gewöhnt, ich will dich nur vorwarnen, da kommt vielleicht was auf dich zu. Und bitte frag nicht zu viel, dann antwortet sie, und dann geht das Thema ewig weiter. Aus Erfahrung bitte ich dich, einfach so zu tun, als wär alles normal. Will nur Schlimmeres verhindern. Und ja, hier im Haus hat jemand Flugangst, nämlich ich!«

Ich gehe ganz dramatisch aus der Küche, treffe aber mit meiner ausladenden Hüfte den Küchenstuhl, Abgang vermasselt, weil der Stuhl mega am Boden entlangratscht. Jetzt kommt das Ganze etwas zu hysterisch rüber. Oder vielleicht war es genau das richtige Geräusch, um diesen verbalen Ausbruch zu unterstreichen. Ein geräuschvolles Ausrufezeichen. Ich hoffe, dass sie mir hinterherguckt und eingeschüchtert ist. Ich verlasse mit wehendem Kimono den Raum.

»Sei bitte gründlich beim Abarbeiten deines Zettels!«

Ich laufe die Treppe hoch und rede mir ein: Ich darf machen, was ich will, ich wohne hier. Stimmt aber nicht. Weiß ich ganz genau. Habe Herzrasen von dem Gespräch mit Marie, mir tut sie ein bisschen leid, was sie hier mit mir durchmachen muss. Mit Scham kann ich gar nicht umgehen. Schnell ins Bett. Unser Schlafzimmer riecht irgendwie immer nach Urin, aber warum? Ich bin noch nicht dahintergekommen, ob ich vielleicht auslaufe, weil mein Blasenschließmuskel nicht mehr gut funktioniert nach der Geburt, oder ob vielleicht Jörg nachts ein paar viele Urintropfen verliert, aber immerhin so viele, dass sie stark genug riechen, dieser Säuregeruch hat was ganz Asiges hier drin. Kann wirklich gut sein, dass seine Blase krank ist und was verliert. Er ist einer der wenigen Männer, die ich kenne, die manchmal Blasenentzündung haben. So genau will ich gar nicht wissen, wer schuld ist. Hoffentlich bemerkt Marie das nicht.

Ich kippe ein Fenster und kuschel mich ins Bett. Habe ja noch ein bisschen Zeit, bis die Freundin kommt. Ziehe umständlich im Liegen den Kimono aus und fummel das Gaffa von der Taille runter. Ist eine richtige Operation, weil es verdammt gut an sich selbst festklebt. Am Ende, bei der letzten Schicht, reiße ich mir die feinen Härchen von der Bauchhaut. Da musst du durch, Chrissi, alles selber schuld. Ich schüttel mich richtig und strampel mit den Beinen, weil es so gemütlich und sicher ist in meinem Bett. Sich da reinzulegen ist für mich wie dieses urgemütliche Gefühl, wenn man in einem Zelt liegt und draußen ist es windig und dunkel und regnerisch, und drinnen ist man geschützt und warm und kuschelig. Da krieg ich vor Freude Gänsehaut. Habe noch fast eine Stunde, bis Steffi kommt, voll der Stress, nehme mein Handy vom Nachtschrank und sehe, sie hat was über WhatsApp geschrieben: »Sorry, kann nicht kommen. Mir geht's nicht gut.« Oje, aber auch schön, dass sie nicht kommt.

Ich atme so tief ein, wie es geht, und laaange durch den Mund laut aus. Kuschel mich in die Betthöhle. Stopfe die Decke unter meinen Oberkörper, unter die Beine, hebe sie an und falte sie vorne um die Füße rum. Ich wickel mich so feste ein, wie das kleine Jesuskind in der Krippe immer eingewickelt aussieht! Unten höre ich Rumoren von Marie. Schön, da arbeitet jetzt jemand im Haus und macht die Sachen, die ich nicht kann. Im Prinzip gebe ich das ganze Geld, das ich in Elternzeit kriege, jetzt schwarz an Marie weiter. Sie schmeißt den ganzen Haushalt mit Jörg zusammen, als wären die das Ehepaar, und ich liege im Bett rum und denke an Hawaii und Frau Dr. Nikitidis.

Marie wartet bestimmt die ganze Zeit auf die Klingel und bekommt nicht abgesagt. Ich hab jetzt auch keine Lust, aufzustehen und ihr das zu sagen, dass sie nicht kommt, die traurige Steffi. Das Leben ist Horror, deswegen schlaf ich gern, das ist wie tot, man hat seine Ruhe und kein schlechtes Gewissen. Schlaf, Chrissi, hau dich weg aus der Wirklichkeit! Ich döse immer wieder weg, aber schaffe nicht, richtig einzuschlafen. Spiele die ganze Zeit mit dem Gedanken, nach unten zu gehen und Serie zu gucken, aber krieg mich nicht aufgerappelt. So vergeht der Tag, versteckt unter der Bettdecke. Ich versuche, anhand der Geräusche zu erraten, was Marie grad von ihrem Arbeitszettel macht.

Ich liege schon eine ganze Weile hier, und wenn ich nicht gleich einschlafe, kommt am Ende Jörg nach Hause und will womöglich mit mir reden. Er merkt natürlich, dass was nicht stimmt zwischen uns. Aber er weiß nicht, wie sehr mich beschäftigt, was unsere frühere Freundin Caroline über ihn erzählt hat. Dass er so schwul rüberkommt. Ich glaube, falls es ihm überhaupt bewusst ist, dass er es supergut versteckt. Und das mit gestern Nacht kann ich ihm auch nicht sagen. In einer guten normalen Beziehung würde die Frau doch dem Mann direkt erzählen: »Du …« – du vor allem, so redet doch nur ein Arschloch, den Satz mit du anfangen – »du, gestern Nacht habe ich was Dummes gemacht.« Ist nämlich wie bei Polizisten. In einer guten Ehe. Da geht der eine Partner nicht ohne den anderen Partner in den Garten mitten in der Nacht, um Einbrecher zu stellen. Man geht zu zweit. Das machen wir aber schon lange nicht mehr. Und ich bitte nicht Jörg um Hilfe. Ich geh dann todesmutig oder auch total bescheuert gefährlich da runter, im Nachthemd, ohne Unterhose an, das ist das Allerschlimmste daran, ich fühle mich so nackt und offen und wund und angreifbar. Aber ich mache das alles mit mir selber aus, Jörg ist kein Mann, der mir helfen würde dabei, weil er's nicht draufhat, und ich werde es ihm nicht sagen. Warum? Weil er schwach ist! So, Chrissi, jetzt reg dich im Kopf nicht wieder so auf, sonst kannst du eh wieder nicht schlafen und bist noch wach, wenn dein Menne von der Arbeit kommt. Schlaf, Christine, schlaf jetzt.

Ich kneife ganz fest die Augen zu, ich weiß, ist bescheuert, klappt aber irgendwann auch, dann einzuschlafen. Einfach nur, weil es lang genug dunkel war hinter den Augenlidern. Aber meine Gedanken sind noch nicht müde. Sie drehen sich noch immer um Jörg. Irgendwann kam Caroline mit dieser Idee um die Ecke, dass er schwul sein könnte. Das ging durch mich durch wie ein Stromschlag. Ich habe mich damals darüber gewundert, warum ich ihn eigentlich nicht richtig ranlassen wollte. Und plötzlich schien alles klar. Würde jedenfalls viel komisches Verhalten erklären. Er schwärmt immer so unfassbar von seinem Freund Uli, den er neu bei der Arbeit kennengelernt hat und der so wahnsinnig erfolgreich ist. Wenn man frisch verliebt ist und es selbst noch nicht weiß, passiert es ja manchmal, dass man einfach viel zu oft sagt: Uli sagt dies, Uli sagt das, ich hab so gelacht, als er dies und das machte, ja ja, wirklich? Wie schön für dich. Jörg merkt, glaub ich, gar nicht, wie oft vom Uli hier und Uli da die Rede ist am Tag. Es kotzt mich schon lange an, und ich finde es sehr auffällig. Jörg selber merkt nichts, sonst würde er es ja zurückschrauben, damit ich keinen Verdacht schöpfe. Vor allem ist es eine große Überwindung für mich, mit ihm zu schlafen, seit Caroline mir diesen Floh ins Ohr gesetzt hat.

Caroline, die ich im Verdacht habe, uns zu verfolgen und sich zu rächen, weil ich ihr die Freundschaft gekündigt habe, hat mir damals, kurz bevor alles in die Brüche ging, auch gesteckt, dass Jörg nicht nur EINE Affäre mit einer Kollegin bei seiner Arbeit hatte. Diese Information ist sehr trennend. Obwohl, wenigstens nicht mit Männern. Aber wem soll ich glauben? Mir? Meinem Gefühl? Caroline, meiner ehemaligen Freundin, sie ist jetzt Feindin geworden, die schwört, es aus erster Hand zu wissen? Auch wenn ich mittlerweile manchmal denke, dass sie damals schon etwas vorbereitet hat, diese Freundin Caroline, ich muss aufhören, sie im Kopf Freundin zu nennen. Was ist, wenn sie einen Keil treiben wollte, die ganze Zeit schon, zwischen Jörg und mich? Was ist, wenn Jörg und sie was hatten, er es beendet hat und sie dann Rache übt an ihm, an uns? Mit all diesen Geschichten? Affären? Schwul? Das hat sie alles vor dem großen Bruch verzapft, und ich krieg's nicht mehr aus dem Kopf raus. Sie hat diese Informationen gepflanzt, wie Bomben in meinen Kopf, sie weiß so viel über uns. Was, wenn sie es gegen uns verwendet? Sie scheint verletzt. Aber woher diese Hassgefühle von ihr? Wenn nicht vorher Liebe war? Wenn wir miteinander schlafen, Jörg und ich, mein ich, dann fake ich jeden Orgasmus seitdem. Ich kann nicht mehr kommen, seit ich diese Infos habe. Caroline hat noch augenzwinkernd gesagt: »Wenigstens haben die Kolleginnen die gleiche Oberweite wie du, wenigstens das!« Was soll das heißen? Dann ist es nicht ganz so schlimm, wenn die Fremdgehtanten wenigstens gleich gebaut sind wie die Ehefrau? Es ist jedenfalls sehr einfach, Jörg einen Orgasmus vorzuspielen, weil ihn eh kaum interessiert, wie ich komme und ob überhaupt. Ich habe schon ein paarmal versucht, das anzusprechen, aber es ist mir selber eher richtig peinlich, wenn er dann abwiegelt, lass ich mich auch leicht abwimmeln. Wenn ich ganz leise und also nicht gekommen bin, legt er sich auf den Rücken, legt seine Hände hinter den Kopf, strahlt ganz zufrieden und sagt, dass das mal wieder toll war. Ich versuche, den Blickkontakt zu vermeiden, damit er nicht sieht, wie ich enttäuscht dreinblicke. Das habe ich leider auch meiner früheren Freundin erzählt, ein voller Verrat an meinem Mann, WARUM MACHE ICH SO WAS? Und sie meinte, dass er wahrscheinlich an die Kolleginnen denkt, währenddessen, wenn er mit mir schläft. Solche Infos wird man doch nie wieder los im Kopf! Das spaltet ein Paar für immer. Hat Caroline das vielleicht von Anfang an bezweckt? Wollte sie uns beenden als Paar? Wenn sie das wollte, hat sie gute Arbeit geleistet.

Was die alles erzählt hat? Ich meine, was denn jetzt? Er geht mit Frauen bei der Arbeit fremd? Und ist auch noch schwul? Mir wurde das irgendwann zu viel. Ich wollte nicht mehr mit ihr befreundet sein, wegen dieser ganzen Negativität, die sie versprühte. Ihre Lieblingsthese war, lieber fremdgehen mit Kolleginnen als irgendwann die Bombe: Er verlässt dich für einen Mann! Sie hat angeblich auch des Öfteren mitbekommen, wie Jörg Leuten ein Bild, ein Foto gezeigt hat, auf dem ein Kollege von ihm seinen Penis in die Kamera hält. Und wie fasziniert vor allem Jörg von dem Penis zu sein schien. An den unmöglichsten Orten und zu den unmöglichsten Gelegenheiten packt er wohl dieses Bild aus und präsentiert es jedem. Ich selbst habe das Bild nie gesehen, mir zeigt er es komischerweise nicht. Wie mir Caroline berichtete, kam Jörg an dieses Bild ran, weil eine Kollegin bei der Arbeit per E-Mail von dem Penistyp angebaggert wurde. Der dachte wohl, es sei eine gute Idee, vor einem möglichen ersten Date ein Nacktbild von sich und seinem Penis an diese Kollegin zu schicken. Sie war richtig verschreckt und mailte das Foto praktisch aus Rache gegen diese sexuelle E-Mail-Belästigung an Jörg, und der hortet das jetzt schon seit Jahren. Aber irgendwie scheint es Jörg extrem aufzugeilen, dass er es immer wieder herzeigt, nie löscht, ständig bei sich trägt auf seinem Handy. Caroline behauptete, mehrmals dabei gewesen zu sein, als er es stolz in die Runde zeigte, wie so ein Heiligenbildchen, und ganz andächtig, als längst der Witz vorbei war, den Penis betrachtete. Irgendwie komisch, so etwas von seinem eigenen Mann zu wissen. Trau mich nicht, ihn darauf anzusprechen, der Penis steht einfach zwischen uns. Das Bild ist laut Caroline wohl auch so fotografiert, dass der Penis stark erigiert, mit lilanen gut durchbluteten Adern drumherum, glänzend, wie poliert, im Vordergrund fast das ganze Bild einnimmt und ganz klein hinten der Kopf und der nackte Oberköper vom Träger zu sehen sind. Er liegt ganz entspannt auf dem Foto und hat die Peniswurzel mit der Hand fest umschlossen, daher wahrscheinlich die Erektion. Gut, das hat der Typ an diese Frau geschickt, und die Frau auch verständlicherweise, zur Wahrung ihrer Würde, weiter an meinen Mann, aber warum um Himmels willen hegt und pflegt Jörg dieses Bild so? Kein Wunder, dass bei uns beim Sex Sand im Getriebe ist. Ich möchte einfach nicht mit einem Schwulen schlafen. Oder ist das schon rassistisch? Und ich möchte auch nicht mit einem Schwulen verheiratet sein. Was der kann, das kann ich schon lange, dann schnapp ich mir halt Marie. So!

Ich muss lächeln über meinen spontanen Gedanken, atme tiiief aus und bin raus!

# 7. KAPITEL

Augen auf und rausgehüpft. Marie hat einen sehr guten Einfluss auf mich. Ich steh wieder gerne auf, wie früher, als ich frisch verliebt in Jörg war. Auf Klo, meinen Kimono an und nach unten geschlurft. Im Treppenhaus horche ich nach Mila, nichts zu hören. Heute kommt Marie, wann noch mal? Ich hoffe morgens. Ich stelle eine Tasse unter den Rüssel der Kaffeemaschine und drücke die Taste für einen doppelt starken Cappuccino heute Morgen, warum nicht? Mein Kopf fängt beim Kaffeetrinken an, mich selber zu quälen. Das kenne ich schon zur Genüge. Wenn es nur im Kopf in die Richtung von Caroline geht, weiß ich schon, wo das endet.

Zum Glück höre ich jemanden ganz vorsichtig den Schlüssel ins Loch stecken und rumwackeln und umdrehen. Jemand, der sich noch nicht so auskennt mit den Tücken unserer Haustür. Marie! Sie kommt und beendet meine Gedanken. Ich rufe, obwohl sie erst grad ihre Jacke im Flur aufhängt, »GUTEN MOOORGEN«, wie so ein Animateur.

Sie flötet zurück: »GUTEN MOORGEN.« Und alles ist gut! Will ich sie im Sitzen, so ganz locker, begrüßen oder doch auch ein bisschen zeigen, wie aufgeregt ich bin? Und aufstehen?

»Wie geht's?«, flöte ich sie an.

»Sehr gut«, sagt sie mit viel Elan.

Natürlich geht's dir gut. Du hast einen neuen Job, wirst hier viel Geld verdienen, Jörg und ich kämpfen um deine Liebe, jetzt schon allen den Kopf verdreht. Da würd's mir auch gut gehen.

»Kaffee?«

»Gerne.«

Ich mache ihr einen. Wie wär's mit einem Kompliment, Chrissi?

»Du siehst richtig schön und frisch heute aus. Steht dir gut, die Farbe.« Ich spiele auf ihren lachsfarbenen Pulli an, stimmt zwar nicht, dass er ihr gut steht, aber egal. Zieht.

»Oh, danke. Hab ich neu gekauft im Secondhandshop.«

»Ah, schön.« Neu kann man ja wohl schlecht sagen bei Secondhand. Ts.

»Guckst du Serien?«

»Ja, am liebsten *Orange is the New Black*.«

»Oh, ach so, aber das ist ja eher eine Sitcom, oder? Nicht *True Blood* oder *Walking Dead* oder *Breaking Bad*, also was Düstereres?«

»Bin ich noch nicht zu gekommen.«

»Willst du mal mit mir so was gucken?«

»Ja, gerne, wenn ich fertig bin mit arbeiten hier.«

Gute Antwort.

»Habe schlecht geschlafen. Ich leg mich wieder hin. Kannst mich aber gerne stören, wenn du was von deinem Zettel nicht verstehst. Lieber fragen, als nicht erledigen.«

»Geht klar. Schlaf gut.«

Ich habe alles verdunkelt und mich wie immer schön eingewickelt in die Decke, kann mich aber nicht richtig entspannen, weil mein Unterleib zieht, ich merke es vor allem immer dann, wenn mich nichts davon ablenkt. Ich rufe ins Haus:

»Mariiieee, bring mir bitte aus dem Apothekenschrank zwei Buscopan, ja?«

Sie hat's gehört:

»Jahaaa«, schreit sie zurück. »Klar. Sofort.«

Jetzt höre ich ihre schnellen Trippelschritte. Der Medizinschrank klemmt, sie fuckelt an der Tür davon rum, kriegt ihn aber dann doch noch auf. Das macht richtig Spaß, hier zu liegen und zuzuhören, was sie macht. Sie läuft nach unten in die Küche, klingt, als würde sie zwei Stufen auf einmal runterhüpfen, um ein Glas zu holen?, voller Einsatz. Kurze Stille, sie lässt bestimmt grad Wasser laufen. Wär natürlich klüger, es oben vollzumachen mit Wasser, dann muss man kein volles Wasserglas die Treppe hochtransportieren. Aber na ja, die Jugend, was willst du machen?

Sie kommt ins Zimmer und fragt, wo sie es hinstellen kann. Ich tätschel auf den Nachttisch. Sie geht ganz langsam und vorsichtig Schritt für Schritt darauf zu. Im Zimmer ist es dämmrig, hab die Rollos runtergelassen, um besser einschlafen zu können. Sie will auf keinen Fall in mein Bett fallen und mir mit dem Wasserglas einen Zahn ausschlagen. Oh Gott, wenn ich so was denke, denk ich direkt an die schlimmste Filmszene aller Zeiten. Aus *American History X*. Da legen so ein paar Neonazis einen Schwarzen mit offenem Mund auf den Boden an einen Bordstein, er soll die Kante des Bordsteins in den Mund nehmen, und dann treten sie von hinten auf den Kopf. Und ihm brechen alle Zähne an der Steinkante ab. Es ist fast unerträglich, so was im Kopf zu haben, genauso wie die Klitorisabschneideszene in dem Film *Antichrist*. Das geht nie wieder aus dem Kopf raus. Na vielen Dank! Jedes Mal, wenn ich das Wort Klitoris höre oder auch nur denke, beim Abtrocknen nach dem Duschen zum Beispiel, denke ich an die Rosenschneideschere, die einfach die komplette Klitoris am Ansatz abzwickt. Und so eine Klitoris und vor allem meine hat einen ganz schön langen Ansatz! Puh! Denk ich lieber an Marie, dann geht's mir schon besser. Tablette hab ich ja noch gar nicht genommen. Die ist gegen Menstruationsbeschwerden. Hilft meistens ganz gut. Ist das eigentlich pflanzlich? Warum, Chrissi, weil die Packung grün ist? Du fällst auch auf alles rein. Ich schnapp mir die beiden Tabletten vom Nachtschrank und spüle sie mit einem großen Schluck Wasser runter. Marie ist schon wieder auf dem Weg nach draußen. Ich will nicht, dass sie mich verlässt.

»Marie, bleib doch noch.«

Sie kommt langsam wieder zurück zum Bett. Ich muss mir schnell was ausdenken, warum sie bleiben soll.

»Kannst du noch mal was aus dem Medizinschrank holen für mich?«

»Klar, was?«

»Die große Tube Bepanthen Wund- und Heilsalbe?«

Und wieder ist sie auf dem Weg ins Bad, schön, wenn man Freunde hat. Spinn nicht, Chrissi, nicht so schnell. Bezahlte Freunde. Unsere Freundschaft ist ihr Nebenjob. Nicht so funky. Ich stelle mein Tempurkissen aufrecht, damit ich mich aufsetzen und anlehnen kann. Das ist aus so einem Material, das bleibt reingedrückt, wenn man es reindrückt, bisschen zäh, wie Kaugummi, wenn man sich mit dem Gesicht reindrückt, bleibt ein Abdruck von der Hackfresse im Kissen drin. Tempur, ein Abfallprodukt der Weltraumforschung, natürlich, haha, wie auch Teflon und der Klettverschluss übrigens, ach, Chrissi, was du alles weißt, toll, schade, dass du nicht mehr arbeitest, jedenfalls steht dieses Zeugs im Verdacht, bei mir Brainfreeze auszulösen, irgendwie ist immer, selbst bei wärmeren Temperaturen draußen, der Kopf eingefroren, so als würde das Kissen Körperwärme ziehen. Ich freue mich über meine Gedanken, endlich macht mal Denken Spaß und ist nicht so negativ.

Marie betritt wieder den Raum. In der Hand die Riesentube

Bepanthen. So, Achtung, jetzt kommt's: »Würde es dir was ausmachen, mir meine Wunde einzucremen?«

»Nein, überhaupt nicht. Wo ist sie denn?«

»Hier.« Ich öffne leicht den oberen Bereich des Kimono, die Brust lugt raus, damit sie gut an die Wunde kommt.

»Bitte nur ganz vorsicht drauftupfen, auf keinen Fall verreiben, schmerzt zu sehr. Okay? Ist das wirklich in Ordnung für dich?«

»Klar, kein Problem.«

Sie hat eine sehr beruhigende, positive Wirkung auf mich. Was für eine Entdeckung. Die muss ich unbedingt halten, hier. Und jetzt guckt sie mich auch noch an, wie es früher Männer gemacht haben, ganz schön schön mit ihr.

»So, fertig, ich glaub, da ist jetzt genug drauf. Wenn's eingezogen ist, mach ich gerne noch was drauf. Wie ist das überhaupt passiert?«

»Da möchte ich nicht drüber sprechen.«

Das macht interessant, einfach ein paar unangenehme Situationen schaffen, das bindet.

»Danke, ich ruf dich gerne, wenn es eingezogen ist, noch mal rein. Jetzt muss ich schlafen, bitte.«

Sie löst erst jetzt den Druck ihres Oberschenkels gegen meinen. Was ist da los? Wer verarscht hier eigentlich wen? Ich bin verwirrt! Sie verlässt ganz stolz und erhobenen Hauptes das Zimmer und sagt weich und freundlich: »Schlaf gut.« So etwas hat meine Mutter nie gemacht. Dafür war sie zu cool. Das hätte sie zu kitschig gefunden. Gut. Egal. Sie war eine scheiß Mutter. Was habe ich eigentlich früher gemacht, als es mir irgendwie besser ging, bevor wir einen Riesenkredit für ein Haus aufgenommen haben, für eine Familie, die ich nicht hinkriege, eine Ehe, die ich nicht hinkriegen will? Ich versteh die Banken auch nicht, wie können die so einem jungen Paar wie uns einfach

850 000 Euro geben und hoffen, dass wir immer zusammenbleiben, brav abbezahlen und auch vor allem in der ganzen Zeit immer Geld verdienen? Was ist das bloß für eine Wette? Eine, die die auf jeden Fall verlieren. Wenn's nach mir geht. Ich weiß, was ich gemacht habe, vor der Familie, we are family, und Kind kriegen, ich habe gekocht!! Jeden Tag was Neues. Nie dasselbe. Oder heißt es das Gleiche? Deutsch ist Horror! Dasselbe, das Gleiche, Korinthenkacker. Mir fällt das Eichhörnchen wieder ein. Ich gehe hoch in Milas Zimmer und mache ganz langsam und vorsichtig das alte Kippfenster auf. Das Nest, ich weiß, man sagt Kobel, das ist aber so ein beklopptes Wort, ist leer. Ich rede mir was Schönes ein. Nicht, dass alle tot sind, weil Jörg das Fenster auf der Hochzeitsparty seines Bruders geöffnet hat, sondern die Eichhörnchenbabys sind flügge geworden und turnen jetzt in unserem Garten rum. Das gibt mir ein gutes Gefühl. Man fühlt sich so auserwählt, wenn man solche Wesen beherbergen darf. Okay, ich will doch jetzt nicht wieder ins Bett, ich habe Lust. Das ist heutzutage sehr selten geworden, dass ich Lust habe. Lust verspüre. Ich will mit Marie, meiner neuen Freundin, was kochen. Da wird die aber Augen machen! Freundin. Du spinnst, Chrissi. Ich habe keine Freunde, nur bezahlte Angestellte. Hihi, wer hat das noch mal gesagt? Ob ich jetzt in Elternzeit bin oder krank, es fühlt sich sehr ähnlich an. Und welcher weise Mann hat mal gesagt: Es ist egal, womit man die Zeit totschlägt? Ja, es ist egal, ob ich jetzt schlafe, die ganze Zeit, oder koche ... ist egal. Kommt aufs Selbe raus. Nämlich, dass wir alle einsam sterben. Tja, so ist es, aber bis dahin muss man ja am Kacken gehalten werden.

Ich störe Marie beim Abarbeiten ihres täglichen Zettels. »Komm, komm«, sage ich zu ihr, freu mich so über meine eigene Idee. Ich habe Marie an der Waschmaschine gefunden und frage sie, was sie macht. Sie antwortet, wie erwartet, lächelnd: »Waschen.« Ich bitte sie, damit aufzuhören, und frage sie, ob sie Lust hat, mit mir zu kochen.

Diese Idee bewirkt bei mir so ein Hoch, dass ich schon einen richtigen Schweißausbruch bekomme. Ich bin wirklich kurzatmig. Vielleicht habe ich ja einen Bandwurm oder Blutarmut oder so. Muss ich mal untersuchen lassen. Sie kann ja nicht Nein sagen, aber offensichtlich hört sie gerne auf, ich frag sie, ob sie manchmal kocht. Sie runzelt die Stirn und sagt »ja«. Sehr gut. Auf geht's.

Wir gehen gemeinsam ins Wohnzimmer. Ich suche meinen Laptop, währenddessen erklärt Marie mir, dass sie aber noch nicht die Lebensmittel von dem Zettel eingekauft hat. Ist nicht schlimm, sage ich, weil: Es gibt ja Valentinas Kochbuch. Da gibt man einfach ein, was man dahat, und die Site spuckt mehrere Rezepte zur Auswahl aus, die man mit den Sachen aus dem Kühlschrank kochen kann. Ich finde aber meinen Laptop nicht. Dann kann man auch nichts eingeben. Mein Kühlschrank ist noch nicht an das Internet angeschlossen. Ach, cool, das wird's auch irgendwann geben, dann scannt man einfach den Inhalt des Kühlschranks und kriegt noch viel genauere Rezepte. Oh nee, ich muss ganz nach oben laufen.

Ich schick einfach Marie. »Kannst du bitte oben in Jörgs Büro nachschauen, ob der Laptop da irgendwo liegt? Ich muss mal kurz auf Klo.«

Sie freut sich sogar über den Auftrag und sprintet topfit die Treppe hoch.

Ich gehe ins Gästeklo, das haben wir mal eingebaut, als wir noch dachten, wir kriegen hier in dem Haus viel Besuch. Ist nicht so. Ständig teilt sich der Freundeskreis auf in Leute, die schon alte Kinder haben, Leute, die keine Kinder kriegen können, usw. Dann hat man immer mit den anderen Gruppen nichts mehr zu tun.

Ich zähle bis 25, langsam, spüle ab, lasse Wasser am Waschbecken laufen, um Händewaschen zu imitieren, und gehe raus. Gut, dass ich das gemacht habe. Sie steht da im Flur mit meinem Laptop in der Hand, so stell ich mir das vor, wenn man einen supergut trainierten Hund hat, der viele Wörter versteht und viele Teile holen kann. Das macht bestimmt genauso Freude, wie ein Mädchen für alles zu haben.

»Das heißt, wir gucken jetzt erst mal, was im Kühlschrank ist?«, fragt sie.

»Ja, oder sonst wo. Ich gucke hier bei den Konserven und trockenen Lebensmitteln, und du guckst im Kühlschrank.«

Sie geht hin, reißt die Kühlschranktür für meine Begriffe zu feste auf, und dadurch kippt ein offener großer Joghurtbecher aus Glas aus der Seitenhalterung. Auf dem Boden vor dem Kühlschrank alles voll mit weißem Schleim und Scherben. Sie läuft rot an und guckt mich an, schaltet dann und holt eine Rolle Küchenkrepp. Ich bin erstaunt, wie sie es wegwischt. Jeder Jeck ist anders. Sie macht ganz viele Blätter am Stück ab, legt sie im Zackzack auf den Haufen und hebt dann ganz vorsichtig, die Tücher nach unten drückend, den ganzen Kladderadatsch auf, schwingt es mit Elan im Halbkreis zum Mülleimer und pfeffert es da rein. Ich schüttel den Kopf und lache.

Sie fragt: »Was ist?«

Ich sage: »Ich mache so anders Dreck weg als du. Aber geht auch so, wie man sieht.«

»Wie machst du es denn?«, fragt sie.

»Sag ich nicht«, sage ich. »Tut doch nichts zur Sache. Hauptsache, du bist patent.«

Sie versteht nix. Guckt jetzt in den immer noch offen stehenden Kühlschrank und sagt: »Äpfel, bisschen Sahne, Preiselbeermarmelade. Mehr nicht.« Traurige Sache, unser Kühlschrank.

Ich öffne die Schublade für die trockenen Sachen. Und sehe

da, wenig überrascht, die Packung Haselnüsse, die ich da gestern reingelegt habe.

»Okay«, sage ich laut und schlecht gespielt, »Sahne, Äpfel, Preiselbeeren und gemahlene Haselnüsse.«

Ich schnapp mir den Laptop und setz mich mit dem Rücken zum Garten so an den Küchentisch, dass Marie den Bildschirm nicht sehen kann. So gut kennen wir uns noch nicht, dass sie jetzt rumkommt, wie bei Freundinnen, mir die Hand auf die Schulter legt und schaut, was ich mir angucke im Internet. Obwohl, schön stell ich mir das vor, wenn wir mal so intim befreundet wären. Dauert aber noch ein paar Tage. Hihi.

»Hier, hab die Zutaten eingegeben. Und das Rezept, das wir daraus machen sollen, heißt: Apfelauflauf. Klingt das gut?«

»Jaa«, sagt Marie. Ist auch ein bisschen wie Kochen mit der eigenen Tochter, wenn sie größer wäre. Das muss ich hier jetzt richtig genießen mit Marie. Jungbrunnen Marie. Da kommt mir eine Idee in meinem sentimentalen Gehirn. Was ist, wenn ich Marie alle Familienrezepte beibringe, dann kann sie sie irgendwann Mila beibringen, wenn ich weg bin? Das ist doch eine Topidee. Das schlag ich ihr vor. Wir könnten ja jeden Tag kochen, jeden Tag was anderes, sie schreibt das alles auf und zeigt es später Mila. Sehr gut. Wozu ist sonst eine Mutter da, wenn nicht zum Weiterreichen der ganzen Rezepte von der scheiß Familie?

»Christine? Christine!«

Oh, sie scheint mich dem Ton nach schon lange anzusprechen, und ich träume hier von Mädchen ohne Mütter. Ich klappe die Technik zu und tue so, als hätte ich mir das Rezept jetzt eingeprägt.

»›Äpfel in feine Scheiben schneiden und zwischendurch mit Zitronensaft beträufeln, damit sie nicht braun anlaufen im Weiterverarbeitungsprozess.‹ Such mal zwei so kleine Tapas-Auflaufformen raus, die sind am besten. Und da fächern wir die Apfelscheiben wie Schuppen rein. Dann die gemahlenen Haselnüsse drüberstreuen, vorsichtig die Sahne aufgießen, dass sie schön von unten die Frucht einweicht, und am Ende einfach vier schön verteilte Kleckse Preiselbeermarmelade drauf, auch für die Optik. Fertig.«

»Das klingt ja voll einfach und superlecker. Machen wir das jetzt sofort?«

»Klar. Mach.« Ich bleibe sitzen und gucke ihr zu, wie sie umständlich in der ihr noch fremden Küche all die Sachen sucht, die sie braucht. Sie merkt gar nicht, dass sie alles alleine macht. Dieser Elan. Wahnsinn. Den müsste man mal für was anderes einsetzen. Sie verteilt lauter Zitronenkerne auf den Apfelscheiben beim Versuch, den Saft darüberzuträufeln. Ich stehe auf und zeige ihr einen Trick: Man nimmt die Zitronenhälfte in die Hand, schließt die Finger unter der Zitrone ganz fest, damit nur noch der Saft durchpasst, aber kein Kern. Die Wurstfinger sind das Sieb, praktisch. Alter Trick, hab ich von meiner Mutter gelernt, bringe es jetzt Marie bei, und sie bringt es meiner Tochter bei. Ein Zwischenwirt ist sie. Sehr gut, Chrissi, läuft!

Sie macht alle Sachen ruckizucki aus dem Gedächtnis, und schon sind die kleinen Tapas-Tellerchen im vorgeheizten Backofen. Unsere Backofenlampe war lange Zeit kaputt. Habe wochenlang drauf gewartet, dass Jörg sie repariert. Hat er nicht gemacht, er hat lieber rumgesessen und von seinem Kollegen geschwärmt. Gut, hab ich das halt gemacht. Wann kann man das schon mal im Leben, ein Backofenlicht austauschen? Die Dinger müssen doch ein Leben lang halten, so selten, wie Menschen darüber reden. Da ist rechts oben in der Ecke eine so ekelhaft hart und körnig eingeschraubte Glasglocke über der Birne. Ich hab mich richtig vor den Ofen hingekniet, als würde man ihn anbeten, als wär da drin Osten. Obwohl, könnte ja sogar sein. Und habe meinen Kopf in den Ofen gesteckt und nach oben rechts geguckt. Ich musste einfach mal sehen, wie das aussieht da drin, der Rest ging dann blind. An der Hand war es fettig und hart und alt klebend, das Fett und wer weiß was noch von all den Jahren. Hab mit einem Reiben und Kreischen in der Windung die Glocke abgedreht, die Birne ging ganz einfach raus, und schnell die andere wieder rein. Ein guter Mensch, der sein Leben auf die Reihe kriegt, hätte die Glocke noch gereinigt. Ich leider nicht. Dreckig wieder drangeschraubt. Jetzt ist es so schön, wieder Licht zu haben im Backofen. Ich sag ja immer: Freude durch Mangel! Wenn bei uns auf der Straße das Wasser abgestellt wird, weil die irgendwo an der Leitung arbeiten, dann merkt man erst mal, wie oft man Wasser benutzt. Freude durch Mangel. Man freut sich nicht über etwas, das immer da ist. Ist so.

Marie redet, ich höre nur halb zu und gucke in den Ofen und unsere kleinen Auflaufformen an und denke, wie schön so Sachen aussehen vom Ofenlicht angeleuchtet. So schön! Jetzt sieht alles darin so lecker aus! Macht nur das Licht.

Marie palavert darüber, wie cool sie die Site findet und dass sie davon noch nie gehört hat. Oh, sie hat offensichtlich alleine das Thema gewechselt und redet jetzt über meine Handtaschensammlung, die ich im Schrank horte, Jörg kennt sie gar nicht. Marie hat sie aber schon entdeckt. Was das für eine Marke sei, will sie wissen, und wo ich die herhabe. Sie findet, die Taschen sehen aus wie waffenscheinpflichtig.

Ich sage ihr: »Da könntest du sogar recht haben. Hab gelesen, dass schon mal eine Frau wegen dieser Handtasche nicht ins Flugzeug durfte, und auch in Discos kommen die manchmal nicht rein. Weil der Griff ja wirklich ein Schlagring aus Metall ist.«

»Echt? Krass! Auf jeden Fall sehen die megacool aus, die Taschen, und so wertig. Die sind richtig schwer. Wie so deutsche Handwerkskunst.«

Nur, dass die nicht aus Deutschland kommen, du ungebildetes Frettchen! Sondern aus England, vom Designer Alexander McQueen.

Ich habe eine Idee im Kopf, die mir gute Gefühle im Körper macht. Manchmal habe ich so Großzügigkeitsimpulse. Ich laufe hoch, gucke mir die vier edlen Teile an, die ich besitze, und wähle das düsterste aus. Eine schwarze Leder-Clutch mit Lederapplikationen drauf in Blattform, schön drapiert, dass sie wie echte Blätter abstehen. Und oben der massive Schlagring ist Bronze wie aus einem Guss. Angelaufenes Gold? Wie soll ich das nennen? Kann Gold überhaupt anlaufen? Und aus den verdickten Zwischenteilen in dem Schlagring, der sich so schön und sicher und stark um die Finger schmiegt, bilden sich, wie aus einer Felswand gemeißelt, verschiedene Formen heraus: Totenköpfe, Gemüse, warum auch immer, Tierköpfe, Flügel, es sieht insgesamt aus wie ein Leichenberg von Menschen, Tieren und Gemüse auf einem Komposthaufen. Aber schön! Wirklich schön. Und wie man damit im Nachtleben einem wehtun kann, der einen anspricht oder womöglich sogar anfasst, einfach mit diesem fünfhundert Gramm schweren Accessoire und viel Wut im Bauch. Und schon in der Drehung so viel Schwung wie möglich holen, wie beim Hammerwerfen oder Kugelstoßen in der Schule. Da macht der Schwung die fehlende Kraft wett, um richtig zu verletzen, Kiefer zu brechen zum Beispiel. Und nicht wundern, wie das in der eigenen Hand und im ganzen Arm trotz des Schlagrings schmerzt.

Hab ich alles in Jack-Reacher-Romanen gelesen, das zwiebelt auch dem Täter ganz schön rein, da muss man drauf gefasst sein, sonst zieht man im entscheidenden Moment zurück vor Schreck, man muss aber durchziehen. Egal, wie es einem selber wehtut, man muss den Arm stark lassen und richtig mit Schwung und so viel Kraft, wie geht, das ganze dicke Metallteil so feste wie möglich ins Gesicht schlagen.

Da wollen wir mal hoffen, dass der Typ nicht nur nach der Uhrzeit fragen wollte, Chrissi, was?

Ich nehme die meiner Meinung nach passendste Tasche für Marie aus dem Schrank, stecke sie in den roten Original-Stoffbeutel mit Zugband und dann in den altweißen Originalkarton, der innen wiederum mit dunkellilanem Stoff ausgekleidet ist. Wenn ich den Deckel runterschiebe, gibt's ein furzendes Geräusch durch die entweichende Luft. Das erinnert mich daran, dass ich auch mal was Luft ablassen könnte, ich halte immer viel zu viel ein, und ich glaub, ich verschimmel schon von innen. Lasse die nach Verwesung stinkende Gaswolke an meinem Kleiderschrank zurück und warte oben am Treppenabsatz, bis sich alles aus der Kleidung verflüchtigt hat. Langsam gezählt: 28, 29 ... reicht ... und runter mit dem Geschenk.

Ich drücke es Marie ganz locker in die Hand und sage: »Bitte schön.«

Sie guckt ganz verdattert. Ich schenke für das Hoch, das es mir bereitet. Sie packt aus, hat aber natürlich schon eine Ahnung. Als sie das Gerät in der Hand hält, sagt sie die ganze Zeit so Sachen wie: »Oh nein. Wirklich?«

Sie wiegt das schwere teure Ding in beiden Händen wie einen Schatz. »Das kann ich nicht annehmen«, aber eher halbherzig, ist doch klar, dass sie annimmt, sie fällt mir um den Hals und küsst mich aufs Ohr. Das ist sehr unangenehm, weil laut und nass, ich hab kurz das Gefühl, ich habe mein Ohrenlicht auf der Seite verloren. Ich lächel trotz dieser Liebesattacke und tu cooler, als ich bin. Wundert mich immer wieder, wie körperlich Fremde manchmal werden. Wenn ich mir das anmerken lasse, habe ich Angst, dass ich so spockmäßig rüberkomme. Bombenstimmung in der Küche.

Ich binde sie an mich.

Da bin ich mal gespannt, wie Jörg so ein Geschenk toppen will.

Die Eieruhr klingelt. Der Apfelauflauf ist fertig. Ich ziehe die bis zum Ellenbogen reichenden Silikonhandschuhe an, öffne den Ofen, fange die Tür für das letzte Stück auf meinem Fußrücken ab, halte mein Gesicht kurz zur Seite, dass es nicht verbrannt wird von dem aufsteigenden Dampf, früher schon zu oft passiert, ich lerne aber aus Fehlern, und hole dann die Auflaufformen raus. Stelle sie auf unseren Metzgerholzblock zum Abkühlen.

Marie hat zwar die ganze Arbeit gemacht, aber ich übernehme ab hier!

»Deckst du den Tisch?«

»Essen wir hier in der Küche oder im Esszimmer?«

Wir benutzen nie das Esszimmer zum Essen, auf dem großen Esstisch, den wir uns damals zum Einzug gekauft haben, liegen immer Sachen, meistens von Jörgs Arbeit. Und weil es die erste gemeinsame Mahlzeit mit Marie ist, räumen wir schnell gemeinsam den großen Tisch leer. Sie legt das Besteck falschrum, also Messer links und Gabel rechts. Verrückt. Was ist los mit der? Ich hole den Laptop aus der Küche und stelle ihn rechts außen an den Rand des Tisches, dass beide beim Essen gucken können.

Sie läuft in die Küche und kommt mit übergezogenen Silikonhandschuhen zurück. Sie sieht aus wie die Frau des Hauses! Sie würde das hier gut machen, glaub ich, auf jeden Fall besser als ich, das Kind bewirtschaften, den Mann, das Haus.

»Oh, riecht das lecker, und das war soo einfach. Toll.«

Ja, das ist schön.

»Was gucken wir?«, fragt sie, als sie den Laptop sieht. Sie stellt mit den geschützten Händen die heißen Förmchen auf die Teller. Sieht direkt aus wie im Restaurant. Sie läuft noch mal in die

Küche und holt ihr Geschenk. Hat alles wieder fein säuberlich verpackt und legt es neben ihren Teller, guckt mich an und streichelt über die Box. Es zuckt zwischen meinen Beinen. Ey, hallo? Das macht wohl Marie mit mir, was? Das Zucken wird jetzt ignoriert, es ist viel zu früh, um so was auszuleben. Chrissi, reiß dich am Riemen. Ich lasse meinen Po in den Stuhl plumpsen und sage: »Guten Appetit.«

Ich warte ein paar Happse aus Höflichkeit ab, sie sagt: »Oh, lecker«, feiert es etwas zu sehr ab, wahrscheinlich wegen dem Geschenk vorher, weil so toll ist es jetzt auch nicht, ein ganz einfacher Apfelauflauf. Gut, wenn sie meint.

Meine Hand geht schon zum Laptop. Später, wenn Mila älter gewesen wär, hätte ich das nicht erlaubt, Laptop am Tisch. Aber wenn Erwachsene zusammen sind und alleine, ohne Kinder, können die sich scheiße benehmen und Videos beim Essen gucken, natürlich macht man das nicht in Anwesenheit von Kindern.

Ich erkläre Marie: »Ich kann zwar nicht so gut Englisch, aber das hier ist ein englischer Food Blog oder Video Blog, oder wie man das nennt. Und der Koch, den man immer sieht, ist mit der Kamerafrau verheiratet, die reden immer wie ein altes Ehepaar miteinander. Das ist so rührend, wie die miteinander umgehen, die führen eine sehr schöne Beziehung, da bin ich mir sicher, und kochen gute Sachen. Auch wenn man nichts von dem Genuschel versteht: Man sieht ja alles, was die machen, die halten jede Zutat in die Kamera, und man denkt bei allem, was der Koch da macht: DAS KANN ICH AUCH!«

Sie findet, ich rede zu lange, und sagt mit vollem Mund: »Gut, mach an. Ich will sehen!«

Ich gebe ein: »Perennial plate in the kitchen recipes«, und muss mich jetzt für ein Rezept entscheiden, ich wähle »Steak mit patagonischen Kartoffeln«. Ich kenne Marie zwar noch nicht gut, aber ich stufe sie so texmexmäßig ein. Soulfood. Da steht sie doch drauf!

Sie mampft Apfelauflauf vor sich hin und guckt ganz gebannt auf den Bildschirm. Sie scheint sich hier schon sehr wohlzufühlen. Vielleicht wohler als ich. Nachdem das kurze Video vorbei ist, fragt sie: »Und das machen wir dann morgen?« Ich glaub, sie meint es als Witz.

Ich lächel sie an und sage: »Ja, hab ich so gedacht. Kaufst du die Sachen dafür ein?«

»Klar.«

Ist das schön, so einen Sexsklaven zu haben, um ihn in den Keller zu sperren, denke ich in meinem fröhlichen Kopf!

Sie isst nicht nur ihren Auflauf in Nullkommanix auf, sondern fragt auch, ob sie meine Reste essen kann. Ich erlaube es, und sie isst auch die alle auf. Wenn wir jetzt jeden Tag so kochen und Essen unser neues Hobby wird, muss ich auch mehr Sport machen.

»Willst du mal mit mir zum Fitnesstraining? Ich lad dich ein. Also, ich meine, ich bezahl dir dann auch die Stunde da. Das macht richtig Spaß. Der Trainer ist einer der besten der Stadt. Sagt er jedenfalls von sich selbst.«

Sie lacht über meinen schlechten Witz. Das ist sehr nett von ihr. Ich lache mit.

Sie sagt: »Klar komm ich mit, danke, dass du mich einlädst. Ich kann eigentlich immer, hab mir jetzt alles frei gehalten, um viel bei euch arbeiten zu können. Sag einfach wann, ich komm mit. Für heute muss ich jetzt leider los.« Oh, schade, ich wieder alleine in dem Haus, das wir nicht abbezahlen werden. Meine Stimmung sinkt.

»Danke für die Tasche.« Sie umarmt mich schon wieder. Vielleicht sollte ich was sagen, wie teuer das Ding war, nicht, dass sie die aus Unwissenheit irgendwo liegen lässt. Auf so teure Sachen muss man ganz genau aufpassen. Falls jemand anders erkennt, wie teuer sie sind. Ich sage aber nichts, weil wirklich niemand, mit dem sie rumhängt, ahnt, wie teuer die Tasche ist, ich wette, die kommt nicht weg.

Sie verabschiedet sich und ist schon draußen. Ich bin mit mir alleine.

# 8. KAPITEL

Okay, heute bin ich alleine, ganz allein zu Hause. Mag mich selber jetzt nicht sooo gerne. Da bleibt nichts als: Serien!

Ich esse meine Lieblings-Chips, schmiere mir ununterbrochen Bepanthen auf die Titte und puste auch drauf, um die Haut zu kühlen. Weil ich ganz alleine bin heute, sitze ich komplett oben ohne auf dem Sofa.

Jetzt erst mal *True Blood*, ab der Stelle, wo ich letztes Mal eingeschlafen bin. Dann *The Following*. *The Killing*. *The Missing*. Kann es sein, dass ich nur Mord-und-Totschlag-Serien gucke? Ich gehe alle im Kopf durch. Ja, mehr oder weniger. Wenn man *Homeland* im weitesten Sinne auch Mord und Totschlag nennen kann.

Habe alle Vorhänge zugezogen. Damit mich die Nachbarn hier nicht mit meiner verbrühten Brust nackt sitzen sehen. So locker bin ich nun auch wieder nicht.

Ich denke an Marie. Eigentlich will ich sie doch eiskalt verführen. Aber das mit dem eiskalt scheint nicht zu klappen. Auf jeden Fall gefällt mir, Arbeitgeber zu sein! Das schlägt sich im Schritt direkt nieder. Sie bringt neuen Wind in die Laken. Oh Gott, also echt, Chrissi, reiß dich an den Lippen, verdammt, du denkst ja schon wie ein alter geiler Sack. Ich gucke noch mal ganz genau, ob wirklich alles zu ist. Und was ist, wenn Jörg und Mila plötzlich doch früher zurückkommen von Oma?

Ich schreibe eine Kontroll-WhatsApp-Nachricht: »Und? Gut angekommen?«

Voll auffällig. So was schreib ich sonst nie. Ein graues Häkchen. Ist raus. Zwei graue Häkchen. Ist zugestellt. Zwei blaue. Er hat's gelesen, ist online. Wie immer.

Komm schon. Boah, bin ich geil. Meine Klitoris zwiebelt richtig. Kabumm, kabumm in der zu engen Jeans. Ich bin nicht so gut in Kleidergrößen an den Körperzustand anpassen. Jeans rutschen immer runter, weil die Oberschenkel zu rund sind, und die Naht im Schritt, die ja wie ein fettes Kreuz ist, steht richtig raus, genau in die Muschi rein, und reibt und wird heiß und jetzt, wenn alles anschwillt, sowieso. Komm schon, Jörg, schreib, damit ich's mir besorgen kann.

Ich denke daran, wie ich hier auf dem Sofa Marie verführe. Ich glaube nicht, dass es schwer wird, ich hoffe es jedenfalls nicht. Ich habe schon einige Erfahrung mit Frauen, war aber eher immer nicht so gut. Zu soft meistens. Aber das hier wird anders.

Ich checke noch mal die Vorhänge, Blick nach links zu den Gartenvorhängen, Blick nach rechts zu den Straßenvorhängen, von da können definitiv mehr Nachbarn reingucken, ich lasse mich ganz langsam mit Bauchmuskulatur, unter Speck versteckt vor Jörg, aufs Sofa rollen, um durch den Flur Richtung Haustür zu gucken, ob jemand von der Tür aus sehen könnte, was hier geschieht, auf dem Rücken liegend auf der Couch. Nichts. Kann keiner was sehen. Niemand. Nichts. Keiner.

Bling. Mein Handy will Aufmerksamkeit. Das erlösende rote Pünktchen an der grün-weißen Sprechblase. Schnell, schnell, meine Hand zittert leicht, draufgetoucht und gelesen. Von Jörg: »Jep, alles top. Mila spielt schön mit Oma.«

Auf geht's.

Die Zeit muss noch sein: Ich gehe zum Kühlschrank und suche das kälteste Beck's, zisch, auf, und zwei große Schlucke den Hals runterlaufen lassen. Endlich.

Ich gehe zurück zur Couch, ziehe die Jeans mit ihrem Folterwerkzeug zwischen den Beinen aus, ahhh. Das Kreuz ist schon nass und warm. Ich zieh die Unterhose aus der Ritze raus, schon schön verklebt alles, nur von den Gedanken. Die Kraft der Gedanken. Ich lege mich hin, sehe am Bildschirm ein sehr gutes Standbild mit Carrie Mathison, sie sieht besonders verwirrt aus grad, spreize die Beine so weit auseinander, wie es geht, und das ist nicht besonders weit, und lass erst mal Luft dran. Kommt ja nur sehr selten Luft hin, alleine diesen Luftzug zu spüren an der weit gespreizten Muschi ist schon schön und befreiend. Mit beiden Händen ziehe ich die Schamlippen auseinander, höre aber kurz vor Schmerz auf, da steh ich gar nicht drauf. Und reibe mit beiden Händen erst langsam, dann immer schneller zwischen den Schamlippen rum. Es ist schon eher ein Rühren als Reiben, das Jucken wird vom Rühren immer schlimmer. Ich lege meinen Kopf zur Seite und suche einen Gegenstand. Flasche? Ist noch voll, gibt Sauerei. Da. Bepanthentube. Perfekt. Achtung, richtige Seite nehmen, nämlich die mit dem Verschluss und nicht die spitzen Kanten am anderen Ende. Ich bin schon klatschnass, brauch keine Gleitmittel, ich drehe erst ein paarmal den Verschluss über die geschwollenen heißen Schamlippen und gehe dann rein, die eine Hand reibt weiter außen, und die andere Hand dreht schön die Tube innen rum. Ab und zu stoß ich auch mal, aber eher als Witz, ist nämlich gar nicht nötig. Leider komme ich immer viel zu schnell, und alles ist wieder vorbei.

So.

Mund abwischen und weiter. Ich hol mir Zewa aus der Küche, kontrollier, ob ich irgendwelche Flecken gemacht habe, hab ich nicht, und klebe mir ein Blatt davon zwischen die Beine und mach die Serie wieder an.

Wollen wir doch mal sehen, wer schlauer ist. Die durchgeknallte Carrie oder der durchgeknallte Superterrorist? Ich gucke an meinem Oberkörper runter und sehe die Orgasmusflecken überall. Sieht aus wie Ausschlag oder Vergiftung oder Allergie. Ich nehme mein Bier und proste Carrie zu. Was man alles aus Serien lernen kann. Den perfekten Mord. Wie man jemanden verfolgt, fesselt, psychisch fertigmacht, eigentlich alles, was bei YouTube-Tutorials verboten wäre.

# 9. KAPITEL

Ich werde von Jörgs Stimme wach. Er steht vor mir mit Mila auf dem Arm, peinlich, und Marie linst hinter ihm hervor. Oh Gott, ich bin gestern auf der Couch eingeschlafen. Wollten die jetzt schon wieder zu Hause sein?

Der Gesichtsausdruck von Jörg ist ein Albtraum. Schlechtes Gewissen flutet rein. Oh. Und warum ist Marie schon da? Sag nicht, sie ist schon die ganze Zeit hier am Arbeiten und schleicht um mich rum, und ich liege hier so. Na ja, andererseits hat sie dann schon alles gesehen und erschreckt sich nicht so, wenn's so weit ist.

»Mila«, sage ich und strecke ihr die Arme entgegen, Jörg dreht sich einfach langsam weg mit ihr und geht aus dem Zimmer. Was muss er denken? Ich muss jetzt hier nur so lange aushalten, bis ich weiß, wie ich gehe. Oh Mann, dieser Gesichtsausdruck, ich habe wirklich Angst vor meinem Mann, nicht, dass er mir was tut, sondern vor dem unbändigen schlechten Gewissen, das er mir machen kann. Er hat im Flur den Weekender geschnappt, den ich ihm mal vor langer Zeit schwer verliebt geschenkt habe. Ein bisschen wie ein Arztkoffer sieht der aus. Und schleppt Kind und Tasche die Treppen hoch. Ist das nicht ein bisschen gefährlich? Muss ich grad denken.

»Marie?«, schreie ich.

»Jaaa«, schreit's zurück, sie kommt gerannt. Ich will sie fragen, was hast du gesehen, wie viel von mir, warum hast du nicht einen Mucks gemacht, damit ich mich hätte bedecken können? Stattdessen sage ich: »Bitte, holst du mir mein Ostrich Pillow oben aus dem Schlafzimmerschrank?«

Klar macht sie das. Wenigstens eine Sache, die hier im Haus funktioniert. Sie kann zwar überhaupt nicht wissen, was mit dem Begriff gemeint ist, aber es funktioniert auch über Ausschlussverfahren. Wenn sie von allem im Schrank den Namen weiß und von einem nicht, dann muss das das Ostrich Pillow sein.

Sie kommt wieder runtergestürmt, genau mit dem richtigen Ding in der Hand. Sie streckt es mir entgegen, ich nehme es an. Und bevor sie fragen kann, erkläre ich, was es ist. »Es ist eine Art Schlafmaske und Kissen in einem. Du ziehst es über den Kopf, und es kommt kein Licht an deine geschlossenen Lider, so verdunkelt es wie eine Schlafbrille, und wenn du dich rechts und links anlehnst, egal, in welchem Winkel du den Kopf anlehnst, es ist immer ein weiches Kissen drunter. Deswegen sieht das so komisch aus, weil praktisch ein ganzes Kissen um den Kopf gewickelt ist. Und die beiden großen Löcher an den Seiten sind für Powernapping am Schreibtisch. Da schlafen ja viele gerne mit der Stirn auf dem Handrücken, deswegen kann man die Hände durch die hoch gelegenen Ohrlöcher des Kissens führen und die Stirn auf den Händen ablegen und schlafen. Wird immer beliebter in Firmen, gibt sogar schon Chefs, die das unterstützen, weil nach Powernapping die Angestellten besser und schneller arbeiten können.«

»Aha«, sagt Marie und denkt nach. »Wofür ist das Loch in der Mitte?«

»Na, zum Atmen, da steckt man die Nase durch und den Mund, damit man Luft bekommt.«

»Logisch. Darf ich mal anziehen?«

»Ja, aber setz dich vorher hin, weil du siehst ja nichts, ist gefährlich zum Rumlaufen.«

Sie lacht und setzt sich neben mich.

»Ist dir nicht kalt?«, fragt sie.

Oh Gott, ja, ich bin ja nackt unter der Decke. Völlig vergessen vor lauter Kater. Neben ihr fühle ich mich wie eine dreckige alte Frau.

»Ja, mir ist kalt.«

Sie greift hinter sich und holt noch zwei Decken von der Armlehne runter. Und legt sie mir über die Schultern. Sie streichelt meine Schulter, und ihre beiden Finger streichen über meine Wunde an der linken Brust.

»Wie schnell das heilt bei dir.«

»Gutes Heilfleisch.«

»Warum Haifleisch?«

»Nicht Haifleisch. Sondern Heilfleisch. Kennst du den Begriff nicht? Das sagt man, wenn man gut wieder heilt, man hat gutes HEILFLEISCH.«

»Ach soo, ich hab's an den Ohren, zu viel im Club gewesen.«

»Was hast du gesagt?«

»Ich habe schlechte Ohren, weil ich zu viel im Club ...«

Ich lache. Sie merkt's und spricht den Satz nicht zu Ende. Dann sagt sie: »Ohh, voll drauf reingefallen, sehr witzig.« Sie kneift mir in die rechte Brustwarze, und das zwiebelt vielleicht.

»Ey!« Ich schreie und lache laut auf. »Aua.«

Sie zieht das Kissen über den Kopf und sieht total bescheuert aus. Ich streichel mit beiden Händen ihre beiden Brüste, und den Mund, der durch das Loch rausguckt, küsse ich kurz.

Sie tastet mit diesem crazy Ding auf dem Kopf nach mir, ich lehne mich zurück, damit sie immer ins Leere greift. Wie bei *Matrix*, wenn die Kugeln fliegen. Ich muss aufpassen, dass das hier nicht ausartet. Immerhin ist ein zu Recht sehr schlecht gelaunter Jörg hier, und meine Tochter, außerdem macht die Geilheit, dass meine Kopfschmerzen immer mehr pochen gegen die Innenseite der Stirn. Ich ziehe ihr das Ding vorsichtig halb vom Kopf und sage: »Lass uns aufhören. Jörg ist schlecht drauf. Ich will nicht, dass er uns hört, sieht, was auch immer. Bitte lass mich in Ruhe jetzt.«

Sie gibt mir das Kissen, ich ziehe es über und lege mich zurück. Da, an der eigentlich harten Lehne ist es schön gemütlich weich durch diese tolle Erfindung.

Ganz gedämpft höre ich irgendwann durch das Kissen Jörg Marie erklären, dass heute eine Baustelle überwacht werden muss am Haus, und das soll sie machen. Eigentlich sollte ich das machen. Ich hab's völlig vergessen. Heute kommt diese Firma wegen dem Wasserschaden, den wir mal hatten, irgendwie sind die Wände des Kellers porös. Wie bei mir! Und da macht jetzt jemand was dran. Ich beschäftige mich nur mit mir und wie ich hier rauskomme, dass ich die Alltäglichkeiten nicht so auf dem Schirm hab. Aber jetzt haben wir ja Marie. Sie ersetzt die Hausfrau und Mutter und, wenn ich Glück hab, auch den Ehemann!

Ich lasse mich nackt nach hinten fallen mit dieser bekloppten Taucherglocke aus Stoff auf dem Kopf und bin raus.

Ich wache auf und will hier nicht mehr herumliegen, wie so unnützes totes Fleisch. Ich halte die Luft an, damit ich besser horchen kann, ins Haus rein. Ich höre nichts. Meine Chance. Ich sprinte wie ein Rennschwein vom Sofa die Treppe rauf bis in unser Schlafzimmer und ziehe meinen Kimono über, nur um irgendwas zu haben, das mich bedeckt. Jetzt suche ich in Ruhe eine Unterhose. Ich wähle die, wo Mogli drauf ist aus dem Dschungelcamp, nein -buch, und einen weichen Jersey-BH von

American Apparel. Dann ein Hemd von Jörg, nicht Boyfriend, sondern Husband Style, Houseband, denke ich immer, heißt das … und einen ausgeleierten Jerseyrock, der etwas zu lang ist. Na ja, sagen wir, meine Beine sind etwas zu kurz. Ich muss kurz pinkeln, vorher Tampon raus, sonst passt der Urin nicht durch die gequetschte Harnröhre, und überprüfe mein Gesicht im Spiegel, Mascara verschmiert, ich lecke eine Ecke von Jörgs Hemd an und wische mir die schwarze Schmiererei unter den Augen weg, so gut es geht, und mache mich auf die Suche nach Leben im Haus. Jörg scheint mit Mila wieder unterwegs zu sein. Früher haben wir uns auch Zettel geschrieben mit Herzchen und Smiley. Jetzt sind wir einfach weg und erwarten, dass der andere das einfach merkt. Ich suche oft Jörg oder Mila im Haus, bis ich nach vielen Minuten merke, dass sie nicht mehr da sind.

Ich seh Marie im Garten sitzen. Was macht sie da? Sie hat den kleinen Beistelltisch von der Terrasse in den Garten gestellt, da ist ein Hackbrett drauf und ein großes Messer und ein Glas Wasser. Sie schneidet einen Haufen grüne Blätter klein.

»Hey«, sage ich. »Was machst du?« Kann doch noch neugierig sein.

»Jörg meinte, ich soll hier draußen zuschauen, wie die Baustelle vorangeht.« Hmm, das kenne ich von Jörg, er will, dass sie die Bauarbeiter überwacht. Er kommt aus einer Arbeiterfamilie und ist der festen Überzeugung, dass sie zu viel Pause machen, wenn man sie nicht überwacht.

Keine Ahnung, ob Marie weiß, was genau der Auftrag ist. Die Arbeiter ausspionieren und nachher Jörg melden, was die genau gemacht haben. Wie oft sie pinkeln waren, getrunken haben, was gegessen und wie lange und sich immer für alles hingesetzt.

»Und was ist das?«

»Ihr habt den ganze Garten voll mit Giersch. Da dachte ich,

ich mache euch ein schönes Pesto draus, wenn ich eh hier sitzen muss und die Baustelle angucken.« Angucken? Okay.

»Giersch? Klingt wie eine Krankheit.«

Sie lacht und fragt: »Willst du mal probieren?«

»Nein danke.« Sie guckt enttäuscht.

»Kannst du kurz reinkommen und mir helfen, meine Verbrennung einzucremen?«

»Leider nicht, weil Jörg nicht will, dass ich hier weggehe.«

Ich drehe mich zur Seite und sehe die beiden Männer an der Außenwand des Hauses arbeiten. Sie haben überall auf Kniehöhe Löcher reingebohrt und so kleine Pfeifenköpfe in jedes Loch gesteckt. Dort schütten sie nach und nach flüssiges Wachs rein und machen eine ganz schöne Sauerei in unserem sowieso gar nicht gepflegten Garten. Ich verstehe. Sie füllen offensichtlich die Hohlräume in der Wand, die sich sonst mit Wasser vollsaugen und anfangen zu schimmeln, mit Wachs, dann kann da kein Wasser mehr rein. Voll gut. Ich kann Marie nicht zwingen reinzukommen.

Ich gehe zum Apothekenschrank und nehme zwei Ibus. Brauche kein Wasser zu schlucken, bin ich stolz drauf. Kind weg, Mann weg, was soll ich machen?

Ich mach den Fernseher an.

Ich sehe die Bepanthentube, die gestern in mir war. Quatsch. Gestern doch nicht. Doch, war gestern. Oh Gott, die Tage vergehen. Ich drücke eine längere Wurst auf meine Hand und patsche sie ganz vorsichtig auf meine Brust. Das kann Marie besser. Die kümmert sich besser um mich als ich mich um mich selbst. Ich gucke auf die Wunde und quetsche mein Kinn, so stark es geht, nach unten und sehe, glaub ich, im Augenwinkel Eiter. Hat sich die Scheiße auch noch entzündet. Könnte ja sein, dass es sich so schlimm entzündet wie bei dem Hobbit-Schauspieler, wo mir grad der Name nicht einfällt, bei Fargo. Der kriegt doch da so eine Kugel in die Hand und kann nicht zum Arzt, weil sonst alle merken, dass was faul ist. Also lässt er die Kugel in seiner Hand gären und brodeln und eitern und suppen, und die Entzündung wird irgendwann so schlimm, dass er ohnmächtig wird und Fieberträume hat. So wird's bei mir hoffentlich auch enden, so ein klein wenig Dramatik find ich schon gut! Ich könnte die Wunde jetzt desinfizieren. Mach ich aber nicht.

Ich schnappe mir zusätzlich zum Fernsehprogramm, das ohne Ton vor sich hin läuft, noch meinen Laptop und gehe auf die Site von Amazon. Ich weiß, dass man da eigentlich nicht einkaufen darf, aber bei mir ist doch egal jetzt, ich hab nicht mehr viel Zeit, und die liefern halt am schnellsten. Ich kaufe mit One-Click eine Fußpflegemaschine für zu Hause, wollte ich schon immer mal haben so was. Wenn sie kommt, gucke ich mir bei YouTube Tutorials an, wie man das am besten benutzt. Dann pflege ich Marie die Füße. Vielleicht findet sie das ja gut. Und ich mir selber auch, natürlich. Man braucht auch immer was zum drauf Freuen im Leben, oder, kleine Chrissi? Ja! Ich klapp den Laptop wieder zu, lege ihn neben mich, sitze ein wenig still da und schaue auf das stumme Fernsehbild.

Habe wohl eine Ewigkeit dagesessen und Fernsehen ohne Ton geguckt. Marie kommt rein und ändert die ganze Stimmung hier im Haus und in mir. Schön ist das.

Sie ruft aus der Küche: »Die Handwerker sind fertig. Ich glaub, die haben ihre Sache gut gemacht.« Süß, die Marie. Immer positiv.

»Bestimmt haben die das. Erzähl das Jörg, interessiert mich nicht, was Handwerker hier machen.«

»Oh, okay. Ich bin jetzt fertig mit dem ganzen Zettel. Willst du noch, dass ich was mache?«

»Äh, mir fällt nichts ein.« Ich gucke auf die Digitalanzeige der Uhr. 18:18 Uhr. Perfekt!

»Marie, hast du was vor an deinem Feierabend? Oder willst du mit mir ein Bier trinken?«

»Ich hab nichts vor, bin nur müde. Aber ein Bier trink ich gerne mit. Soll ich uns welche holen?«

»Gerneee.« Die Laune hebt sich, ich bin nicht allein.

»Sonst noch was?«

»Jaa, mach noch zwei Tequilas dazu, ja?«

Ich springe von unserer geliebten Designercouch auf und tippel leichtfüßig zum TV-Schrank. Ich liebe es, wenn Besuch da ist, wenn ich mich von meiner lustigen, leichten Seite präsentieren kann. Die Stapel von DVDs im Schrank räume ich von einer Seite zur anderen, bis ich die richtige in der Hand halte. Ich lege sie ein, suche schon wieder alle Fernbedienungen zusammen, die man braucht, bloß um eine einzige DVD zu gucken, Mann, ist das alles kompliziert geworden.

Marie kommt ganz langsam reinbalanciert und stiert wie verrückt auf das Tablett in ihrer Hand. Wohl keine Kellnerinnenerfahrung, was? Sie hat totale Angst, dass was runterfällt. Zwei offene Flaschen Beck's, zwei süße kleine Schnapsgläschen, ein Häufchen Salz einfach auf dem Tablett und eine halbe Zitrone. Komisch, aber okay, jeder macht es anders.

»Ihr – habt – ein – sehr – schönes – Haus«, sagt Marie stockend, weil hoch konzentriert. Sie stellt das Tablett auf dem Couchtisch ab. »Ich finde es gut, wie ihr es pflegt.«

»Danke, sagt jeder«, sage ich betont selbstbewusst, es geht darum, sie zu beeindrucken mit Selbstbewusstsein, wer weiß, wofür das mal gut sein wird.

»Wir haben es ganz am Anfang, als wir eingezogen sind, eingerichtet, und dann guckt man als Bewohner auch nie wieder richtig hin. Nur wenn neue Leute reinkommen, wie du, guckt man durch fremde Augen sein eigenes Haus an. Dann fallen einem alle Fehler und Schlampereien auf, die man sich geleistet hat.«

Sie denkt nicht darüber nach, was ich gesagt habe. Sie lächelt mich an, hält das Schnapsglas mit dem Tequila hoch, damit ich mitmache. Na gut, überredet. Ich halte es auch hoch. Vorher muss man ja lauter Sachen machen. Ich vergesse jedes Mal die richtige Reihenfolge. Ich mach's ihr einfach nach. Sie tupft die Zitronenhälfte einfach, platsch, auf den Handrücken, streut Salz auf die feuchte Stelle, wartet, bis ich es auch gemacht habe, und klirrt ihr Glas gegen meins. »Prost!«

»Prost!«

Sie leckt, ich leck, sie kippt, ich kipp, wir schütteln uns beide, mir kommt ein bisschen die Kotze hoch, schlucke sie schnell wieder runter, sie legt den Kopf nach hinten unnd hält die Zitronenhälfte über ihr Gesicht und spritzt es einfach runter. Es kommt auch was in die Augen, sie springt auf und schreit lachend rum. Sie gibt mir die Zitrone, ich mache es ihr nach, nur ich treff besser und nicht in die Augen. Wir lachen, sie lässt sich neben mich plumpsen.

Ich sitze da und lasse alles auf mich wirken. Man muss ja nicht immer reden. Marie kommt mir wirklich etwas müde vor. Sie hat ja auch den ganzen Tag gearbeitet.

Der Tequila kann doch nicht so knallen. Oder hat die mir da was reingetan? Das hättste gern, Chrissi! Weiter will ich mich nicht unterhalten, gibt nichts Schlimmeres, als angetrunken reden zu müssen und sich gleichzeitig zu konzentrieren auf etwas wie DVD-Anslaufenkriegen, der Tequila ballert, sie hat die Gläser ganz schön voll gemacht. Ich mach einfach die Elvis-Las-Vegas-DVD an, die wir letztens nicht zu Ende geguckt haben. Schien Marie aber nicht zu stören damals. Egal. Mich aber. Man muss das auch zu Ende bringen, wenn man es angefangen hat. Früher, als wir noch Gäste hatten zum Abendessen oder, ganz bescheuert, zum gemeinsamen Kochen, da war es das Schwerste, mit einem Aperitif wie Gin Tonic im Kopf Rezepte zu lesen, keine

Zutaten zu vergessen, keine Handlungsanweisung im Kochbuch zu überlesen. Im Kopf sag ich mir immer wieder ganz laut: REISS DICH ZUSAMMEN, CHRISSI, aber der Alkohol macht, dass die Gedanken abdriften, wirklich was Richtiges machen wie kochen, dabei reden müssen mit Alkohol im Kopf, kann ich jedenfalls überhaupt nicht gut.

In der DVD zeigen sie grade Sechzigerjahre-Hausfrauen mit Turmfrisuren und Spießerkleidchen, wie sie komplett hysterisch ausrasten, weil Elvis an den Rand der Bühne geht. Er beugt sich runter und küsst die Nächstbeste, die er zu packen bekommt, kenne diese Stelle in- und auswendig, Marie kichert, weil jetzt nur noch einzelne Hausfrauen gezeigt werden, die zur Bühne laufen, um auch einen Kuss von Elvis abzubekommen, ein Hausfrauen-Tsunami bildet sich unten an der Bühne, die Haare wackeln, die Hände patschen ins eigene Gesicht, alles sieht in Zeitlupe aus, als würden sie kollektiv kommen. In meinen Augen sammelt sich Tränenflüssigkeit und läuft über. Ich war noch nie so entrückt wie diese Frauen, ich würde mich immer selbst beobachten und sofort dran hindern, mich so gehen zu lassen. Ich hatte auch nie die Chance im Leben, Elvis live zu sehen, etwas zu spät geboren dafür. Das Pech der späten Geburt!

Marie guckt zur Seite, guckt mich an, weil ich schniefen muss, dass die Rotze nicht in langen wässrigen Fäden aus der Nase hängt. Ihr Gesichtsausdruck verändert sich. Vorher hat sie selig angeschickert den Bildschirm angeguckt, jetzt ist sie ganz ernst geworden, weil sie meine Tränen sieht. Sie ist noch schöner, wenn sie neutral bis ernst guckt. So gucken Models normalerweise auf Modefotos. Nicht lächelnd. Das machen nur Unterwäschemodels. Editorial ist immer ernst. Und viel besser. Jetzt sieht sie richtig aus wie ein Model. Sie zieht sich ihren Ärmel über die Hand und wischt mir unterm Auge die Tränen weg. Wahrscheinlich hat sie damit meine Schminke verschmiert. Ihre

Ärmelhand geht zu ihrem Mund, sie drückt einen Spuckefleck genau auf den Zeigefinger, der den Stoff von unten durchdrückt, und wischt damit die Schminke unter meinem Auge weg. Bei anderen Menschen würde ich das ekelhaft finden. Aber nicht bei Marie.

Meine Gedanken drehen sich besoffen im Kreis, Schnaps vertrag ich immer schlechter, je älter ich werde, hab mir schon oft geschworen, das nie wieder zu trinken. Aber manchmal geht es eben nicht anders, heute musste es sein, zur Feier des Tages. Welche Feier? Ich feier Marie.

Ich lehne mich zurück, bin ganz entspannt, ich lächel Marie an, und ich bin plötzlich so müde und mache die Augen zu. Sie hat nicht nur einen entspannenden Einfluss auf mich, sie lähmt mich förmlich. So was würd ich sonst nie machen, vor niemandem, einfach die Augen zu und schlafen wollen. Noch nicht mal bei meinem Mann, dem traue ich weniger als diesem Mädchen, das ich grad praktisch vor ein paar Minuten kennengelernt habe. Na gut, Tagen. Ich habe einen ganz trockenen Mund und muss pinkeln, aber ich kann nicht aufstehen, ich will genau so bleiben, mich nicht bewegen, schlafen. Ich mach noch kurz meine Augen zu kleinen Schlitzen auf, das Licht im Wohnzimmer wird in lange, dünne Streifen gezerrt, wie Weihnachten, alles sieht ganz heilig aus, ich sehe, wie Marie sich nach hinten legt und auch die Augen schließt. Die DVD kann auch alleine zu Ende laufen. Na, dann gute Nacht, Marie!

Nachts werde ich wach, weil ich dringend was trinken muss. Es ist dunkel, nur ein bisschen blaues Licht vom Bildschirm erleuchtet das Zimmer. Ich flüstere: »Marie?«

Keine Antwort. Ich fühle auf das dunkle Sofa neben mir, taste den Platz ab, wo sie vorher lag, sie ist nicht mehr da. Ich stehe auf, gehe in die Küche, lasse zweimal ein großes Glas mit Leitungswasser volllaufen und gulpe es in einem Zug aus. Schnell noch auf Toilette. Ich denke kurz an mein Baby, ist bestimmt in guten Händen oben beim Papa, meine Blase hat extrem viel Flüssigkeit gesammelt. Also, wenn ich was kann, dann ist das Urin in meiner Blase sammeln, und zwar nicht zu knapp! Ich strulle wie ein Pferd. Ich tupf nur mit Papier die angepinkelte Tamponkordel ab und auch die nassen Haare und Lippen, so viel Zeit muss sein, sonst sieht Marie beim nächsten Wäschewaschen die Pipiflecken in der Unterhose, das möchte ich auf keinen Fall, und lege mich wieder auf unser mintgrünes Sofa.

Wir haben nur so ganz dünne Alpakadecken auf dem Sofa liegen, aber dafür vier Stück, ich wickel mich in alle vier ein, achte peinlich genau darauf, dass die Füße fest umschlossen sind, dass keine kalte Luft reinkommt, mach aber auch nicht so fest zu, dass Druck auf die Zehen kommt. Jahrelang habe ich dieses System ausgefuchst. Die Füße dürfen sich auf keinen Fall wie eingewickelt fühlen, das erreiche ich, indem ich sie erst fest einwickel wie ein Geschenk und danach ganz kurz die Füße auseinandermache, dann wird die Decke wieder locker, aber lässt trotzdem keine kalte Luft rein. Und weg.

Ich werde von meinem eigenen Erschrecken und Körperzucken wach. Ich bin gefallen. Ach, das hab ich ganz oft, kurz nach dem Einschlafen, freier Fall im Traum, der Mund macht laute Schreckgeräusche, häch, und wach ist man, guckt aufgeregt im Dunkeln rum, was das war, aber man war es selbst. Die Schultern sind angespannt, der Atem geht schnell, das muss jetzt alles wieder entspannt und runtergefahren werden, lange aus-, kurz einatmen. Das ganz oft und, zack, wieder eingeschlafen.

Ich träume, dass Marie meinen Eltern wehtut. Im Traum sind sie wieder zusammen und im selben Haus, das war echt schon lange nicht mehr so, dass sie es in einem Haus auch nur zwei

Minuten zusammen ausgehalten haben, deshalb wurde so was auch immer im Vorhinein verhindert. Im Traum sitzen sie jetzt aber am Tisch und essen Kuchen und trinken Kaffee. Wie er früher getrunken wurde. Aus einer Kanne. Haha. Das macht in unserer Familie schon lange keiner mehr. Marie geht unbemerkt, wie auch immer, hinter den beiden in die Küche und nimmt aus dem Über-Eck-Töpfe-Drehschrank eine große, schwere gusseiserne Pfanne raus. Sie geht zurück zum Tisch, wo die beiden sich wie ganz feine Leute unterhalten und mit gespitzten Lippen an ihren viel zu kleinen feinen Kaffeetassen nippen, und zieht erst mal meiner Mutter mit voller Kraft die Pfanne über den Kopf und stöhnt dabei wie Monica Seles. Die Mutter sackt sofort zusammen, der Vater versucht zu flüchten, sie erwischt ihn aber noch im Aufstehen und schmettert ihm die Pfanne ins Gesicht. Er guckt ganz erstaunt, ich schätze, das hat richtig wehgetan, viel mehr als von hinten an den Kopf, weil doch im Gesicht an der Nase und so viele Nerven sind. Das ganze Gesicht ist eingeblötscht, und er sieht überhaupt nicht mehr so aus wie mein Vater. Die Nase ist zwar reingedrückt, sieht aber irgendwie abgeschnitten aus, wie bei dem Mädchen aus Afghanistan. Ich nehme Marie die Pfanne weg und gehe damit zur Spüle, dort steht Aloe-Vera-Biospülmittel, ich spritze etwas auf die Hand, lasse Wasser laufen, bis warm kommt, und reibe mit der Hand die Unterseite der Pfanne und vermische das Spülmittel so lange mit dem Blut, bis ein rosaner Lillifee-Schaum entsteht. Ich kreise mit meiner rechten Hand immer wieder durch den Schaum, und auf einmal kommt ein Ton aus der Pfanne, wenn ich genau das richtige Tempo erwische und mit dem langen Fingernagel genau die Rille treffe, läuft: »Come Walk With Me« von M. I. A.

Meine Hand fühlt auf der Brust knubbelige Haut. Ich werde wieder wach.

Was für eine beschissene Nacht. Trockener Mund, schlechte Träume. Aber was fühle ich denn jetzt hier? Ich recke mich lang, damit ich an die Sofaleselampe komme. Licht an, ist Energiespar, heißt: Geht nicht sofort an. Ich quetsche mein Kinn so stark ein, wie es geht, aber ich kann trotzdem nicht sehen, wie schlimm die Haut auf der Brust aussieht. Ich kann die Brust anheben, in mein Gesichtsfeld, sehe aber trotzdem nicht viel. Ich schäle mich aus den vier Decken und gehe ins kleine Gästeklo. Licht an, und da haben wir den Salat. Die Haut an meiner linken Brust sieht aus wie geschmolzenes Kerzenwachs. Ich fühle ganz vorsichtig darüber, an der dicksten Knubbelstelle, da löst sich ein großes Stück Haut ab und klebt an meinen Fingern. Da bildet sich auch durchsichtige Flüssigkeit drauf, in Tröpfchenform. Das kommt so lange, bis sich neue Haut darüber gebildet hat. Das Stück Haut steck ich mir flugs in den Mund und zerkau es genüsslich mit ganz kleinen Bissen zwischen den Vorderzähnen. Das Leckerste an Hühnchen und Ente ist die Haut. Beim Menschen auch, da bin ich mir sicher.

Ich suche im Apothekenschränkchen die Bepanthensalbe, wir haben viel davon im Haus verteilt, für all die Wunden, die wir uns hier zuziehen, ist sie für mich die eine wirkliche Wundersalbe, und ich schmier mir wieder dick was drauf.

Ich guck in der Küche auf die Uhr. 03:12 Uhr.

Ich gehe ganz langsam, damit sie nicht so quietscht, die gelbweiße Treppe hinauf ins eheliche Schlafzimmer. Bleibe im Türrahmen stehen. Da liegt mein Mann, und unter seinem Arm, praktisch in seiner Achselhöhle, unser kleines Baby. Na ja, soo klein auch wieder nicht mehr. Ich liebe die und alles. Aber, ganz ehrlich? Ich kann das nicht. Finde es jetzt schon zu lang und eng und langweilig. Ich bin eine richtige scheiß Ehefrau und eine noch beschissenere Mutter! Als ich noch gearbeitet hab, dachte ich: Es gibt nichts Schöneres, als zu Hause zu sein für sein Kind.

Bei der Arbeit dachte ich, ich brech unter dem Druck zusammen. Nach außen bin ich stark und hab so getan, als ob ich das locker wegsteck, aber in Wirklichkeit bekomme ich von diesem ständigen Konkurrenzdruck, vor allem der berufliche Wettbewerb damals zwischen Steffi und mir, Magenkrämpfe, die irgendwann zu Geschwüren werden, ganz sicher, und habe während der ganzen Arbeitsphase schlaflose Nächte, Magengeschwüre, Schweißausbrüche, als wär ich schon in den Wechseljahren. Wenn ich das an den Nagel hänge und Kinder bekomme, dachte ich, kann ich ganz unauffällig immer zu Hause bleiben und bin von dem Druck weg bei der Arbeit. Ich bin nicht dafür geschaffen. Da kam mir auch die Idee, mit Steffi, die mich schon beruflich überholt hatte, einfach ehrgeiziger ist, gemeinsam Mutter zu werden. Na, das ist ja gehörig in die Hose gegangen! Vor allem für Steffi. Toll, Chrissi, so schaltet man Konkurrentinnen auch aus. Aber hierfür bin ich leider auch nicht geschaffen. Habe mir Muttersein viel einfacher vorgestellt. Und je besser ich meinen Mann kennenlerne, umso mehr entfremden wir uns. Ich glaube wirklich, dass er schwul sein könnte. Er bewundert erfolgreichere Freunde so sehr, dass es irgendwann in echte Aggressionen gegen sie kippt und er zum Beispiel haltlos vor anderen über sie lästert, obwohl er weiter mit ihnen befreundet sein will. Er erzählt einfach in großer Runde, bei einem Abendessen, dass Uli, der nennt ihn wirklich vor Leuten mit Namen, das Kind, das er jetzt mit seiner Freundin hat, niemals haben wollte. Uli wollte unbedingt abtreiben, aber sie ließ sich nicht dazu bewegen. Zack, so entstehen auch Familien. Und zwar ungewollt! Es geht aber immerhin um echte Kinder hier. Und ich weiß nicht, wie vielen Leuten er das erzählt hat, total unseriös, da schäm ich mich richtig für ihn, es ist doch nur eine Frage der Zeit, bis das Kind das später alles erfährt. Oder werde ich langsam verrückt? Caro. Schwul. Uli. Hilfe!

Ich ziehe langsam die Tür zu, damit sie nicht knarzt, weiß genau, an welcher Stelle der Schließbewegung das passieren würde, lasse sie ab da angelehnt und schleiche ganz langsam die quietschende Treppe wieder runter. Immer wenn ich diese Treppe gehe, denke ich, wir wollten die doch eigentlich ganz abschleifen und neu streichen. Muss wieder ins Bett. Brauche dringend meinen Schönheitsschlaf. Morgen kommt Marie schon früh. Da will ich nicht so eine schlechte Figur machen wie heute Morgen!

Im Wohnzimmer knipse ich das Licht aus, lege mich aufs Sofa, hebe das Becken an, damit ich nicht im Hohlkreuz liege, und lege das Steißbein, mein Ende vom Affenschwanz, flach ab, atme tief durch die Nase ein, lang durch den Mund aus. Vier, fünf Mal. Eingeschlafen.

Werde vom Sonnenlicht im Wohnzimmer wach. Hasse das! Hier kann man nicht richtig verdunkeln, weil wir beim Einzug nicht wussten, wie oft ich auf dem Sofa schlafen würde. Man kann sich gegen neugierige Blicke abschotten, aber nicht gegen Licht. Keine Lust, das Ostrich Pillow zu suchen, Marie räumt ja jetzt hier immer alles weg. Ich ziehe eine Socke aus und lege sie mir über die Augen. Ahh, dunkel, schöne Entspannung für die Augen. Ganz lange ausatmen, kurz ein. Das ein paarmal. Klappt nicht mehr, einschlafen klappt nicht mehr.

Ich schwinge wie immer beide Füße gleichzeitig auf den Boden und gehe pinkeln. Trinke aus der hohlen Hand ganz viel Wasser, um alles wiedergutzumachen für meinen Körper. Oben weint meine Tochter, das Geräusch ist wirklich schrecklich nervig, geht durch Mark und Bein und heute eben auch in den Kopfschmerz rein. Verharre kurz und höre Gott sei Dank meinen Mann sich kümmern, er macht weiche Schhh-Geräusche, um sie zu beruhigen. Klappt offensichtlich, Haus ist wieder still.

Ich gucke mir im Spiegel wieder meine Verbrühung an, drücke eine dicke, wie heißt es immer so schön: walnussgroße Menge Bepanthen aus der Tube und tupfe sie vorsichtig auf die offene Stelle. Dort bilden sich immer noch, wie beim Sport auf der Oberlippe, durchsichtige Tropfen, die zusammenfließen zu einem Film aus Wundflüssigkeit. Das wird jetzt schön mit Heilsalbe durcheinandergepatscht. Genug selbst versorgt! Ab in die Kiste. Auch wenn ich nicht mehr schlafen kann, hinlegen darf man sich ja wohl. Auch ohne schlafen. Lege mich im Wohnzimmer hin, fummel mich unter die vier dünnen Wolldecken, kippe mein Becken nach vorne, wie immer, damit das Hohlkreuz weggeht. Und lege mein Steißbein, mein Affenschwanzende, flach ab. Immer der gleiche Bewegungsablauf beim Hinlegen, schon voll automatisiert.

# 10. KAPITEL

Heute hat Marie alle Hände voll zu tun. Sie turnt im Garten rum, singt irgendein Lied, wahrscheinlich hat sie es von ihrer Mutter, irgendwas hat ihre Mutter anscheinend richtig gemacht. Marie hat Mila auf ihrer Hüfte platziert, das regt mich ein bisschen auf, weil sie es sich offensichtlich von Jörg abgeguckt hat. Aber na gut, besser, als wenn ich mich kümmern muss. Mit der einen Hand hält sie Mila in Position, mit der anderen zupft sie Unkraut. Ist es denn zu fassen, jetzt arbeitet sie auch noch im Garten. Hat ihr das irgendjemand auf den Zettel geschrieben? Aber gut, was soll ich ihr das jetzt verbieten, der Garten sieht Horror aus. Ein paar Minuten hat sie noch.

Ich gehe in die Küche und gucke auf unsere kitschige Küchenuhr, hat Jörg mir geschenkt, als er noch dachte, ich sei ein guter Mensch, der sich über normale Sachen freut. Es ist zehn Minuten vor Abfahrt. Hab leider etwas zu spät geguckt. 10:13 Uhr. Aber knapp!

Ich laufe durchs Haus und rufe immer lauter und hysterischer Jörg. Ich hasse es, wenn ich ihn nicht finden kann. Habe manchmal das Gefühl, er versteckt sich und antwortet extra nicht.

»Jörg. Jöhöörg?«

Meine Stimme kiekst immer mehr. Ich würde an seiner Stelle

auch nicht antworten. Er tut mir plötzlich leid. Und ich höre auf zu schreien. Es ist länger still. Und plötzlich ruft er:

»Was denn?« Wusste ich doch.

»Jörg, passt du auf Mila auf? Marie und ich fahren kurz in die Stadt, paar Sachen erledigen.«

»Klar. Was denn erledigen?«

»So dies und das. Ganz langweilige Sachen. Brauchst du was?«

»Nein danke. Viel Spaß.«

»Na ja, von Spaß kann keine Rede sein!«

Egal. Die Frage ist immer, wie würde ich mich verhalten, wenn es nicht gelogen ist? Ich weiß es ehrlich gesagt nicht.

Ich öffne oben im Schafzimmer das Fenster und rufe in den Garten zu der gärtnernden und singenden Kinder versorgenden Marie: »Wir fahren gleich los. Bringst du Mila hoch zu Jörg? Daaanke!«

Und Fenster wieder zu. Der Anblick ist wirklich nicht auszuhalten. Die wird bestimmt eine sehr gute Mutter. Und Gartenbesitzerin. Und alles alles alles. Mädchen für alles. Ich höre sie die Treppe hochlaufen und lustige Geräusche machen mit dem Mund, die Lippen machen laute Pffft-Geräusche, und Mila lacht sich schlapp. Oh Mann. Marie ist eine Zumutung!

Sie kommt in mein Schlafzimmer, wo ich grad die Turnsachen in meine Tasche kleinknubbel, und fragt, wann wir zum Sport fahren. Sie hat wieder vergessen, dass es geheim ist. Ich schließe schnell die Tür hinter ihr und sage mit aufgerissenen Augen: »PSSSTTTT.«

Ihr fällt's sofort wieder ein, und sie schlägt sich auf den Mund. »Oh nein, tut mir leid. Hat er das jetzt gehört?«

»Ich glaube nicht! Wir fahren jetzt los.«

Wir gehen hintereinander die Treppe runter, sie vor mir, und ich halte die Hände vor mich an ihre Schulterblätter, aber ohne sie zu berühren, und stelle mir vor, wie ich sie da runterschubse und -trete. Könnte man doch null beweisen, dass ich sie geschubst habe, oder? Woran soll die Spusi das feststellen? Was hätte ich für ein Motiv? Außer, dass sie jünger, schöner, fitter ist, besser mit meinem Kind und meinem Mann klarkommt. Ein kleiner Schubser. Reicht die Länge der Treppe überhaupt für einen Genickbruch oder gebrochenen Rücken oder Hirnblutung? Hirnblutung geht immer.

Wir kommen unten an der Treppe an, ich nehme die Hände wieder runter und greife den Autoschlüssel unseres Tourans. Wir steigen ein, und direkt ist alles leicht und schön, ich kann wieder gut atmen! Ich kurbel aus der Parklücke raus, das Radio springt an, ich mach es aus, Marie macht es wieder an. Okay. Ich bin raus aus der Lücke. Und fahre ein paar Einbahnstraßen runter, bis ich aus diesem Gewusel raus bin und etwas Gas geben kann. Marie legt, wie es viele junge Leute ja machen, weil sie auch so gelenkig sind, die Füße aufs Armaturenbrett. Ich schreie: »Marie, weißt du denn nicht, dass das megagefährlich ist?« Das Wort mega habe ich mir von Marie abgeguckt, ich versuche, so zu sprechen wie sie, dann fasst sie schneller Vertrauen zu mir.

»Nein? Wovon redest du überhaupt? Du hast mich voll erschreckt.«

»Entschuldigung, aber wenn wir zu Hause sind, zeige ich dir ein Video, und dann wirst du das mit den Füßen da oben hinlegen nie wieder machen.«

»Okay, ist ja schon gut.« Sie nimmt widerwillig die Füße runter und zieht sich die Schuhe wieder an, eh voll unverschämt, die Schuhe im Auto von fremden Leuten auszuziehen. Riecht ja auch intim.

Wir kommen beim Trainer an, er guckt komisch, tja, weil ich vergessen habe, Marie anzumelden. Ich kläre es mit ihm, und natürlich hat er nichts dagegen, so gut, wie sie aussieht.

Sie kann alles besser als ich, jede Übung, auch wenn sie sie noch nie gemacht hat, zack, direkt besser. Was so ein paar wenige Jahre jünger doch körperlich ausmachen. Sie hat einen ganz flachen Bauch, nicht so eine Speckrolle wie ich über der Gebärmutter, die wahrscheinlich nie abzutrainieren ist, nur durch Fettabsaugen weggeht. Und wer macht das schon ? Nur Arschlöcher.

Sie trägt sogar zum Sport einen Push-up-BH, ja ja, der Brustkomplex. Sonst trägt sie ganz abgenutzte olle Sportkleidung mit Reibestellen überall, auch zwischen den Beinen, konnte ich bei einer Übung sehen. Bei den Liegestützen, wo die Hände so im Handgelenk umknicken, sieht man schon die fehlenden Jahre ihres Lebens. Irgendwie faltet sich die Haut anders, aber ich weiß nicht genau, wie ich es benennen soll. Anders auf jeden Fall. Man kann's einfach nicht faken.

Sie hat Riesenspaß, der Trainer auch, ich habe schlechte Laune und will die ganze Zeit, dass es aufhört. Ich lächel, wie immer. Der Trainer schlägt ein, das ist das sichere Zeichen, dass es endlich vorbei ist, und ich gehe vielleicht etwas auffällig schnell in die Garderobe. Sie zieht sich aus, aber nicht selbstbewusst, sie dreht sich weg und versucht, das Wesentliche zu verbergen. Ich sehe aber alles. Adlerauge. Sie ist ganz rasiert. Wie machen die das bloß, gehen die alle in ein Waxingstudio? Und legen sich da breitbeinig nackt wie ein Frosch hin und lassen alle Mitarbeiterinnen des Waxingstudios da reinkriechen? Wenn man innen an den Schamlippen die Haare weghaben will, da muss man ja ganz schön alles hin und her spreizen. Ich gucke sie komplett total an, ist mir scheißegal, wenn es ihr unangenehm ist, kann sie sich schon mal dran gewöhnen, weil, und das merke ich, es wird zum Äußersten kommen. Das gehört einfach dazu, auch um gegen Jörg gewonnen zu haben. Sie ist mein und nicht sein.

Sie findet in den gefalteten Sachen im Spind ihre Unterhose nicht. Ich muss schmunzeln. Sie bückt sich und wühlt und ärgert sich offensichtlich so über sich selbst, dass sie den Spanner, also mich, komplett vergisst. Jetzt hat sie sie gefunden, um einzusteigen, muss sie ein Bein heben, und für einen Bruchteil einer Sekunde sehe ich gleichzeitig von hinten und durch die Beine ihre komplett rasierte Pflaume, etwas bräunliche Haut, bisschen wie die Polochhaut, auch etwas dunkler, und ich habe gesehen, dass sie wie ich auch längere innere Schamlippen hat. Und das Poloch ging ganz kurz auf, weil die Backen auseinandergingen, damit sie in die Unterhose kommt. Es hat ganz schön geglänzt. Wie geht das denn? Sie wird sich doch nicht das Poloch vorm Sport gefettet haben? Warum sollte man so was machen? Oder sie hat sich den ganzen Körper eingecremt, und da ist noch nicht alles eingezogen? Oh nein, war so abgelenkt von ihrer schönen Nacktheit, hab völlig vergessen, dass ich doch eigentlich mit ihr duschen wollte. Jetzt zieht sie sich an, MIST! Ich bin so ein Penner. Kannst dich nicht mal zwei Minuten lang aufs Wesentliche konzentrieren. Kann ja jetzt schlecht sagen, zieh dich aus. Nein, das geht noch nicht. Also, duschen wann anders. Vorfreude ist die schönste Freude. Stimmt zwar nicht. Aber egal. Vielleicht kann ich sie heute noch auf eine andere Art und Weise an mich binden.

»Marie, kannst du mir helfen? Ich würde gerne duschen, weil ich so verschwitzt bin und nicht will, dass Jörg was merkt.«

»Ja? Ich habe gar nicht geschwitzt.« Ich weiß.

»Ich aber, und es darf kein Wasser an die Wunde. Letztens ist da was drangekommen, ziemlich viel sogar, und seitdem ist die Wunde viel schlimmer als vorher.«

»Was soll ich machen?«

»Ich decke mit beiden Händen die Wunde ab, und du wäschst nur mal schnell den Rest?«

»Mach ich. Dann zieh dich aus, meine liebe Arbeitgeberin.« Na, jetzt wird die noch frech, so ein Opfer ist sie nun auch nicht, was?

Ich ziehe meine klebrigen Sportsachen aus und gehe in die Dusche. Diesmal liegt auch Seife dort, von irgendeiner Sportlesbe, die hier trainiert. Von Balea, Creme Seife, Paradise Beach. Das finde ich sehr passend für jetzt.

Ich halte beide Hände über meine Wunde, die klebt auch wie verrückt und fühlt sich an wie offen, wenn ich die Hände drauflege. Klug ist das nicht. Meine Hände sind doch voll dreckig vom Hallenboden, vom Schweiß, ich war auch zwischendurch pinkeln und hab abgetupft. Was man nicht alles für die Geilheit macht!

Sie schnappt sich das Paradise-Beach-Zeug, pumpt ein paarmal in ihre Hand, wischiwischi erst mal in ihrer Hand rum, bis es schäumt, und dann auf meinen Rücken, ihre Hände gehen runter bis zu den oberen Pobacken, weiter nicht. Okay. Mal schauen, wie es weitergeht. Ist das schön, eingeseift zu werden, ich muss nichts machen, nur die Wunde zuhalten, ich schließe die Augen und genieße. Menschen, die nicht genießen können, sind ungenießbar, das stand mal an der Wand in einem Café. Das kann ich nur bestätigen. So ganz grundsätzlich haben meine Eltern versagt, mir genießen beizubringen. Meistens ging es darum, hart im Nehmen zu sein. Das Einzige, was mir einfällt, eine Klitzekleinigkeit, die mit genießen zu tun hatte in meiner Kindheit, war: krank sein. Schade eigentlich. Da ging's mir dann in meiner Familie am besten. Wenn ich krank war, Wärmflasche, Tee mit viel Honig und frisch gepresster Zitrone, dieses heimelige Gefühl, umsorgt zu werden, Bettenlager auf dem Sofa im Wohnzimmer. Und das Allerbeste: den ganzen Tag Fernsehen gucken dürfen, weil man ja krank war. Komischerweise konnte meine Mutter sich besser um ein krankes als um ein gesundes

Kind kümmern, fällt mir grad auf. Ist doch viel anstrengender. Muss ich sie mal drauf ansprechen, wie das kam, wenn ich sie je wiedersehe.

Sie geht auf die Knie und seift meine Beine ein. Sie kommt wieder hoch und sagt ganz locker und entspannt und normal: »Jetzt dreh dich um.« Wer verarscht hier eigentlich wen? Ist sie so cool oder tut sie so? Sie seift meinen Bauch ein, bohrt ihren Finger in den Bauchnabel, da muss auch Seife hin. Sie fährt mit den Händen unter die Achseln, DAS KITZELT, ich lache und springe weg, rutsche fast aus, oje, keine peinlichen Stürze hier in dieser Situation. Aber hab mich wieder gefangen. Sie fährt lachend über die Arme, spart natürlich meine linke Brust aus, hebt aber die Wasserbomben hoch und wäscht da drunter. Dann sagt sie: »Ach, das hätte ich auch gerne, dass ich meine Brüste anheben muss, um da zu waschen. So schön schwer liegen die in der Hand, wie die Briefbeschwerer meiner Mutter.« Was für ein Vergleich. Briefbeschwerer? Gibt doch nur noch Mails.

Sie wäscht noch den Nacken. Und sagt: »Kannst du die heiklen Stellen selbst machen? Das trau ich mich noch nicht.«

Noch? Sie hat »noch« gesagt. Was soll das heißen? Sie geht davon aus, dass das hier weitergeht, so wie ich auch? Ich hab sie am Haken. Muss nur noch überlegen, was ich damit mach.

Sie gibt mir die Paradise-Seife in die Hand und verlässt aber nicht, wie erwartet, den Raum. Sie guckt mir genau in die Augen, ach du Schreck, jetzt liegt der Schwarze Peter wieder bei mir, was? Wie oft man cooler tun muss, als man ist. Schrecklich. Ohne hinzugucken, spritze ich Seife in meine Hand, gehe langsam etwas in die Hocke und spreize dabei die Knie auseinander. Verteile den Schaum zwischen den Beinen. Ich sehe ihren Blick nach unten wandern. Ich gehe langsam wieder hoch. Nur, wenn man sich in einer Stripsituation langsam bewegt, wirkt man sexy und selbstbewusst, jede schnelle Bewegung wird als Unsicherheit gewertet. Ich stelle meine Beine eng zusammen, dass ich meine Oberschenkel weich aneinander spüre und an den Schamlippen auch. Ich gucke ihr auch direkt in die Augen. Versuche, nicht zu lachen, ist aber eine sehr angespannte Situation hier. Ich streichel mit der rechten Hand zwischen meinen Beinen, eins, zwei, drei tauchende Wischbewegungen nach unten und zwischen die Falten. Dann kann ich mich endlich umdrehen und muss ihrem Blick nicht mehr standhalten, wär nicht mehr lange gut gegangen, und wasche jetzt showmäßig mein Poloch für sie zum Zuschauen. Ich verdrehe zur Wand hin meine Augen und strecke die Zunge raus, ich glaub, ich hab vorher die ganze Zeit die Luft angehalten.

Ich atme tief ein und aus mit raushängender Zunge. Sieht sie ja nicht. Ich halte die Pobacken auseinander, lasse das Wasser den Rücken runterlaufen, ich spüre das Rinnsaal genau übers Poloch laufen, es kitzelt und geilt mich auf. Die Wunde brennt, wie es sich gehört unter der Dusche. Ich muss mal langsam hier aus dem Wasser raus, die Wunde weicht ja völlig auf. Aber: Es gibt auch Wichtigeres zu tun, als Schmerzen zu vermeiden! Ich lasse die Pobacken wieder zusammenfallen und mache noch drei kreisende Bewegungen auf den Backen. Fertig.

Vielleicht steht sie ja auf Rubens.

Früher war bei uns immer samstags Badetag. Das wurde zwar Badetag genannt, wir hatten aber keine Badewanne, also wurde geduscht, und sonst die restliche Woche: Katzenwäsche! Und nach dem samstäglichen Duschen gab's von Mutter immer Toast Hawaii. Jahre später habe ich erfahren, dass sie mich voll verarscht hat, das war gar kein Toast Hawaii, sondern Toast Melba, und sie hat's immer falsch genannt. Extra? Aus Versehen? Da bin ich mal später als Jugendliche böse negativ aufgefallen und ausgelacht worden in großer Runde, als ich mal zu Toast Melba Toast Hawaii gesagt habe und alle nicht glauben konnten, dass ich wirklich nicht wusste, was der Unterschied zwischen Toast Melba und Toast Hawaii ist. Genau wie diese Aioli-Sache. Das muss man einem Kind doch sagen, dass das spezifische Familienspinnereien sind! Sonst läuft das Kind doch später raus in die Welt und blamiert sich die ganze Zeit, weil es zu Unrecht der eigenen Familie vertraut hat und glaubt, dass die Sachen, die man da lernt, allgemeingültig sind. Oh Mann, es ist so schrecklich, ausgelacht zu werden für etwas, das man für absolut normal und richtig gehalten hat. Da muss ich ja alles infrage stellen, was ich gelernt habe in meiner Familie. Das Toast-Hawaii-Syndrom.

Jetzt hab ich mich selbst ein bisschen rausgebracht. Ich drehe mich um, Marie guckt eh nicht mehr zu. Ich kann mich entspannen und einfach hässlich und trampelig wie immer schnell zu Ende waschen. Und weg da vom Wasser.

## 11. KAPITEL

Im Auto auf dem Heimweg legt Marie NICHT ihre Füße auf das Armaturenbrett. Sehr gut. Sie dreht das Radio auf, bigFM, »Wall of Terror«-Sound. Die Rückfahrt kommt mir viel kürzer vor als die Hinfahrt, wir trinken viel Wasser, sehr vorbildlich, sportlermäßig.

Als ich zu Hause in die gleiche Parklücke einparke, die ich vorher hatte, springt Marie schon während des Einparkens aus dem Auto. Das befremdet mich, ich sage aber nichts. Wir gehen ins Haus, ich sehe, dass der Briefkasten voll ist, und bitte Marie, ihn zu leeren, weil ich sofort zu meinem Laptop muss, um ihr das mit dem Armaturenbrett zu zeigen. Wie hieß der Film noch mal? Irgendwas mit Kopfball? So eine Kindersendung oder Beitrag für Kinder? Ich gebe ein als Suchbegriff: »füße auf amaturenbrett«. Google schlägt vor, ich meine: »armaturenbrett«. Ja ja, schon gut. Bin nicht so die Beste in Rechtschreibung. Dann halt aRmaturenbrett, da sehe ich, es ist der dritte Eintrag, ich klicke ihn an und direkt auf Pause, dass Marie keine Sekunde verpasst. Ich rufe sie, deute auf den Stuhl vor dem Laptop und sage: »Schau dir das mal an, Marie, danach legst du die Beine da nie wieder hoch.«

»Ich gucke ja schon.« Sie drückt auf Play und sagt noch: »Da ist Post für dich gekommen.«

Ich bin genervt. Durch diesen Satz, den sie gesprochen hat, hat sie schon ein paar Sekunden vom Beitrag verpasst. Ich halte die Kugel geklickt und zieh sie wieder zurück zum Anfang. Und drücke noch mal auf Play, ich sehe, wie sie die Augen verdreht, und verlasse den Raum. In der Küche liegt ein Stapel Post, ich nehme ihn in die Hand und lege nach dem Durchlesen von oben ab. McTrek, Werbung, kommt auf Müllhaufen, Knöllchen auf den »Erledigen«-Stapel, H&M-Rabattwerbung auf den Müllstapel, oh, und hier: eine Postkarte. Ich betrachte erst das Bild. Einfach ein Stier mit einem Torero, man kann nicht erkennen, wer grad gewinnt. Ich drehe die Karte um und lese als Absender die beiden Namen meiner Eltern. Die sind aber schon getrennt, seit ich elf war. Hä? Was ist denn hier los? Ich lese die Namen ein paarmal, ob ich vielleicht Halluzinationen habe? Von Dopaminausschüttung vom Sport vielleicht? Nee, das steht da wirklich. Das kann doch nur ein Scherz sein.

Meine Eltern haben sich getrennt, als ich elf war, auf eine sehr schlechte Art und Weise, dass ich bis heute denke, es lag an mir. Sehr lange habe ich mir gewünscht, dass sie wieder zusammenkommen. Diesen Traum habe ich irgendwann, in meinen späten Zwanzigern, aufgegeben. Und mich langsam damit abgefunden, zwei sich bekriegende Elternteile zu haben. Mit ihrem Krieg gegeneinander, ihrem Gehetze gegeneinander, haben sie mir ganz schön einen mitgegeben. Und was ist da jetzt für eine Postkarte? Aus Spanien? Wo wir früher als kleine glückliche Familie immer Urlaub gemacht haben? Wo mein Vater mit seiner neuen Frau, meiner schrecklichen Stiefmutter, später hingezogen ist. Absender: die Namen meiner getrennten Eltern. Beide auf EINER Karte? Ich soll sie mal besuchen kommen, sie wohnen jetzt wieder zusammen. Sie wollen sogar noch mal heiraten. Ob mich das nicht freut?

Das ist kein Scherz, das meinen die ernst!

Ich stehe auf, nehme die Küchenuhr von der Wand und schmetter sie, so feste wie ich kann, gegen das Küchenfenster. Ich nehme das ganze Geschirr, das neben der Spüle liegt zum Abtropfen, und wische es mit einer Handbewegung auf den Boden. Marie kommt herbeigeeilt, das ist mir aber egal. Meine Brustmuskulatur zittert, die Umwelt fiepst im Ohr, alles schmerzt, ich schaue mich um, ich stiere in die Welt und suche Sachen zum Zerstören. Die Obstschale, ein Geschenk von Jörgs beschissenen Eltern, auf den Boden, den Küchenstuhl hebe ich, so hoch ich kann, und knall ihn gegen die Kante der Arbeitsfläche. Das tut sehr weh in den Armen und den Schultern, weil er kein Stückchen kaputtgeht, wie im Film, sondern einfach hart und heile bleibt und die ganz Kraft der Zerstörung zurückleitet in meine Schultern.

Ich steh da und weine. Marie umarmt mich von hinten und macht Scchhh-sccchhh-Geräusche in mein Ohr. Das nervt mich zwar, aber es funktioniert auch irgendwie. Ich beruhige mich ein wenig. Langsam kann ich wenigstens etwas denken. Oh Mann, das tun die mir nicht an, diese wechselhaften Eltern. Mein Leben lang musste ich damit klarkommen, dass sie das Gegenteil machen von dem, was ihr Kind will. Also ich. Und jetzt endlich bin ich alt genug zu akzeptieren, dass nichts so läuft, wie ich will, dass man seine Eltern nicht zwingen kann, zu tun, was gut für das Kind wär, ich habe jede Hoffnung begraben für immer.

Dann plötzlich machen die, was ich schon immer wollte. Es löst aber keine Freude aus, sondern unbändige Wut. Komisch. Wie der Mensch so gestrickt ist. Oder nur ich gestrickt bin? Gestrickt von wem? Na, von denen natürlich! Ich fahre da hin und kläre das ein für alle Mal. Das ist eine sehr gute Idee, Chrissi.

Langsam beruhige ich mich wieder, hier in Maries Arm. Jörg wieder nicht da, wenn's drauf ankommt. Marie ist mir der liebere Ehemann. Haha.

Irgendwie habe ich schlagartig die Laune meines Lebens. Ich winde mich aus der viel zu warmen engen Umarmung von Marie raus. Reicht jetzt mit Mitleid. Jetzt wird zurückgeschossen!

»Besser?«, fragt sie.

»Viel«, sage ich. »Hast du das Video zu Ende geguckt?«

»Nein, weil jemand hier in der Küche alles kurz und klein geschlagen hat.«

»Dann kannst du das ja jetzt noch zu Ende gucken. Alles wieder gut hier. Echt. Und: Ich brauche gleich deine Hilfe. Ja?«

»Okay«, sagt sie und geht zurück ins Esszimmer, das keins ist, und guckt weiter, ich höre den Ton.

Schön, wenn man ein Ziel hat. Und ganz genau weiß, dass man es durchzieht. Wann hab ich das schon mal? Nie! Da werden sich aber alle wundern, was ich so alles kann.

Ich gucke mir mal ganz in Ruhe, ohne auszurasten vor Wut, die Postkarte noch mal an. Der Torero ist, soweit ich das sehen kann, schon auf den Knien, um den Stier herum wirbelt eine dramatische Staubwolke. Jetzt, wo ich etwas genauer hingucke, sehe ich das Motiv doch etwas anders als beim ersten Betrachten. Meiner Meinung nach ist der Torero gleich tot. Also, ich mein: Er hat ja auch angefangen, oder?

Meine Eltern haben mir mein Leben versaut mit ihren Eskapaden, Streits, Umzügen, Sorgerechtsstreits, mit ihrem Lästern übereinander, und jetzt, wo es keinem mehr nützt ...

Habe eh schon seit meinen Kindheitstagen ein großes Problem mit Wut, ich kann sie konservieren und jahrelang nachtragend sein, um dann im richtigen Moment zu bestrafen. Wenn ich aber die ganze Zeit Wut auf meine Eltern konserviere und die immer weiter noch on top Scheiße bauen, weiß ich nicht mehr, wohin mit mir. Am liebsten würde ich sie beide nebeneinander auf einen Küchentisch legen, sie müssten da schon bewusstlos sein, wie auch immer ich das hinkriege, und dann würde ich mit ganz viel ja!-Frischhaltefolie, um Geld zu sparen, kaufe ich ja!, weil ich so viel davon brauche, um sie so feste einzuwickeln und sie auch gleichzeitig an den Küchentisch zu binden, dass sie sich keinen Millimeter mehr bewegen könnten. Dafür hätte ich dann auch diese wunderbare Sache angeschafft: einen Cellophanfolienspender, oder wie soll ich das nennen? Da steckt eine ganze Rolle von drin, und damit man nicht dieses nervige Abgefummel hat und nicht weiß, wie man es abschneiden soll, rollt man am Anfang eine dünne, harte, klebrige Rolle, wie eine Eisenstange, nur aus Plastik, in den Anfang der Folie, daran kann man ziehen, und wenn man die richtige Länge erreicht hat, gleitet so ein schwebender Schneider darüber und schneidet es perfekt ohne Geklebe ab. Wie Dexter es machen würde. Die beiden vorher ausziehen, dann sieht das wenigstens ein bisschen romantisch aus, bisschen wie eine Hochzeitszeremonie in einem fernen Land. Und dann fett wie ein breites Stirnband die Folie um den Kopf gewickelt und immer mit um den Tisch rum, dann Brustkorb fixieren mit Tisch dazwischen, die Hände und Arme, die Scham und die Knie und Füße. Dann den Werkzeugkasten holen, da sind meine ganzen scharfen Messer drin, die ich genau für so einen Fall immer gehortet hätte. Und dann lauf ich genüsslich um den Tisch und die beiden Würmer rum, nur ihre Augen können sich in den Höhlen bewegen. Die Augen fixieren mich, wenn ich stehen bleibe, bleiben sie auch stehen, sie erwarten schlimme Schmerzen von mir. Ich nehme das kurze krumme Messer raus, das wir eigentlich zum Pilzesammeln benutzen – benutzten, muss ich leider sagen. Weil Jörg und ich früher, bevor wir ein Kind zusammen bekamen, noch viele schöne Sachen gemacht haben. Das Pilzmesser ist jetzt auch in meinem Werkzeugkasten, und am Griff oben stehen Pinselhaare raus, das ist eigentlich dafür da, um den feinen schwarzen Walddreck abzubürsten, der sich zwischen den Pilzlamellen ablagert. Man darf nämlich Pilze nicht mit Wasser abwaschen, weil sie sonst das Wasser aufsaugen und wässerig schmecken. Die schwarzen Krümel sind so fein, sie setzen sich in die Handhornhautfalten, und man kriegt sie nicht mehr rausgeputzt. Auch unter den Nägeln, auch wenn man mit Nagelbürste und Bleiche dagegen vorgeht, hält der schwarze feine Dreck tagelang unter den Nägeln. Deswegen bin ich davon überzeugt, dass es was anderes als Erdedreck ist, den krieg ich sofort unter den Nägeln weg mit einer Bürste, der ist nämlich viel grobkörniger und sandiger. Ich nehme das kleine gebogene Pilzmesser aus dem oberen Werkzeugkastenbereich und steche einmal ganz kurz in den Penis meines Vaters. Ich wollte ganz elegant rein, raus, bleibe aber ungünstigerweise mit der Krümmung stecken. Die ja!-Frischhaltefolie läuft sofort in mehreren Schichten voll mit Blut, ich nehme die andere Hand zu Hilfe, die Krümmung ist wie ein Angelhaken, die Spitze hakt im Penis fest. Ich drehe das Messer die Krümmung entlang raus. Geht doch. Jetzt merke ich, dass mein Vater wie ein Irrer die Augen aufreißt, und es laufen ihm Tränen aus den Augen. Memme. Jetzt ist der Blick an die Decke geheftet, um hochgucken zu können, wirft er die Stirn in Falten. Er hat ganz schöne Falten. Nicht so Nordeuropäerfalten, hässlich, trocken, verzweifelt. Sondern dick, fleischig, südeuropäisch. Kommt bestimmt vom ganzen Olivenöl. Er war immer so stolz darauf, morgens zwei Schnapsgläser Olivenöl gekippt zu haben und dann noch ein rohes Ei direkt in den offenen Mund reingeschlagen. Und was hat es ihm genützt? Er hat schöne Falten auf meinem Killtisch. Toll!

Meine Mutter fängt an zu zappeln, aber schafft es nicht einen Zentimeter gegen die geballte Kraft der Cellophanfolie Bewegung in die Sache zu bringen. Ich steche ihr ins Schambein, das geht überhaupt nicht tief rein. Weil das Schambein das kleine

Messer stoppt. Wenn ich da durchwill, muss ich schon was Spitzeres, Schärferes nehmen, am besten vielleicht etwas von beiden Seiten Angeschärftes. Ich gehe hoch zu unserer Kreidetafel in der Küche und schreibe: spitzes, beidseitig geschärftes Messer auf. Ich hüpfe wieder die Kellertreppe runter, schaue mir meine Eltern noch mal genau an. Wie geht's denen, ich interessiere mich nämlich auch für andere, nicht nur für mich. Ist schon jemand in Ohnmacht gekippt? Nein. Super. Dann kann's ja weitergehen.

Nehme das Tortenmesser aus dem Werkzeugkasten, wusste früher auch nicht, was ein Tortenmesser ist. Hab's einfach gekauft, aus Versehen, weil ich dachte, es sei ein Brotmesser, manchmal muss man eben auch was sägen. Der Unterschied zwischen einem Brot- und Tortenmesser ist, dass das Tortenmesser einfach viel länger ist als ein Brotmesser, damit man Biskuitböden der Länge nach durchschneiden kann, das würde mit einem Brotmesser nicht funktionieren. Man lernt nie aus. Ich suche den neuen Ehering am Finger meiner Mutter. Bei ihr kann man nie wissen, ob sie traditionell oder genau gegenteilig gestrickt ist. Sehr wechselhaft, die Alte, leider. Sie würde sich traditionell entscheiden, stell ich mir vor, beuge mich über sie und sehe den Ring am linken Finger. Ich setze das Tortenmesser mit seinen Zacken genau unterhalb des Ringes an. Ich drücke, so feste wie ich kann, und säge gleichzeitig hin und her. Treff natürlich auch voll den kleinen Finger, aber ist mir egal. Kommt der halt mit ab. Geht eigentlich ganz einfach durch. Messer ist topscharf. Finger genau getroffen, dass ich nicht glatt durch den Knochen sägen muss, sondern nur durch die weiche Gnuppe am Fingergelenk. Perfekt. Easypeasy. Fünfundzwanzigmal hin und her. Ich fummel die beiden Finger aus der Folie raus und steck mir den Ehering meiner Eltern auf meinen eigenen Ehering drauf. Ist viel zu locker. Aber ich bin ja ein Fuchs. Ich ziehe meinen eigenen Ehering aus, stecke den von dem Wurstfinger meiner Mutter auf und ziehe dann meinen wieder an, so blockt er, dass der zu große nicht runterrutscht. Bin immer sehr stolz auf mich, wenn ich gute Ideen habe. Wenn es schon sonst nie jemand war, als ich klein war, aber auch jetzt eigentlich. Nur ich selber klopfe mir auf die Schulter, ich mach es einfach mal in echt. Auch wenn ich meine ganze linke Schulter völlig vollschmier mit Mutterblut. Nicht schlimm, ich weiß auch, wie das wieder rausgeht: Man schält eine Kartoffel und reibt sie roh. Dann patscht man das auf den Blutfleck und macht noch Salz drüber, nicht zu knapp, und einreiben, feste. Wie bei Marie zwischen den Beinen. Feste feste. Bisschen einwirken lassen und ab in die Waschmaschine, geht garantiert raus. Schon tausendmal geklappt bei mir.

Ich werde aus meinen Gedanken gerissen, von Marie, sie kommt mit dem Baby auf der Hüfte ins Zimmer. Wo hat die denn jetzt Mila her? Jörg muss nach Hause gekommen sein. Ich krieg nichts mehr mit. Ich sage ihr: »Auch mal wechseln, sonst kriegst du es echt im Kreuz, Kinder versauen einem sonst den Rücken. Das wenigstens kann man ja verhindern.«

Wenn ich mit Mila alleine zu Hause bin und sie knüttert im Bett, warte ich extra lange, dass sie von alleine damit aufhört und wieder einschläft. Klappt oft nicht. Da zieht sich alles zusammen im Körper, wenn das Kind Geräusche macht. Schon lange, bevor es schreit, jedes Schreien beginnt ja erst mal mit Knüttern. Und man weiß meistens nicht, warum. Wenn ich mir das alles in ein paar Jahren vorstelle, werde ich ganz schwach, mit meinen Nerven, ein großes altes Kind? Horror! Auf gar keinen Fall will ich später, wie es jetzt schon Freunde von uns machen, mein altes Kind auf die Bundesjugendspiele vorbereiten müssen, es aufklären, vielleicht sogar eine Abtreibung bezahlen müssen, weil ich das mit der Aufklärung verhonkt hab. Ich habe ja immer gesagt, ich habe nicht die Fähigkeiten mitbekommen, eine gute Mutter zu werden.

»Jörg sagt, du sollst mal hochkommen.«

Das heißt nichts Gutes. Er sitzt so oft in seinem Arbeitszimmer, als hätte er einen Zweitjob angenommen, um das Haus abbezahlen zu können.

»Schatz, was ist denn?« Ich jogge die Treppe hoch und bin oben völlig außer Atem.

Wenn er mich zu sich ruft, fühle ich mich wie das kleine Kind, das zum Pastor muss und beichten, ich gehe im Kopf nur alle schlimmen Sachen durch, die ich gemacht habe, die ihm Hörner aufsetzen, ihn verletzen, ihn enttäuschen könnten. Lasse mir aber die Angst aufzufliegen nicht anmerken.

Unten höre ich Marie in der Küche Scherben zusammenkehren.

Ich betrete sein Arbeitszimmer ganz oben im Haus und sehe ihm am Gesicht an, dass Marie ihm alles von meinem Ausraster erzählt hat.

»Geht's dir schlecht?«, fragt er.

Ich beschließe, dass es das Beste ist, den Ball flach zu halten und das alles runterzuspielen, damit ich meine Ruhe habe. »Habe nur einen kurzen Wutanfall gehabt, will da nicht drüber reden. Vielleicht später. Ist alles schon wieder gut.«

»Gut, dann ist ja gut. Ich hab mir echt Sorgen gemacht. Dann kann ich jetzt weiterarbeiten? Ich hab viel zu tun.«

»Klar. Mach dir keine Sorgen.« Das ging doch ganz gut, was Ball flach halten anging. Okay, mir geht's beschissen, ich bin angespannt bis zum Gehtnichtmehr. Ich setze mich auf die gelbweiße Treppe und versuche, mich zu beruhigen. Klappt natürlich nicht. Ich laufe runter und schaue nach, was die andern machen. Marie ist mit den Scherben in der Küche fertig und jetzt mit Mila zugange im Garten, sie sitzen, bisschen zu kitschig, auf einer Picknickdecke und essen Sandkuchen. Ich bin erschöpft von meinen anstrengenden Gedanken und beschließe, mich ganz mütterlich dazuzusetzen.

»Na«, sagt Marie.

»Na«, sag ich zurück. Ich hasse es, »na« zu sagen, und dann? Fragt man sich immer.

»Ich gehe heute Abend mit ein paar Freunden tanzen. Willst du mit? Vielleicht tut dir das gut, hier mal rauszukommen.«

Was meint die? Ich bin doch eh nie hier, selbst wenn mein Körper anwesend ist, aber das weiß sie nicht, sie ist noch nicht lang genug da, um meine Tricks zu durchschauen.

»Wo geht ihr denn hin?« Ich werde ganz aufgeregt bei dem Gedanken, in einen Club zu gehen wie früher, bevor ich schwanger geworden bin.

»*Sugar* heißt das. Das ist etwas außerhalb, ein ganz großer Club in so einer Art Fabrikhalle. Da passen Tausende Leute rein. Alle machen sich ziemlich schick, da kommt man sonst nicht rein.«

Oje, wenn ich da mal keinen Fehler mache. Stress im Kopf. Aber immer, wenn man sich was traut.

»Ja klar, da komm ich mit.«

Sie lächelt so breit wie immer. »Cool«, sagt sie, »sollen wir oben was für dich raussuchen, zum Anziehen?« Boah, mal wieder richtig coole Sachen anziehen. Sind im Moment gut versteckt, die Wintersachen des Lebens, weil ich dachte, seit Mila auf der Welt ist: Brauch ich nicht mehr. Und hab sie in Vakuumbeutel unters Bett gestopft.

Wir gehen mit Mila hoch, Marie trägt sie, und wir holen die Beutel unterm Bett hervor und lassen wieder Luft rein. Es pfeift, und alle dehnen sich auseinander. Sie sucht mir was raus, was ich so nie kombiniert hätte. Es ist ein etwas zu romantisches, hellblaues langes Abendkleid, kombiniert mit einer orangen

Trainingsjacke vom Flohmarkt mit lauter Aufnähern drauf, die etwas asi ist.

»Dadurch dressed sie das Abendkleid down«, sagt Marie. Wo hat die plötzlich die Sprache her. Na ja, so lange kenn ich sie ja auch noch nicht, hat wohl auch noch ihre privaten Bereiche. Ich ziehe es an, sie findet's sehr gut. Und will nicht weitersuchen. Ich will nicht bockig sein und akzeptiere das Outfit, wenn man schon Scheiße macht, dann richtig!

Mila wird Jörg übergeben. Wir verabreden uns für 00:30 Uhr am Eingang.

Will die mich verarschen? So lange soll ich zu Hause wach bleiben, das Kind schläft, Jörg googelt irgendwas in seinem Computerschrank rum, ich darf auf keinen Fall schnell trinken, sonst pack ich das nicht bis dahin. Hilfe, auf was habe ich mich da eingelassen, alleine was da organisatorisch auf mich zukommt!

Ganz tapfer sitz ich in unserem dunklen stillen Haus, gucke Fernsehen, nippe an meiner Flasche, versteh aber nichts, weil ich tatsächlich aufgeregt bin, wegen dem *Sugar*. Ich hab mein Outfit schon die ganze Zeit an, damit ich nicht innerlich die Feierhaltung verliere und einschlafe. Ich gucke immer auf die Uhr und habe auch einige Glücksmomente: 21:21 Uhr. 23:32 Uhr war auch schön. Und um 00:00 Uhr rufe ich mein Taxi 19 an.

Ich bin natürlich zu früh da und muss, superunangenehm, vor der Tür da rumwarten, man denkt ja, die sehen einem alle an, dass man das nicht kann, was man da grad macht, und wird dann immer nervöser.

Da kommt eine Gruppe zusammen mit Marie, na endlich, Erlösung. Direkt alles wieder gut. In der Schlange beschließt die Gruppe, für heute »einen Tisch zu nehmen«, was auch immer das heißt.

Irgendwie kann man da einen mieten oder reservieren. Mir

wird erklärt: »Da haben wir dann drei weiße Couches mit der Öffnung zur Tanzfläche, etwas erhöht, damit man über die tanzende Menge drübergucken kann.« Wenn man dort in dem Club einen Tisch bucht, wird man schon an der Tür viel netter behandelt. Marie sagt: »Immer der gleiche hübsche türkische Türsteher begrüßt uns alle mit Küsschen und führt uns dann zu unserm Tisch.«

So ist es dann auch. Er wie eine Gänsemama vorneweg, und wir alle im Gänsemarsch hinterher. Weil ich so klein bin, hab ich die Gruppe schon auf dem Weg zum Tisch mehrmals verloren. Es ist dunkel und laut und aufregend. Da passiert das schnell. Schwupps, bin ich weg, und muss dann den Weg zu den andern am Tisch selber finden. Da stehen auf den Tischen Schilder mit Namen, die mir, glaub ich, was sagen, aber was? Egal.

Wir arrangieren uns erst mal, als wir dann an den Platz kommen. Alle gucken. Könnte ja jemand Berühmtes da sein. Ist es aber nicht.

Jacke aus, Clutch schieben die andern Mädchen offensichtlich immer in die Ritze der Couch. Dann mach ich das auch. Will ja nicht, dass das teure Ding wegkommt. Da kommt schon die Kellnerin an den Tisch, cool, und nimmt Bestellungen auf, ich bestell zwei Gin Tonic. Auf jeden Fall bin ich zum Glück nicht overdressed. Das ist schon mal gut. Gibt nichts Schlimmeres. Neu sein und overdressed. Schlimmschlimmschlimm. Die Getränke kommen schnell, ich kippe ein Glas in einem Zug runter. Ich habe einen Dosierer eingepackt zu Hause mit schön fein säuberlich vorher gehacktem Koks. Dachte, vielleicht brauch ich es nicht, das Koks, aber ich brauch es doch. Ich schaue mich um, sehe, die Toiletten sind sehr weit weg, da nützt es nichts, einen Tisch zu haben, ich muss das anders machen, ich meine: Wofür gibt es denn Dosierer? Damit man die Line nicht auf Klo ziehen muss. Natürlich! Aber hier in dem leeren Bereich an den Tischen geht's auch nicht. Ich muss nach unten in die tanzende Menge. Ich nehme noch einen großen Schluck von meinem zweiten Gin Tonic und gehe runter. Marie bemerkt, dass ich gehe, sie guckt mich fragend an, weil sie befürchtet, ich finde es so schlimm, dass ich nach Hause will. Da hat sie auch recht, aber ich geh nicht. Erst mal was ballern, dann gucken, wie es geht.

Ich greife in der Menschenmenge in meine rechte Trainingsjackentasche und fummel mir den Dosierer so, dass ich den schnell richtig bedienen kann, wenn ich ihn raushole. Mache so ein paar unbeholfene Tanzschritte, um nicht aufzufallen, habe mir jetzt die Line in diesem Ventilding von dem Teil zurechtgelegt, gehe schwupps in die Hocke, Teil an die Nase, anderes Nasenloch zugehalten, reingeschnieft, wieder hoch und das Gleiche noch mal mit der anderen Seite. Paar Sekunden, keiner hat's gemerkt, der Gin wirkt auch schon. Sehr gut. Jetzt fühl ich mich plötzlich richtig wohl hier. Nette Leute, schöne Musik, tolle Location, gut, dass ich mitgegangen bin. Ich setze mich auf die weiße Couch und gucke den Mädchen beim Tanzen zu. Ich fühle mich zu alt dafür, auf jeden Fall, um hier zu tanzen. Ist aber auch egal, man kann sehr glücklich sein, wenn man einfach nur anderen beim Feiern zuguckt.

Kein Problem, auf das Koks in der Schwangerschaft und in der kurzen Stillzeit zu verzichten, extra kurz gehalten die Stillzeit. Aber der Deal mit mir selbst ist immer: Verzicht? Kein Problem. Monate. Jahre. Wenn ich danach wieder richtig loslegen darf! Ich horte immer immer was in meiner Schublade. Das ist auch vor meinem Mann versteckt. Der kleine Minischlüssel ist ganz kompliziert in einer Kombination von Schubladen und Schlüsseln versteckt. Im Kopf begleitet mich das Koks immer. Oder Speed, ist mir egal, welches von beiden. Direkt am ersten Tag, an dem ich abgestillt hatte, zack, eine Line gelegt und rein damit. Es gibt zwei Arten von Kokskonsum, einmal das Koksen mit jemandem im geschützten Raum. Das heißt bei uns oder jemand anderem zu Hause. Oder das Koksen richtig in der Öffentlichkeit, wie jetzt hier im *Sugar* oder auf anderen Partys. Das Koksen in einem Zuhause artet immer immer in einem totalen Absturz aus. Das Koksen in der Öffentlichkeit ist immer sehr zurückhaltend und kontrolliert. Ich verliere nicht gern vor Kellnern oder Türstehern die Kontrolle. Aber vor meinem Mann oder engen Freunden hab ich kein Problem, deswegen finde ich auch kein Ende im geschützten Raum. In einem Club aber kann ich die Tür hinter mir nicht abschließen, deswegen nehme ich höchstens drei Lines, bevor ich da aufschlage, und dann da vielleicht über die ganze Nacht verteilt bis morgens noch drei Stöße aus dem Dosierer. Der Vorteil an einem Dosierer ist, dass man mit den Drogen nicht auf Klo muss, was hier im *Sugar* schrecklich langes Schlangestehen bedeuten würde. Auf Klo muss man dann gewährleisten, dass der Spülkasten sauber und trocken ist, sonst bleibt das Koks dran kleben, dann muss man da Lines legen, und alleine am Schniefgeräusch merken alle, was man da drin macht. Meistens geht man auch noch zu zweit oder dritt da rein, dann ruft eh jemand den Türsteher, und der öffnet von außen mit einem Schraubenzieher die Tür, holt uns da raus und schmeißt uns ganz aus'm Club raus.

Ab und zu setzt sich Marie total betrunken und gefühlsduselig zu mir und zettelt irgendwelche Gespräche mit mir an. Ich spüre, sie will, dass ich mich hier wohlfühle, klappt aber nicht. Ist nicht ihre Schuld, sondern alle anderen sind das Problem. Ich wär lieber mit ihr alleine zu Hause. Beschützt durch unsere vier Wände. Sie sitzt auch manchmal etwas zu breitbeinig für den kurzen Rock neben mir auf dem weißen Sofa. Ich schäme mich ein bisschen. Für sie. Aber na ja, dafür ist Ausgehen wohl erfunden worden, um sich danebenbenehmen zu dürfen, Chrissi. Schneid dir mal eine Scheibe davon ab eher.

Sie brüllt in mein Ohr nervige Sachen über meine Eltern. Das Thema hat sie echt gepackt. Oder sie spürt eben, dass die Lösung dieses Problems mein Leben verbessern würde. Bauernschlaue Marie! Ich halte mir immer das Ohr auf der anderen Seite zu, um irgendwie zu verstehen, was sie mir ins Ohr lallt, klappt nicht so gut. Sie fantasiert von Versöhnung, und ich glaube, sie findet's geil, wenn sie die Versöhnerin wäre, wenn es am Ende auf ihr Konto gehen würde, dass alles wieder gut ist. Süß! Träum weiter.

Ich will hier weg, bin nicht breit genug, um es hier aushalten zu können mit ihr, in ihrem Zustand.

Taxi, zu Hause, mit stinkenden Zigarettenhaaren ins Ehebett, ohne Abschminken. Habe schlechtes Gewissen, weil ich meine Nachtcreme nicht auftrage.

## 12. KAPITEL

Worüber reden die? Doch wohl nicht über mich? Ich erhasche Wortfetzen über Familie, Kinder, Erziehung. Geht's um uns? Oder vielleicht um ihre Familie? Jörg, jetzt nutzt er die Gunst der Stunde, ich liege ausgeknockt hier oben im Bett, und jetzt kommt er und gibt den Marie-Versteher, was? Er fragt sie aus über ihre Familie. Und sie erzählt ihm locker-flockig alles, was er wissen will. Na gut, das muss man ihm lassen, er weiß, dass meine Schwäche der Egoismus ist. Ich frag sie einfach nicht genug. Ich erzähl ihr immer nur von mir. Das muss ich ändern und ihn mit seinen eigenen Waffen schlagen. Sie erzählt ihm grad von ihren Eltern mit ihren toten Vätern und der Selbsthilfegruppe, wo sie sich kennengelernt haben, gut, die Geschichte kenn ich schon, aber wie vertraut sie sich unterhalten, macht mich nervös. Oder, Chrissi, sag's doch: EIFERSÜCHTIG. Christine, jetzt reiß dich am Riemen, reiß dich an den Lippen, kümmer dich um das Wesentliche. Ignorier die beiden in der Küche. Du kannst dich nicht um alles kümmern. Versuche, die Stimmen unten zu ignorieren, Jörg kann sich auf den Kopf stellen, Marie gehört mir! Das ändert sich auch nicht durch ein gutes Gespräch. Du hast dir jetzt was Richtiges vorgenommen, darauf musst du dich konzentrieren, du musst jetzt stark sein. Für das, was du vorhast. Nicht seelisch. Körperlich. Jetzt macht es auch richtig Sinn, dass ich zum Turnen gehe. Wir trainieren immer, wenn ich zum Sport gehe, Liegestütze. Am Anfang vom Training habe ich zwei, höchstens drei geschafft. Mittlerweile schaff ich mit Ach und Krach ziemlich schnell hintereinander dreimal zehn. Das heißt, ich darf mich nach zehn kurz auf den Boden setzen und durchatmen, dann wieder zehn und so weiter, bis ich dreißig voll hab. Ich lerne bei ihm auch Klimmzüge. Das ist das Schlimmste. Den eigenen Körper nur als zu überwindendes, von der Erde stark angezogenes Gewicht wahrzunehmen. Als ich bei ihm anfing, hab ich höchstens zwei Züge nacheinander geschafft. Jetzt ohne Gummi fünf. Mit Gummi zehn. Das Gummi ist eine Hilfe beim Klimmzügetrainieren. Der Trainer hängt ein langes kreisrundes Gummi von fünf Zentimetern Dicke wie einen Galgen an die Reckstange, und ich darf einen Fuß reinstellen. Das hilft ein minibisschen, mich hochzuziehen. So trainiere ich den Bewegungsablauf für richtige Klimmzüge. Ich trainiere schon viele, viele Monate und bin zum Glück für meine Verhältnisse sehr stark geworden. Bei mir setzen sehr schnell Muskeln an. Deswegen muss ich auch viel schlechtes Essen essen, dass Jörg nicht die Muskeln unter dem Speck bemerkt. Der Speck wird noch besser kultiviert als die Muskeln. Die Tarnung! Wenn ich meine Schulter streichele und anspanne, erregt mich die Härte der eigenen Muskeln. Die Muskeln darf Jörg niemals finden. Alles geheim. Wenn ich dann doch mal, um Ruhe zu haben, mit ihm schlafen muss, mit einem Schwulen, lasse ich alles ganz locker, damit er niemals meine Muskeln fühlt, ich liege da wie ein totes Stück Fleisch. Ist aber ganz praktisch, wenn man sich selbst erregen kann. Wenn ich manchmal Lust habe, mich noch stärker zu erregen, als jetzt meine eigenen Muskeln zu streicheln, ziehe ich pulsierend meine inneren Beckenbodenmuskeln zusammen. Da wird, glaub ich, die Klitoris von innen stimuliert. Anders kann ich mir diesen durchschlagenden Effekt nicht erklären. Die Geilheit ist genauso stark, wie wenn ein Mann die Tangaunterhose packt und sehr feste durch die Ritze zieht. Warum eigentlich Mann? Marie wohl eher neuerdings, was? Das haben wir immer in der Schule gemacht. Man schubst einen auf den Boden, fixiert ihn dort, indem man sich auf ihn draufsetzt, greift von hinten oben in die Hose rein und zieht dann so fest, wie man kann, die Unterhose aus der Hose raus. Das tat den Jungs immer noch ein bisschen mehr weh als den Mädchen, ich glaub, weil es da außen mehr zu quetschen gibt. Alle haben geschrien vor Schmerz, aber auch gelacht. Ich glaub, weil es auch aufgeilt. Vom eigenen inneren Muskelzucken kann ich so geil werden, dass ich fast komme, ohne irgendwas mit den Händen zu machen. Voll praktisch. Weil man es in den unmöglichsten Situationen machen kann. Wenn ich so darüber nachdenke, es kommt ja auch beim Kater immer so eine kranke Geilheit hoch, ziehe ich jetzt mal die Muskeln im Beckenboden zusammen, bis es schön ist, mein Kopf pocht trotzdem, was denk ich mir eigentlich hier zurecht?

Ich erschrecke fast, als jetzt Marie mit Kaffee und einem Brötchen mit meiner Lieblingswurst drauf reinkommt, sie stellt das Tablett auf mein Bett, und ich sehe, sie hat auch Bepanthen draufgepackt. Nicht auf das Brötchen, sondern aufs Tablett. Ohne weiter drüber zu reden, spritzt sie sich die ganze Handinnenfläche voll und schmiert mir die Wunde ein. Ach, ist das schön, wenn jemand sich um einen kümmert. Das kenne ich so gar nicht. Ich sag mir immer selber: Reiß dich am Riemen. Jörg sagt mir immer: Reiß dich am Riemen. Und meine Eltern haben mir auch immer gesagt: Reiß dich am Riemen.

»Und, Kater?«, frage ich sie. Sie schüttelt den Kopf und lacht.

»Du?«

»Voll!« Wir lachen beide. »Marie, ich habe darüber nachgedacht, was du gestern im Club über meine Eltern gesagt hast: Du hast recht, ich sollte mich mit ihnen versöhnen, bevor sie zu alt dafür sind. Und jetzt habe ich einen Überfall auf dich vor: Kannst du dir vorstellen, mit mir zu kommen, zu meinen Eltern? War ja auch immerhin praktisch deine Erfindung!«

»Echt jetzt? Klar! Wo wohnen die noch gleich, hast du nicht gesagt, sie sind getrennt?«

»Ja, das war mal, lustigerweise haben sie wieder zueinandergefunden. Das ist doch schon mal ein Schritt in die richtige Richtung! Und wir finden sie beide an einem Ort vor, so sparen wir auch Reisegeld. Na ja, nicht wir, sondern ich, weil ich lad dich natürlich ein.«

»Wie cool, danke, Christine, ich komm gern mit …« Sie hat Tränen in den Augen und umarmt mich, an meinen schweren Brüsten spüre ich ihr Herz ganz schnell schlagen. Sie freut sich wirklich. In meinem Arm dreht sie ihren Kopf und guckt mich ganz nah von der Seite an, manchmal macht sie komische Sachen, diese kleine Marie.

»Kommst du mit mir ins Reisebüro, wenn ich meinen Kater auskuriert habe? Du scheinst ja wieder ziemlich fit zu sein.«

»Termin im Reisebüro. Lustig!«

»Ja, Mann, hab's versucht, selber zu buchen, ist mir aber zu kompliziert, habe im Internet immer Angst, ich mach was falsch und die Reise ist dann nicht richtig gebucht. Das sollen die ruhig im Reisebüro machen, das sind die Profis. Da hat man dann richtige Flugtickets in der Hand, das find ich schön. Wenn wir so was machen, dann machen wir das richtig und schön.«

»Ich war noch nie in einem Reisebüro.«

»Dann komm mit gleich, bevor es die nicht mehr gibt, die Reisebüros.«

Sie lässt mich noch was im dunklen Zimmer dösen, ich lasse sie erst noch den ganzen Haushalt erledigen. Ich hab mir den

Wecker gestellt, um den Termin im Reisebüro nicht zu verpennen. Als er klingelt, spring ich aus dem Bett, wasche mich nicht, meine Haare riechen noch stark nach Zigaretten von gestern Abend, zieh mir eins meiner langweiligen Kleider aus Jersey an und rufe im Treppenhaus nach Marie.

»Kommeeee.«

Sie schnappt sich ihre neue Handtasche von Alexander McQueen, ich nehm meine, liegt immer im Flur, seit Marie immer bei uns aufräumt, Marc Jacobs, und ab in den Kombi.

»Fährst du?«, bitte ich sie. Ich liebe es, neben ihr zu sitzen und sie nervös zu machen beim Fahren. Das ist richtiges *living on the edge*. Sie spürt meine Blicke von der Seite, und ich gefährde damit uns beide. Da ist Autofahren nie langweilig.

# 13. KAPITEL

Dr. Nikitidis ist eine Empfehlung eines Freundes gewesen. Jetzt habe ich den perfekten Anlass für einen Flugangstkurs! Muss wieder den perfekten Moment im Haus abwarten, wann ich alleine und ungestört telefonieren kann. Ich ruf da an und mache Neger mit Köpfen. Hat mein rassistischer Opa immer extra falsch gesagt, also Nägel mit Köpfen.

Ich hole mein Handy aus der Tasche meines Kleides und wähle die Nummer auf der Visitenkarte. Sie ist ganz schlicht gehalten, die Karte. Was soll man auch für ein Motiv auf eine Karte einer Angsttherapeutin machen? Wie bebildert man Psyche? Oder Angst? Vielleicht mit dem Kopf von Edvard Munchs Bild »Der Schrei«? Das wird ja voll die Horrorvisitenkarte. Das Gesicht ist wie die Maske bei dem Horrorfilm *Scream*. Vielleicht doch nicht Angst bebildern, sondern Beruhigung. Wie wär's mit einem Stängel Lavendel? Oder afghanischem Mohn? Das wär doch schön.

Ich habe eine Leitung, es hupt schon im Ohr.

»Praxis Nikitidis, guten Tag?«

»Guten Tag, Frau Dr. Nikitidis.« Voll der Zungenbrecher, ich verhaspel mich halb, egal, macht bestimmt jeder Flugangstpatient am Anfang. »Mein Name ist Christine Schneider, wir hatten schon ein paarmal telefoniert. Und ich habe auch schon leider zwei Termine bei Ihnen abgesagt. Erinnern Sie sich noch an mich?«

»Natürlich erinnere ich mich. Schön, dass Sie noch mal anrufen.«

»Ich habe einen Überfall auf Sie vor. Ich habe es leider eilig, weil sich spontan was in meiner Familie geändert hat. Könnte ich bitte dieses Wochenende zu Ihnen kommen und den Flugangstkurs machen? Es liegt mir wirklich am Herzen, und ohne Sie geht es nicht.«

»Das ist aber plötzlich. Ich habe eigentlich familiäre Pläne ...«

»Ich kann Ihnen das Vierfache bieten von dem, was es sonst kostet.«

Längere Stille am anderen Ende. Jeder hat seinen Preis. Hat mein Vater immer gesagt.

»Das muss ich organisieren. Kann ich Sie in ein paar Minuten zurückrufen?«

»Klar.«

Okay, ich bleibe weiter neben meiner Schublade sitzen und warte. Da sind auch Sachen drin von allen meinen abgeschossenen Freundschaften, da sind wir leider auch richtig gut drin. Leute abschießen. Bei dem kleinsten Problem, der leisesten Kritik, weg. Warum ist Jörg eigentlich so hart? Oder habe ich ihn so hart gemacht? Wäre er ohne mich anders? Wir lassen Menschen zu schnell zu nah in unser Leben, dann machen sie eine Kleinigkeit falsch, und wir entsorgen sie wieder. Ist das eine Krankheit? Wie heißt sie? Keine Ahnung. Abschusssucht? Wäre auch lieber jemand, der Probleme mit Freunden anspricht, bespricht und dann mit verbesserter intensivierter Beziehung zusammenbleibt. Ist aber leider nicht so. Jörg und ich, wir laufen weg vor Problemen und damit auch vor Menschen. Nur Menschen machen so Probleme. Keine Arbeit, kein Haustier macht so Probleme wie Freunde und Bekannte. Schrecklich! Die eine Freundin hat mir ein kleines Goldkettchen geschenkt. Die andere Karnevalskostüme für Mila, für jedes Jahr, bis sie fünf ist. Die andere einen Gutschein für ein kleines Holzfahrrad, das gleiche, das es immer bei der ZEIT für das Anwerben von Neukunden gibt. So ein stylisch geschwungenes Holzdesignerstück. Eine Vogelstimmen-CD ist hier in der Schublade drin von einer anderen Abgeschossenen. Und ein Gutschein für eine Massage bei einer Yogalehrerin. Offensichtlich mache ich auf mehrere Leute einen verkrampften Eindruck. Dabei versuche ich doch nur, meine Brüste mit meinen Schultern zu verstecken. Können die ja nicht wissen. Ich weiß, das macht eine schlechte, verkrampft aussehende Haltung. Die Brüste habe ich von meiner Oma geerbt. Meine Oma wohnte auf dem Land, und die war so ein bisschen schlecht gelaunt immer, wie die Oma in *Die Wilden Hühner*. Liebend, aber schroff. War auch oft bei ihr. Spricht wieder stark gegen Mutter. Entweder war ich bei Nannys oder bei Oma. Komische Kindheitserinnerungen. Sie ist bei einer Pause von ihrer täglichen Gartenarbeit im Sommer auf ihrer geblümten Sechzigerjahre-Liege mutterseelenallein an einem Herzinfarkt gestorben. Und wie es der Teufel so wollte, fuhr genau an dem Tag, als sie schon stundenlang wie schlafend tot dalag, das Google-Auto mit Stielkamera auf dem Dach vorbei und schoss die Straße ab für Google Street View. Und immer wenn's mir besonders schlecht geht und ich will, dass es mir noch schlechter geht, gehe ich auf Google Street View und gucke mir meine tote Oma an, die ich sehr geliebt habe und die ich sehr vermisse. Da liegt sie dann, einsam und tot, das Foto konserviert wahrscheinlich in alle Ewigkeit, oder fotografieren die noch mal die ganze Welt ab? Glaube nicht, viel zu teuer.

Das Telefon klingelt, eine Münchner Nummer, Frau Doktor.

»Hallo.«

»Frau Schneider, ich kann dieses Wochenende, musste nur einen Termin verschieben. War kein Problem. Bitte überweisen Sie das Geld einfach auf mein Konto, Daten folgen per SMS. Soll ich Ihnen ein Hotel hier buchen für die zwei Tage? Oder wollen Sie das machen?«

»Ich mache das selber, danke. Welche Ecke ist das?«

»Schwabing. Hier gibt's viele Hotels und auch Bed & Breakfasts. Sie können auch bei Airbnb nachschauen.«

»Oh nee, die hasse ich, die machen das schöne alte Hotel kaputt, diese Sparfuchsmentalität. Viele Leute benehmen sich dann auch so schlecht mitten in Mietshäusern, weil sie zum Feiern gekommen sind, aber die anderen wohnen da fest und müssen jedes Wochenende mit neuen Feierwütigen klarkommen. Nein, ich buch mir ein Hotel, danke. Schicken Sie mir auch noch mal die Adresse der Praxis? Und wann soll ich da sein? Samstagmorgen?«

»Ja, genau, am besten reisen Sie Freitag an, Sie können sich dann noch einen schönen Abend machen, essen gehen, früh ins Bett ...« Ja ja, lass die mal reden.

»Nicht zu viel trinken auf jeden Fall vorher, machen Angstpatienten gerne mal, viel Schlaf, wenig Alkohol, wird anstrengend, der Samstag, für Sie, glauben Sie mir! Und dann machen wir auch den ganzen Sonntag bis abends, deswegen Hotelzimmer auf jeden Fall bis Montag buchen.«

»Alles klar. Muss ich was Spezielles mitbringen?«

»Nein, kommen Sie einfach, wie Sie sind.« Come as you are. Is klar.

»Alles klar. Vielen Dank, dass es so kurzfristig klappt. Ich überweise sofort per Onlinebanking.« Haha, wie ich das so sage, als wär's grad gestern erst erfunden.

»Gut, dann bis Samstagmorgen um zehn in meiner Praxis. Schön, dass Sie das jetzt angehen.«

Ja, wie beruhigend. Ich habe bald ganz sicher keine Flugangst mehr. Für den einen Flug, wenigstens.

Da funkelt mich was in der Schublade an. Die Kette, die eine weitere abgeschossene Freundin mir geschenkt hat. Zieht man ja dann nicht mehr an, so was. Hab mich damals schon als Beschenkte geärgert über die ausgesprochene Spießigkeit dieses Geschenks. Ein ganz zartes Goldkettchen, fast unsichtbar, huch, ich bin zwar Gold, aber AUF KEINEN FALL PROTZIG, soll das aussagen. Und daran hängt ein minikleines vierblättriges Kleeblatt in mattiertem Gold.

Eher ein Geschenk für ein Kind, fand ich damals schon. Ich habe zwar ein schlichtes Gemüt, aber so schlicht auch wieder nicht. Fällt mir grad ein, dieses Geschenk wanderte schon in die abgeschossene Freundinnenschublade, bevor sie abgeschossen war. Lustig.

Muss mich anders hinsetzen, meine Beine schlafen ein im Schneidersitz. Jetzt knie ich mich hin und setz mich auf meine Fersen, der sogenannte Fersensitz. Diesen Begriff habe ich gelernt, wenn ich heimlich bei YouTube HappyandFit-Pilates gucke, wenn Jörg mal wieder für die Arbeit verreisen muss, meistens nach Berlin. Ich turne nichts nach, ich lerne nur alle Übungen auswendig. Ich darf ja eigentlich keinen Sport machen und auch nicht abnehmen, sagt Jörg. Bla bla, wie oft willst du dir das selber im Kopf erzählen, Christine? Na ja, dabei backt Jörg regelmäßig auch noch viel zu viel, von der Menge her. Immer süß, immer fettig, aber komischerweise isst er davon kaum, ich dann alles. Feeder! Zimtrollen, Quarkstrudel, Windbeutel, was der alles backen kann. Was ich alles essen kann, essen gegen die innere Leere. Ich vermisse meine Oma, die war für mich das Essen, das Lebensessen, und wir haben immer zusammen viel gegessen. Das ist echt schlecht für die Figur, wenn man essen mit vermissten Personen verbindet. Da kann der Elvis ein Liedchen von singen. Angeblich hatte er doch so einen krassen Mutterkomplex, und als sie weg war: immer essen, essen, vor allem Pancakes mit Vanilleeis, gebratene Bananen und Ahornsirup. Dieses über Elvis hat mir auch meine Oma beigebracht, sie hat ihn immer gehört und jede unauthorisierte Quatschbiografie gelesen und auswendig gelernt, und sie hat mir auch immer diese Pfannekuchen gemacht. Sie stellte das Essen auf den Tisch und sagte ganz stolz: »Daran ist Elvis gestorben. Iss, mein Kind.« Ach, schön war das damals, als Oma noch lebte. Und lecker. Die konnte noch viel besser backen und kochen als Jörg.

Langsam fangen meine Beine an, taub zu werden. Muss nur noch ein bisschen so bleiben, dann fühlen sie sich an wie ganz abgestorben. Ich hebe mein Handy vom Boden auf und schreibe Marie eine WhatsApp-Nachricht.

»Kannst du dieses WE mit mir nach München fahren? Ich lad dich ein. Hab da tagsüber Termine, wir können dann immer abends essen gehen.«

Zack, kommt direkt eine Antwort. Diese jungen Leute. Immer so schnell unterwegs mit dem Antworten.

»Klar, gern, ich kann.«

Läuft!

Jetzt noch eine Nachricht an Jörg:

»Mein geliebter Mann, ich würde mir gern ein entspanntes WE in München machen mit Marie. Kannst du auf Mila aufpassen?« WIE IMMER, SEIT SIE AUF DER WELT IST.

Jetzt stehe ich auf und versuche, einen Schritt zu gehen, geht natürlich nicht, ich trete auf meinem Spann auf, meine Füße sind aus Gummi. Das haben wir als Kinder schon immer gespielt, Zombiefüße, muss man nur aufpassen, dass man sich nicht ernsthaft die Bänder reißt, würde man ja gar nicht merken in dem Zustand. Komplett gefühllos eingeschlafene Füße. Ich gehe ein paar lustige Schritte so, komplett ohne meine Füße zu spüren, und trete völlig krumm auf dem Knöchel auf oder dem Spann, und dann kommt der schmerzhafte Teil des Spiels. Das Blut fließt zurück in den Fuß, und es fühlt sich an wie Strom, der durch die Adern läuft. Dafür setz ich mich lieber noch mal auf den Boden und muss wirklich stöhnen vor Schmerz, wenn das Blut zurückläuft und innen sticht in den Adern, bis alles wieder normal ist, ich schüttel die Beine aus, wie sie es nach einer anstrengenden Pilatesübung auf YouTube auch immer tun.

Innen freu ich mich über mich. Das sagen die auch manchmal am Ende von Übungen: Bedanke dich bei dir selbst für deine Praxis. Und ich bedanke mich bei mir selbst für diesen Anruf. Danke, Chrissi, du alte Checkerin, Anpackerin, manchmal geht's auch, was? Ich freue mich, wenn das klappt, was die Ärztin damals gesagt hat, dass ich einen Flug ohne Angst hinbekomme. Das wär ja mal was. Schön.

Das Gefühl in meinen Füßen ist vollständig wieder da, wie wär's, ich mache eine Packliste fürs Wochenende?

Packlisten schreibe ich am liebsten in mein Telefon unter Notizen, dann kann mein Mann die nicht finden. Ich schließe die Listen im Telefon ab. Nur mal zwischendurch gesagt: So eine Beziehung mit so vielen Geheimnissen und Lügen hat eh keinen Sinn!

Packen für MUC, voll gute weltmännische Abkürzung, Chrissi! Zahnbürste, Parodontax, Oropax, Kox, hihi, Abschminke, Schminke, Creme Tag und Nacht, Schlafanzug, Ostrich Pillow, Buch, Portemonnaie, Ausweis, 2 Unterhosen, 2 T-Shirts, 2 Paar Socken, 1 Pulli, Deo, Haarbürste, Haaröl, Handy, Ladekabel, Hulabuch, Fliegenbuch.

Das alles packt die Marie dann für mich in den kleinen Weekender, den ich mal Jörg geschenkt habe, den er kaum benutzt, weil er immer seinen großen Laptop mitnehmen muss, weil er computersüchtig ist und der große Laptop einfach zum Verrecken nicht in den feinen kleinen Weekender passt. So edel, so schön, ganz chickes Leder, eigentlich eine Bowlingbag vom Schnitt her, für eine Kugel und ein paar Bowlingschuhe.

So, jetzt können die Nervensägen gerne alle wieder zurückkommen, so lange bin ich nun auch wieder nicht gerne alleine. Ich muss aus diesem engen Kleid raus. Sofort. Ich gehe hoch und streife es ab, rieche an einer Achselhöhle des Kleides und finde, es riecht nach Angstschweiß, der riecht fast so schlimm wie Koks- oder Krankheitsschweiß. Ab damit in die Wäsche und in einen der albernen Hausjogginganzüge, die ich mir mal zugelegt habe, für Zuhause-Time, die haben einen durchgehenden, etwas kitschigen Print, zum Beispiel Rehe oder verschneites Gebirge mit Skifahrern drauf oder Lotusblüten und weiße Tiger. Heute, gerade jetzt nach dem Telefonat mit Dr. Nikitidis, fühle ich mich luxuriös und aufgemotzt, daher wähle ich den Anzug, zu dem ich mich sonst am wenigsten bekenne: Lotusblüten und weiße Tiger, her mit euch! Dann kann ich jetzt auch endlich die kneifende Tangahose ausziehen. Zwickt das eigentlich andere auch so, dass man am liebsten den ganzen Tag die Hand an der Poritze hätte und immer wieder das harte, ziehende, kneifende Band vom Poloch wegziehen will? Schlimm, echt schlimm, so Tangahosen. Runter damit, auch in die Wäsche, sowieso. Da bleibt ja kein Auge trocken, ich meine, das kann ja gar nicht noch mal angezogen werden, wie sich dieses Teil überall, wo es kann, reinwindet. Das muss schon nach einer Stunde Tragen gewaschen werden.

Da fällt mir ein, dass der Freund, der mir damals die Flugangsttherapeutin empfohlen hat, erzählt hat, dass sie auch für die Lufthansa arbeitet. Jetzt gerate ich aber in einen fetten Gewissenskonflikt. Ich hasse nämlich die Lufthansa! Aus folgendem Grund: Im Fernsehen, daraus ziehe ich fast meine gesamte Bildung, habe ich eine Dokumentation über die Lufthansa gesehen, in der sehr eindrücklich bewiesen wurde, welche Tricks die Lufthansa angewendet hat, um keine Entschädigungen an ihre Zwangsarbeiter aus dem Zweiten Weltkrieg zu zahlen. Der Reichtum der Lufthansa speist sich auch daraus, dass sie damals von den Nazis verschleppte Kinder und Erwachsene als Zwangsarbeiter missbraucht haben für ihre Arbeiten. Nachher wollten diese Menschen entschädigt werden, konnten aber leider nicht mehr beweisen, dass sie von der Lufthansa ausgebeutet wurden, weil sie, als sie in ihre Heimatländer zurückkamen, die Beweispapiere vernichten mussten, weil sie sonst wiederum in Russland oder Polen oder wo sie auch alle herkamen, verfolgt worden wären als Kollaborateure der Nazis. Es wäre alles ganz einfach in den Archiven der Lufthansa nachzuweisen, aber natürlich machen sie die Archive nicht für die Anwälte der Opfer auf, weil sie sonst sehr viel Geld verlieren würden. Sie haben eine bequeme Haltung: Die Opfer müssen beweisen, dass sie Lufthansasklaven waren. Und wenn sie es nicht beweisen können, gibt's auch kein Geld. Ich erinnere mich vor allem an einen alten Mann, der vor laufender Kamera in Tränen ausbrach. Er erzählte detailliert, wie er für Arbeiten innen im Hohlraum der Tragflächen eingesetzt wurde, weil er als kleiner Junge als Einziger dort reinpasste. Wie kann es sein, dass nicht ein Mitarbeiter, ein verfickter einziger!, in den letzten Jahrzehnten bei der Lufthansa seinen Job aufs Spiel gesetzt hat, er hätte ja einfach später woanders arbeiten können und diese Sachen abfotografieren und veröffentlichen können. Dann müsste die Firma endlich Reparationen zahlen an all die Geschädigten. Im Moment sterben die Zeugen dieser deutschen Schande weg. Je länger man wartet und nichts unternimmt, desto mehr Geschädigte sterben, desto mehr Geld spart diese Lufthansa einfach durch Abwarten, der Tod ist auf ihrer Seite, sie profitiert im wahrsten Sinne vom Wegsterben der Zeugen. Obwohl die Lufthansa leugnet, Beweise in ihren Archiven zu haben, könnte sie doch trotzdem moralische Verantwortung zeigen und sie öffnen. So viel zu meinem Gewissenskonflikt.

Um meinen ultimativen Plan erfüllen zu können, muss ich aber leider fliegen, und wenn ich mich so umhöre, macht Lufthansa die effektivsten Flugangstkurse.

Natürlich könnte ich die ganze Strecke auch mit dem Auto mit Marie hinfahren, aber das finde ich richtig losermäßig. Ich finde, es gehört auch etwas Heldenhaftes dazu, was ich machen will, und das Mindeste ist ja wohl: einmal kurz die Angst überwinden. Damit ich stolz sein kann auf mich. Wie kann ich den Opfern helfen? Ich weiß nicht, was ich allein dagegen machen kann. Wenn diese Dokumentation den Umstand nicht ändern konnte, wie ich dann? Die brauchen intern einen Whistleblower. Ich liebe Whistleblower. Die sollte man feiern wie Nationalhelden.

Jedenfalls macht diese Flugangsttherapeutin, die auch für die Lufthansa arbeitet, eben nur Einzeltherapien, und sie ist die Beste. Man kann auch in Gruppen bei der miesen Firma Kurse belegen, aber natürlich ist Einzeltherapie effektiver, weil die Therapeutin ganz genau auf die speziellen Ängste des Patienten eingehen kann. Flugangst ist sehr vielschichtig und kann von vielen verschiedenen Ursachen herrühren. In einer Gruppe gibt es eher einen groben Rundumschlag, und Glück hat der, der sich dort gut aufgehoben fühlt. Wie viel dieser Einzelunterricht kostet, interessiert mich ausnahmsweise nicht. Geld spielt keine Rolle mehr. Voll protzig: Geld spielt keine Rolle. Habe genug gespart und kann ja bald nichts mehr ausgeben. Sowieso vererbe ich alles an Christoph Weber, den Typen, der die Doku gemacht hat. Der kann doch mit dem Geld den Opfern von der Lufthansa helfen. Dann mache ich es ein wenig wieder gut, dass ich mit dem Kurs komplett meine Prinzipien verrate.

Samstag geht es los und soll bis Sonntagabend gehen. Nikitidis hat mir einen Vertrag vorgelegt, darin steht auch, dass ich mich verpflichte, meinen Teil des Vertrags einzuhalten, dazu gehört ein abschließender gemeinsamer Flug. Noch so ein scheiß Detail.

Die Stimmung ist natürlich schlecht in unserem Haus vor Maries und meiner Abreise nach München. Ich freue mich zwar so sehr auf Freiheit von Jörg, Drogen, Sex mit Marie, davon weiß sie aber noch nichts, Ausschlafen ohne schlechtes Gewissen, Leben ohne Kinderschlechtesgewissen. Ich will noch schneller hier dieses Haus des schlechten Gewissens verlassen. Nie wieder drüber nachdenken, dass Jörg wahrscheinlich nicht der Vater von Mila ist. Sondern mein Exfreund, mit dem ich Jörg unter anderem um den Dreh der Zeugung betrogen habe. Ich verlege den Zug vor. Kann es nicht mehr abwarten. Die Reservierung verfällt zwar, aber die Reisetickets lassen sich online vorverlegen. Zugtickets kann ich besser online buchen als Flugtickets. Das ist wahrscheinlich schon der Anfang der Flugangst! Schön. Ich überrasche Marie mit der Neuigkeit, ohne Angabe von Gründen natürlich.

»Marie, hab nachgeguckt und gesehen, dass wir auch ein paar Züge früher fahren könnten. Ist das okay für dich? Ich kann's kaum abwarten, hier loszukommen.«

»Ich kann, aber weißt du nicht mehr? Jörg hat doch einen Termin und bat uns, auf Mila aufzupassen, bevor er uns zum Bahnhof fahren wollte.«

»Ach, Mila schläft doch eh. Merkt die doch im Schlaf gar nicht, wer bei ihr ist und ob überhaupt jemand da ist.«

»Meinst du?«

Ist das zu krass? Nee, ich glaub, das kann man ruhig mal machen. Auf einmal möchte ich auch nach München nicht mehr hier hin zurück und für Spanien packen. Das umgehe ich mit folgendem Trick:

»Marie, habe den Wetterbericht übrigens gesehen für München für die nächsten Tage, hast du auch für sehr warm eingepackt?«

»Nein, hab ich nicht.«

»Dann lauf, und such kurze Sachen und meinen Koffer raus, nur falls es wirklich so warm wird wie angekündigt. Nimm dir selber auch von den Sommersachen was. Für alle Fälle.«

Sie rennt gleich runter, ohne lange nachzuhaken, und ich kann genau hören, wie Marie die Kellertür langsam hinter sich schließt. Sie will die Koffer holen. Ich schäme mich, dass ich das nicht alleine kann. Meine Eltern haben mir vieles nicht beigebracht. Dazu gehört zum Beispiel, mit Geld umgehen können. Also nicht mehr ausgeben, als man hat. Oder eben auch Koffer auspacken. Einpacken kann ich sehr gut, da gibt's gute Laune, Aufbruchstimmung! Aber wenn man wieder daheim ist, will man doch mit der Reise nichts mehr zu tun haben. Und nach der letzten Reise ist in den Koffern noch einiges liegen geblieben. Jetzt fuckelt diese fremde, beinah Minderjährige da in meiner dreckigen Unterwäsche rum. Unangenehm. Sie packt immer alle Taschen aus, meine Sporttaschen auch. Einerseits ist es unangenehm, andererseits hoffe ich, dass sie es gut macht. Dafür muss sie leider an jedem Teil riechen, sonst weiß sie ja nicht, was in die Wäsche muss und was nicht. Bei Unterhosen muss man nicht unbedingt die Nase dranhalten, das kann man bei Frauen jedenfalls sicher mit bloßem Auge erkennen, ob sie dreckig ist oder sauber. Also, die Unterhose jetzt! Bei T-Shirts muss man leider im Achselhöhlenbereich mal schnuppern, einfach auf gut Glück alles waschen geht auch nicht. Zu teuer und schlecht für die Umwelt.

Marie packt, nachdem sie die Koffer aus dem Keller geholt hat und die alten Sachen ausgepackt hat, nach meiner Packliste meinen Koffer, ich verstecke mich abwechselnd in verschiedenen

Zimmern und tu so, als würd ich auch irgendwas Wichtiges für die Abreise machen. Mach ich aber natürlich nicht. Ich habe ständig die gleichen Gedanken: Ich muss am Ende der Flugangsttherapie fliegen, fliegen, fliegen, ich!

## 14. KAPITEL

Marie läuft vor mir her. Sie hat sich für den heutigen Reisetag eine sehr eng sitzende schwarze Stretchjeggings ausgesucht. Die ist am linken Knie nicht nur gerissen, sondern es fehlt ganz schön viel Stoff in dem Bereich. Das T-Shirt ist ein minimü zu kurz, es lässt den Bauch und das Hüftgold, wovon nicht viel da ist, aber eben ein bisschen, blitzen, schwarzes T-Shirt, da stand mal was drauf, kann ich nicht mehr lesen, und das hatte auch mal Ärmel, die hat sie, glaub ich, selber mal abgeschnitten, in einem Anfall von Lebensfreude wahrscheinlich, sie trägt eine große Strickjacke, boyfriendgroß, weiße Fluselwolle mit schwarzen Sternen drauf. Ab und zu bekommt sie eine Hitzewallung, Reisenervösität oder Kofferziehen?, sie zieht immer wieder die Strickjacke an und aus. Das T-Shirt ist so weit am Arm ausgeschnitten, dass man den seitlichen Brustansatz sehen kann. Sehr sexy. Aber ihr vielleicht selber manchmal zu entblößend. Passiert ja manchmal, man fühlt sich zu Hause stark und sexy, geht mit aufblitzenden Hautstellen raus, und draußen tut es einem wieder leid, weil das Selbstbewusstsein unter Leuten dann doch dafür fehlt. Ich sehe, dass sie keinen BH trägt heute. Ist das schon der gute Einfluss von mir? Dass sie es nicht mehr mit einem Beton-Push-up-BH faken will? Kann sein. Sie trägt ein dünnes feines Lederband um den Kopf, wie Björn Borg, find ich jetzt etwas übertrieben für den Tag, sieht eher nach Party aus, aber gut, und sehr tief geschnittene Turnschuhe von Nike, die so aussehen, als würden sie stark den Fuß einengen, vor allem am Ballen ist der Schuh verdächtig gerade geschnitten. Ich glaub, die heißen Airmax. Die haben überhaupt keine Fußform, die Dinger. Voll ungesund, nicht dass die Menschen nachher alle denken, die tragen gesunde Sportschuhe, das kann ja wohl nicht sein. So, Christine, jetzt reg dich nicht auf, zur Sonne, zur Freiheit, wenigstens zur Angstfreiheit, ach, wie schön.

Sie bleibt stehen, wegen einem Geräusch hinter uns, der ICE fährt ein, wir stehen so nah beieinander, dass sich unsere Hände berühren, wir gucken uns kurz an und lächeln. Sie hebt den kleinen Rollkoffer von Louis Vuitton, den ich ihr extra für die Reise geschenkt habe, leicht an, dreht sich mit ihm in die andere Richtung, damit sie frontal den Zug anschauen kann. Sie hat sich nicht so sehr gefreut, weil ich bei dem Geschenk jetzt nicht gesagt habe, wie viel es gekostet hat. Da fiel die Freude meiner Meinung nach etwas mau aus. Aber vielleicht täusch ich mich auch. Sie guckt sich selbst in der vorbeifahrenden Scheibe des Zugs an, das machen auch eher die jungen Mädchen, wenn ich das mache, sehe ich nur meine Mutter in mir, das freut mich dann nicht so, wie es Marie freut, sich zu sehen. Offensichtlich. Das wird ja langsam peinlich, wie sehr sie sich selbst fixiert. Oh Gott, bitte? Wann hört sie auf? Ich gucke beschämt woanders hin und dann wieder zu ihr rüber, sie macht es immer noch.

Okay. Ich lenke sie von sich selbst ab, indem ich sie anspreche.

»Äh, Marie, in welchem Wagen sitzen wir denn?«

»37.«

Sie dreht sich zu mir und hört endlich auf. Gut so.

Wir haben uns ein bisschen falsch hingestellt, schade, weil ich es liebe, wenn der richtige Wagen direkt vor einem hält. Ich

Spießer. Wir machen ein bisschen mit bei dem allgemeinen Rumgeschubse und -geschiebe und Chaosverursachen, durch vielfache körperliche Anwesenheit. Gehen einen Wagen weiter zu unserer Zahl, 37, und rein da. Ist das schön, unsere Stadt verlassen, unsere Familien verlassen, die ganze Verantwortung einfach hinter sich lassen. Mein Grinsen wird immer breiter.

Wir fahren schon eine ganze Weile Zug. Dieses Am-Platz-Bedienen gefällt mir sehr gut, man fühlt sich wie was Besseres, könnte aber auch an dem vielen Alkohol liegen oder dem Koks. War jetzt schon ein paarmal mit meinem Spender auf Klo. Ich fühle mich immer mehr zu Marie hingezogen. Ich fühle mich frei, je weiter wir wegfahren von meinem früheren Zuhause. Jetzt ist mein Zuhause bei Marie. Ich lehne mich an sie, ich rieche ihren Geruch, der ist speziell sie. Ein schön riechendes Ökowaschmittel vermutlich, und das Parfüm Narciso Rodriguez for Her, ihr süßlicher Schweiß und leichter Secondhandmuff, gibt nix Besseres! Früher hab ich auch nur Secondhand getragen. »Zecken-Händ« hab ich früher immer verstanden, wenn jemand das englisch ausgesprochen hat. Werde ganz euphorisch, lächele immer breiter, sie bemerkt es und guckt mich lächelnd fragend an.

»Nichts«, sage ich. »Nichts Spezielles, bin nur glücklich.«

»Okay.« Sie lacht und prostet mir zu.

Ich proste mit und sage: »Auf ex!«

Wie lange hab ich das nicht gesagt? Immer kontrolliert, immer Mutter sein, Chefin eines Haushalts, immer Ehefrau sein, auch wenn man gar nicht dafür gemacht wurde. Habe mir immer eingeredet, dass das alles nur mit Verzicht zu bewerkstelligen ist.

Marie sitzt am Fenster, ich am Gang, ich bin älter und trinke mehr, daher muss ich auch öfter zur Toilette. Ich knubbel mir das hellblaue Kopfstützteil der Bahn an meinem Ohrensessel so zusammen, dass ich an dem Teil vorbeischauen kann, zu Marie.

Sie hat die Sonne hinter sich, und ich kann jede Pore ihrer reinen Haut sehen. Sie ist rein, aber nicht mehr lange, und hat reine Haut, meine Gedanken sind unrein, und ich hab unreine Haut. Passt doch! Das Sonnenlicht scheint hinter ihrem Kopf durchs Fenster, ich kann eine winzige haarige Stelle sehen, dort wurden mal Härchen entfernt, und dann sind die vor Kurzem ein kleines bisschen nachgewachsen. Die Stelle befindet sich genau auf dem Adamsapfel, heißt das bei Frauen auch so? Oder dann Evasapfel? Na ja, diese Stelle halt, wo man beim Sprechen diesen Gurgelknochen hoch- und runtergehen sieht. Und da hat Marie wohl einen ungewöhnlichen Haarwuchs und versucht, es zu verstecken durch Entfernung. Aber nicht mit mir. Ich sehe alles. Da muss sie schon öfter rasieren und waxen, wenn sie mich betuppen will, oder keinen so nah ranlassen wie mich jetzt! Sie ist ja blond, und da kommen auf einer Fläche so groß wie ... wie ein Ohr ganz kurze gleich lange Härchen rausgewachsen, wie ein fein gestutzter Blondinenrasen. Wie Kiwihaar. Ich würde so gerne mal darüberstreichen, aber ich glaub, das fände sie hier vor den Geschäftsleuten strange. Also heißt es warten, bis wir im Hotelzimmer sind. Geduld, Chrissi, Geduld, Chrissi.

Ich drehe mich immer wieder zu ihr um, vielleicht wirkt auch das Koks schon, entspannt und glücklich, und gucke ihr aufs Kiwihaar, wenn sie es bemerkt und meinen Blick sucht, gucke ich einfach etwas höher und werde nicht erwischt bei meinen Marie-Anatomiestudien. Wenn ihr da so viele Haare wachsen, ist ja doch eine ziemlich männliche Stelle, vielleicht hat sie doch mehr männliche Attribute, als ich dachte, oder männliche Hormone oder wie das heißt, mein Kopf dreht sich, meine Augen fallen zu, siegt der Alkohol über das Koks?, sind ja eigentlich das Gegenteil voneinander, und ich schlafe ein. Nur ein Nickerchen, bitte. Ich lehne mich wieder mit dem Kopf an ihre weiche Schulter und bin raus.

Mein Traum geht so: draußen, im Garten meiner Eltern, der Garten, in dem ich Kind sein durfte, der Garten aller Gärten. In dem ich Ostereier gesucht habe, Kindergeburtstag gefeiert, Radschlag und Kopfstand von Mutter gelernt, Picknick und Sandbackebackekuchen gemacht habe. Da sitzen Marie und ich, sie sitzt breitbeinig zu mir gedreht auf meinem Schoß und küsst mich, leckt mich richtig obszön, leckt innen den Mund aus. Gleichzeitig durchsucht sie meine Haare, die im Traum sehr sehr lang sind, nach Nissen und Läusen. Ich muss dafür oft den Kopf weit nach unten machen und sehe unten um unseren Stuhl gewickelt aufgeschlitzte Leute. Deren Gedärme sind rausgeplatzt. Gedärme haben ja einen irrsinnigen Druck da drin in der Bauchdecke, da sind die ganz schön gequetscht, und wenn jemand die Bauchdecke aufmacht, freuen die sich richtig, sich auch mal ein bisschen zu recken und zu strecken. Da wundert man sich, was da alles geknubbelt reingepasst hat. Die riechen gar nicht gut, diese Gedärme, ich kann durch die Hauthülle, oder wie soll ich sagen: Darmwand ja wohl, das verdaute Essen sehen, sie haben viel Mais und Rucola und Möhren gegessen. Ich gucke mir die Gesichter genauer an von den Darmgeplatzten, es sind die Gesichter meiner Eltern. Im Traum lächel ich Marie an, weil ich denke, sie hat das gemacht, und ich fühle mich ruhig und frei und glücklich. Dann lecke ich sie.

NEUZUGESTIEGEN?FAHRKARTENBITTE!

What? Mich voll erschreckt, er hat mich aus dem Schlaf geschreckt. Marie kramt schon in ihrer kleinen verranzten Handtasche rum. Sucht ihr Ticket. Ich schiebe mein Kleid hoch, um hinten an meine Arschtasche der Jeans zu kommen. Trage gerne Hose und Kleid, dann fühle ich mich doppelt angezogen und bedeckt. Das schnürt auch ein bisschen schlanker. Hab Kopfschmerzen von dem ganzen Gemischttrinken. Wie alt muss man eigentlich werden, um diese Kacke nicht mehr zu machen?

»Das ist aber ein komischer Service, dass man hier in der ersten Klasse geweckt wird für die Kontrolle.«

Marie guckt mich erschrocken an. »Er macht doch nur seinen Job, er hält sich an die Vorschriften, er darf dich gar nicht schlafen lassen. Mein Onkel ist auch Schaffner.«

Marie muckt auf. Der Schaffner lächelt sie dankbar an. Hätte gerne ein bisschen mit Worten gekämpft, weil mir dieses Wecken immer schon auf den Sack ging, von meiner Mutter, im Krankenhaus, von Jörg zu Hause, es gibt einfach Leute, die immer wecken, und Leute, die immer geweckt werden!

Ich halte ihm die Fahrkarte hin.

»Hier.« Ich quäle mir ein Lächeln raus. »Kann ich bei Ihnen noch ein Bier bestellen?«

»Das machen wir Schaffner nicht, aber ich sage jemandem vom Service sofort Bescheid, die kommen dann und nehmen die Bestellung auf.«

»Danke«, grunze ich ihn an und will keinen Augenkontakt mehr mit Fremden. Ich drehe mich auf Maries Schulter und sage ihr: »Du hast ja recht, Mariechen.« Und bohre meinen harten Kopf feste in ihre Schulter. Ist mir egal, wenn sie denkt, ich bin verrückt. Komisch, wie ich Bock habe, mich mit Leuten anzulegen, ganz schön aggressives Frettchen bin ich, obwohl ich sagen würde, ich bin ganz glücklich innerlich und friedlich, aber die kleinste Störung von Maries und meinem Frieden, zack, schlägt die Viper zu. Ich wäre gern friedlich, bin ich aber nicht. Schlafe wieder ein. Kurz bevor ich einschlafe, rolle ich einmal mein Steißbein hoch und lege es flach ab, damit ich nicht so bekloppt im Hohlkreuz sitz. Meine Temperatur im Körper fällt ab, ich hasse Klimaanlagen, früher war es so schön, wenn man einfach ein Fenster öffnen konnte für frische kühle Fahrtwindluft. Aber jetzt wird das von den Mitarbeitern gesteuert, und das Dumme ist: Die arbeiten ja, sind teilweise dicker als ich, laufen rum, schwitzen, und die kühlen natürlich immer weiter die Raumtemperatur an Bord runter, damit sie ihnen passt, das ist aber fürs sitzende Volk, also ALLE PASSAGIERE, die KUNDEN, viel zu kalt, weil wenn man sitzt und sich nicht bewegt, braucht man's wärmer, damit es angenehm ist. Komisch, dass das sonst wohl niemanden zu stören scheint.

Ich mach noch mal kurz meine Augen auf, gehe an meinen schönen neuen auberginefarbenen dunkel düster gefährlich funkelnden kleinen Rollkoffer und hole meinen großen Wollschal raus und decke mich damit zu. Ich wickel ihn um mich, stopfe ihn zwischen Schulter und Rückenlehne fest. Schiebe zwei Zipfel unter meinen Po. Und die Mitte zwischen meine Oberschenkel. Ah, schön warm wird's gleich, muss mich nur noch ein bisschen gedulden und auf keinen Fall kalte Luft reinlassen. Ich linse noch ein bisschen durch die fast geschlossenen Augen zwischen den Wimpern hindurch, dass alles, was ich sehe, von einem grauen Schleier umhüllt scheint, und beobachte meine Marie, wie sie eins der beiden Bücher durchblättert, die ich mit auf unsere Reise genommen habe. Zwei Sachen, die ich gerne noch gemacht hätte im Leben. Das, was sie grad liest, ist über Fliegenbinden und Fliegenfischen. Ich bewundere diese Kunst schon lange, dieses kleine Nachbilden vom Kleinsten der Kleinsten, von kleinen Shrimps, kleine Larven von Fliegen, minikleine Eintagsfliegen, Wasserläufer, Spinnen, Hummeln, alles mit einem einzigen langen Faden zusammengebunden an einen Haken, um einen Fisch zum Zubeißen zu verführen. Das hätte ich gerne noch gelernt. Ich kann gut mit kleinen Sachen, ich bin im Kopf ganz genau, und das ist gut für so was, glaub ich. Vielleicht packt sie ja noch das andere Buch aus später auf der Fahrt. Es ist über Hula. Ihr wird auch schnell langweilig, wie mir.

Ich döse wieder ein, sinke hinüber in die Traumwelt, mal sehen, was jetzt kommt.

Dann reißt mich eine Stimme aus den Bildern:

»Hatten Sie das Bier bestellt?«

Marie bejaht. Damit ich nicht schon wieder geweckt werde, hat aber nicht geklappt. Ich gucke sie dankbar an, lächel sie an, sie mich. Es gibt einfach Menschen, mit denen ist man gerne zusammen, ich glaube, weil sie einen nicht beurteilen. Das muss es sein bei Marie. Natürlich nicht nur.

»Schlaf ruhig weiter«, flüstert sie weich in mein Gesicht. Ihr Atem riecht nach Hubbabubba, dem Kaugummi, den sie ständig kaut. Meine Mutter hat mir beigebracht, dass Kaugummi kauende Menschen dumm aussehen. Das kann ich bei Marie überhaupt nicht feststellen. Sie sieht so lebensfroh aus, wenn sie Kaugummmi kaut, na gut, und ein bisschen prolo, aber sexy dabei.

Wenn ich mir sie jetzt mal ganz genau angucke, stelle ich fest, dass sie wie alle jungen Frauen grad einen Dutt mitten auf dem Kopf trägt. Ich finde, das lässt sie älter aussehen. Aber gut, wenn man das will. Bisschen wie dieses böse Fräulein Rottenmeier von Zeichentrick-Heidi. Ein Dutt steht für mich für unterdrückte alte Hausfrau, jemanden, dem alles egal ist, wie man aussieht, Dutt heißt: Hauptsache, Haare aus dem Gesicht, mir ist egal, wie scheiße ich dann aussehe, wie eine verbitterte alte strenge Horroroma.

Wie wär's, sie zuppelt sich ein paar Strähnchen raus aus dem Dutt, dann sähe es wenigstens etwas lockerer aus ...

Kann ich doch machen, für mich gelten die normalen Regeln nicht. Geil. Ich hebe langsam meine Hand und sage Marie: »Darf ich mal was ausprobieren?«

»Klar.« Sie sagt zu allem Ja, sie ist halt offen, und zwar für alles!

Ich fummel in Stirnnähe an ihren Haaren rum und ziehe ganz langsam und vorsichtig eine etwas dickere Strähne aus dem Dutt raus. Er bewegt sich, das heißt, die Strähne steckt fest drin, nicht zu feste ziehen, sonst reißt sie. Das finde ich ganz schlimm, wenn man sich beim Frisieren, ja also beim Schönermachen eigentlich, die Haare in der Mitte abbricht oder abreißt mit so einem Flitschegummigeräusch. Das dauert so lange, bis es wieder nachgewachsen ist, schrecklich so was. Wie wenn man sich beim Fitwerden, Sport, Yoga, egal, das Knie verrenkt. Viel schlimmer als einfach so auf der Straße, finde ich.

Marie guckt mich fragend an, sie möchte keine Strähne raushängen haben, weil das eben grad nicht Mode ist. Darüber muss ich wieder lachen. Wann habe ich überhaupt das letzte Mal eine andere Frau als Marie angefasst, es ist jetzt hier im Zug mit Marie eher so wie früher, als ich Mädchen war, Klassenfahrt oder so, dann fasst man auch mal Gleichgeschlechtliche an, und als verheiratete Frau scheint das irgendwie unmöglich geworden zu sein. Der Mann bestimmt. Nur noch der eigene Mann sieht mich nackt. Keine Berührung durch eine Frau, eigentlich nur dieser blöde obligatorische Luftkuss zur Begrüßung von anderen Frauen, das war's.

Das wird sich ab jetzt ändern. Nicht mehr mit mir, so eine distanzierte Scheiße. Meine Hand krabbelt unter dem Tuch hervor und berührt Maries. Sie zieht nicht weg, gutes Zeichen. Ich lasse die Augen zu, alter Trick von früher, als ich Jugendliche war, der Angefasste, damals nur Jungs, ist nicht direkt abweisend, weil er ja denken muss, sie schläft noch, sie macht das im Schlaf, man hat dann das Überraschungsmoment auf seiner Seite und im Prinzip das Opfer schon im Bett. Ich lasse die Augen geschlossen, ganz locker, niemals zukneifen, das machen nur dumme Kinder, wenn man Schlaf vortäuschen will, man muss immer die Augen ganz locker schließen und unter den Lidern einen Punkt fixieren, damit man nicht mit dem Auge unterm Lid rumwackelt, das sieht man nämlich von außen total. Das muss man wissen, wenn man ein Lügi und Betrügi ist. Meine Hand fasst die von

Marie fester, und mein Daumen streichelt fast unmerklich ihren weichen Handrücken. Immer noch unter dem Deckmäntelchen des Schlafs, sie soll denken, ich träume von Jörg und halte im Traum seine Hand, oder irgend so ein Quatsch. Ich ziehe ihre Hand unter mein Tuch und streichel sie mit meinen beiden Händen. Jetzt gibt's kein Vertun. Vorsicht, Chrissi, nicht vor lauter Suff im Kopf die andern Leute vergessen. Sonst wirkt das so wie eine Belästigung vor allen. Das ist nicht schön und würde sie verschrecken, vielleicht für immer.

So, konzentrier dich, Chrissi, dies ist ein heikler Moment in deiner Mission, ist zwar wirklich schön, Marie anzufassen, für mich, habe ja lange niemand anderes mehr angefasst als Jörg, und das wurde langsam langweilig, jetzt kann ich ja ehrlich sein vor mir selbst endlich, aber das ganze Gestreichel und Umwerbe und Gemobbe und Gekaufe dient ja einem höheren Zweck. Den darf ich nicht aus den Augen verlieren. Egal, wie voll ich bin und auch ehrlich gesagt verliebt, verdammt.

So war das aber nicht geplant.

Ich mache die Augen auf, muss mal die Lage hier im Waggon checken, wie viel Beobachter sind noch hier? Wie viel sind schon ausgestiegen? Aus dem Augenwinkel kann ich sehr wohl sehen, dass sie mich von der Seite anguckt, aber ich lasse sie zappeln. Lasse mit der linken Hand ihre Hand unterm Tuch los und greife das Bierglas. Ich liebe Bier über alles. Und jetzt trinke ich auch viel Bier, weil ich von Jörg weg bin. So schlimm eigentlich, dafür, was für ein Lust- und Rauschmensch ich bin, an so einen zu geraten, der alle, die egal was konsumieren, verachtet. Aber ganz ehrlich: Wer ist denn besser, der, der konsumiert, oder der, der verachtet? Ich nehme ein paar große Schlucke, lasse das herbe Zeugs meine Speiseröhre runterlaufen, genieße und habe auch direkt placebomäßig das Gefühl, es knallt schon im Kopf.

Kevin Spacey sagt bei *House of Cards* irgendwann, alles dreht sich um Sex. Außer beim Sex. Da geht es um Macht. Das kann ich nur unterschreiben! Meistens habe ich im Leben Sex gehabt, um was zu erreichen.

Ich drehe langsam meinen Kopf zu ihr. Sie guckt mich nach wie vor süß von der Seite an. Bei meinem Abchecken des Waggons habe ich gesehen, dass zwar noch Leute im Zug sitzen, aber niemand direkt unsere Kopfbereiche einsehen kann. Ich drehe meinen Kopf, fummel meine andere Hand auch noch aus ihrer raus, ich merke, dass sie schon wartet, greife mit festen Händen ihren Hinterkopf und drücke ihr Gesicht in meins. Ich lege meine Lippen auf ihre, sie sind kälter als erwartet, schiebe mit meinen Lippen ihre auseinander und lecke mit der Zungenspitze ihre Lippen entlang. Da fühle ich das Kaugummi, jetzt nicht aufhalten lassen von Kleinigkeiten, Chrissi, zieh's durch, sei tapfer, tu leidenschaftlich. Hab ich ja auch noch nie so gemacht, eine Frau verführt, Chrissi, du alter Haudegen, hör mal, dafür läuft's gut. Weiter so. Der kleine Kuss letztens zählt ja wohl nicht im Ostrich Pillow. Jetzt das hier? Richtig mit Zunge, als gäb's kein Morgen. Ich stelle mir einfach vor, dass sie ein Mann ist, dann kommt mir das nicht ganz so verboten und pervers vor, was ich hier mache. Cool bleiben. Ich sauge ein bisschen an ihrer Oberlippe, sie stöhnt einmal ganz leise, aber ich hab's trotzdem gehört. Toll. Ist ja gar nicht so schwer, wie ich dachte, macht ja fast Spaß. Ihre Zunge macht endlich mal mit, vielleicht war sie etwas vom Tempo paralysiert, das ich hier vorlege. Aber jetzt macht sie mit, ich habe sie geknackt! Sie streichelt meinen Hals, das darf man bei mir echt nicht machen, da werde ich sofort feucht. Unsere Zungen berühren sich ganz leicht, ziehen wieder zurück, berühren sich dann fester und machen dann diesen Teeniepropeller, mag ich jetzt nicht so gerne, aber ich mach einfach mal mit. Wenn's hilft! Ab und zu ziehe ich die Zunge ganz zurück, nur um sie nachher wieder fester reinzustoßen, sie blockt etwas ab, mit ihrer Zunge, aber sie gibt bald auf und lässt mich ganz rein, wenn ich mich zurückziehe, kommt sie ganz rein, ich spüre ein leichtes Zittern in ihrem Körper, an ihrem Nacken, nicht ein richtiges grobes Zittern, eher ein feiner Stromdurchlauf, als wäre sie elektrisiert. Sie ist geil, ich hab's geschafft, sie ist geil auf mich. Oje, das führt natürlich jetzt zu so einigem, Sex im Hotelzimmer, nicht nur einmal, damit man auch damit beweist, dass das letzte Mal schön war und so weiter, heißt Sex dann eigentlich fingern, oder was? Oder womit? Oder nur außen stimulieren? Da fällt mir schon was zu ein, wenn der Zeitpunkt gekommen ist. Jetzt holen wir hier erst mal Luft, beim Zungenküssen atmet man ja im Prinzip die ganze Zeit die sauerstofflose Luft des Kussgegners ein. Da kann man wahrscheinlich auf Dauer von sterben. Also OBACHT, Chrissi, ich schiebe Marie etwas weg von meinem Gesicht, ganz sanft und vorsichtig, sie soll ja keinen Verdacht schöpfen von meinen Gedanken, und schnappe mir das Bier. Und trinke noch mal ein paar Schlucke. Lecker! Und wie das entspannt! Aber direkt! Durfte ich zu Hause viel zu selten trinken, neben einem Antialkoholiker wirkt man, auch wenn man eher so normal trinkt wie ich, immer wie ein Proalkoholiker. Ich lasse sie zappeln, mache mich interessant, wie es im Buche steht. Erst süchtig machen, dann zappeln lassen. So steht es doch immer in Datingbüchern für Männer, und wie man Frauen veräppelt. Und das mach ich jetzt leider leider notgedrungen mit Marie. Tut mir wirklich ein bisschen leid, aber macht auch ein bisschen Spaß. Das Beste daran ist, dass ich einen Plan habe, ich weiß endlich, was zu tun ist, und bin nicht mehr Spielball des Schicksals, oder wie das heißt. Oh Gott, alles wirkt schon ziemlich stark in meinem Kopf.

Ich stelle das Bier wieder ab, sie kann schon nicht mehr warten und klopft an. Sie zupft an mir. Jetzt schon.

»Warte«, flüstere ich ihr ins Ohr. Ich möchte kurz noch mal die Mitreisenden checken, kann uns immer noch niemand zugucken bei unserem Gefummel? Nein. Check. Und weiter im Text. Mein Kopf dreht sich zu ihrem, diesmal sauge ich stark ihre Ober- und Unterlippe in meinen Mund und sauge geräuschlos an ihnen. Ich will hier keine unsexy Furzgeräusche mit dem Mund produzieren. Geräuschlos schafft sie schon mal nicht und stöhnt, diesmal etwas heftiger als das letzte, sehr unterdrückte Stöhnen. Ich glaub, sie ist für den unteren Frontalangriff reif. Ich lege das Tuch, das mich bedeckt, auch über ihren Schoß und gleite mit meiner rechten Hand zwischen ihre Beine. Ich streichel einmal ganz feste mit der ganzen Hand über ihre Jeans komplett zwischen ihre Beine, bis meine Fingerspitzen am Poloch unter ihr sind.

»Fühlst du die Lücke?«, fragt sie.

Ich frage sie, ob sie bescheuert ist? Und sage ihr: »Sei still.« Ich kneife mit Daumen und Zeigefinger das ganze Schamlippengedöns und massiere es ziemlich fest. Sie legt den Kopf in den Nacken und macht die Augen zu. Ihr Atem wird immer schwerer, ich halte ihr zur Sicherheit mal mit der linken Hand den Mund zu, dass sie uns das hier nicht kaputtstöhnt und wir nachher aufhören müssen, weil jemand sich beschwert über uns oder womöglich mitmachen will. Nee nee.

»Finger mich«, flüstert sie mir ins Ohr. »Finger mich hart.«

Okay, da kann ich mir zwar jetzt nicht so viel drunter vorstellen, aber ich tu mein Bestes, läuft besser mit ihr, als ich mir ausgemalt habe. Meine Hand muss etwas nach oben, damit ich in die Hose kann. Sie hat schon alles klatschnass geschleimt. Das finde ich jetzt aber wirklich auch ein bisschen geil. Immerhin: DAS HABE ICH GEMACHT, MEIN WERK!

Ich flutsche nur so zwischen den kleinen Schamlippen rum, ich weiß ja schon aus der Dusche nach dem Turnen, dass da keine Haare zu finden sind, wie es grad Mode ist, alle Schamhaare restlos entfernt, lande direkt im kleinen engen Loch. Weil sie so nass ist, passen direkt drei Finger bis zum Anschlag rein. Ich mache kleine Stoßbewegungen, wenn ich rückwärts rausziehe, spreize ich noch die Finger auseinander. Da höre ich plötzlich auf, und sie schlägt auf meine Hand, damit ich weitermache. Mache ich aber nicht. Ich warte, warte, warte, sie stöhnt ganz leise, ich lache, gucke sie noch nicht mal an und bohre dann ziemlich feste mit drehenden Fingern wieder rein. Dann höre ich wieder ganz plötzlich auf und zieh auch die Hand ganz raus aus der Hose. Feierabend!

»Nein, mach weiter, Christine, bitte.«

»Du sollst doch nicht hier im Zug kommen. Gleich schön im Hotel. Dann leck ich dich, bis du kommst!« Chrissi, was du für Sachen sagst, Alter! Haha.

Sie muss sich jetzt erst mal ein bisschen beruhigen, sie ist völlig außer Atem, ich schau sie kurz seitlich an und sehe, dass sie knallrote Bäckchen hat. Also echt, auffälliger geht's ja wohl nicht. Anfängerin! Hihi, ich auch. Aber klappt ganz gut!

So, jetzt ist der Plan weg vom Körperlichen, hin zum geistigen Connecten.

Ich schnappe mir das Buch über Fliegenbinden und blättere es durch, sie haucht mir immer noch ins Ohr, knabbert am Ohrläppchen und atmet da rein, hört sich megalaut an, ich weiß aber, dass es in echt nicht so ist. Aber am Ohr lecken macht mich leider auch geil. Ich atme zweimal tief ein, laaange aus, und zack: ist die Geilheit weg! Misses Selbstkontrolle! Marie guckt mir über die Schulter, hat langsam akzeptiert, dass es jetzt erst mal vorbei ist mit dem Gebumse.

»Warum guckst du gerade die eine Seite so lange an?«, fragt Marie mich.

Ich lache über die Frage. »Ich versuche, genau zu verstehen, wie man diese Fliege hier in der Abbildung herstellen kann, jeden Schritt male ich mir vor meinem geistige Auge aus, dann lerne ich das besser.«

»Aha«, sagt sie desinteressiert und macht die Augen zu. Nur das eine im Sinn.

Sie dreht sich ein bisschen beleidigt weg, ärgerlich, wenn die Geilheit abhängig ist von jemand anderem, der nicht abliefert.

Ich trinke mein warm gewordenes Bier aus, blättere in meinem Fliegenbinderbuch und betrachte die schlafende Marie ab und zu. Wenn die Luft rein ist im Waggon, das heißt, wenn keiner uns sehen kann, dann streichel ich durch das dünne Tuch, mit dem sie sich zugedeckt hat, ihre rausstehenden Nippel. Passt eigentlich nicht zu ihr, dass sie keinen BH trägt. Wusste sie vielleicht, was ich vorhabe, im Ansatz vielleicht?

Ich denke über den Flugangstkurs nach, und schon fängt es an, im Bauch zu grummeln. Ist eigentlich bei anderen Leuten auch der Bauch so gekoppelt an Gedanken? Ein falscher Gedanke, zack: Durchfall.

Ich schäle mich langsam aus meinem Sitz, um Marie nicht zu wecken. Und gehe den Gang entlang zur Toilette. Der Zug schaukelt, das merke ich aber erst im Stehen, im Sitzen ist das scheißegal, aber im Stehen versuche ich mit aller Kraft, zu verhindern, auf einen der sitzenden Geschäftsleute zu fallen. Ich gehe einen Schritt, halte mich an einer Rückenlehne fest, gehe wieder einen Schritt, der Zug macht einen größeren Ruck zur Seite, Stichwort Stellwerk, denke ich, ohne zu wissen, was das heißen soll, und ich fasse einem eher unsympathisch aussehenden Geschäftsmann etwas in die Frisur, als ich mich an seiner Rückenlehne festhalten will, und falle mit meinem Oberkörper in seine Richtung, nicht, dass jetzt meine Brüste sein Gesicht berühren, aber ich drücke ihm schon das meine Brüste versteckende Tuch ins Gesicht. Er freut sich, ich nicht, er lacht, und ich rieche seinen starken Mundgeruch, das riecht wie eine Mischung aus Parodontose und Frühstück und Mittagessen ausfallen lassen. Bah. »Entschuldigung«, murmele ich, er lacht immer noch vor Freude über so viel unverhofften Körperkontakt mit einer Frau, ohne ihn bezahlen zu müssen, ich lächel ihn gequält an. Ein kurzer Blick zu Marie, ob sie das alles überschlafen hat: Nein, leider nicht, ich lächel sie an, mache mit der Hand eine Bewegung, die heißen soll: schlaf weiter, und kämpfe mich weiter durch den Wackelgang zur Toilette. Das kleine Schildchen zeigt: grün, ist nicht besetzt, und rein da. Ich setze mich mit Hose noch an auf den geschlossenen Klodeckel und vermisse plötzlich meine Tochter. Kriege kurz eine kleine Panikattacke, was ich eigentlich mache und ob es das Richtige ist, beruhige mich selbst mit dem ewig gleichen Satz im Kopf: Die ist ganz sicher besser dran ohne mich. Ganz sicher. Ausatmen, lange, ruhig. Und schon geht's wieder gut. Bloß keine *second thoughts*, wie die Engländer sagen! Bisschen Englisch kann ich auch. Ich kann eh nicht hier auf Klo gehen, trau ich mich einfach nicht. Horror. Heimscheißer! Das ist auch wie eine Behinderung. Wie Flugangst. Man kann im Prinzip das Haus nicht verlassen. Die fatale Kombination von nervösem Magen, eigentlich ja eher Darm, und Angst, woanders auf Toilette zu gehen, engt einen doch sehr ein im normalen Leben, fällt mir grad mal auf. Wie man sich so gewöhnt an seine eigenen Macken. Ich dachte die ganze Zeit, alle Menschen sind so, aber kann ja gar nicht, oder?

Ich stell mich wieder hin und pule meinen kleinen Kosmetikbeutel aus meiner Handtasche. Habe mal von einer Freundin, ehemalige natürlich, einen sehr guten Schminktipp erhalten, damit decke ich immer meine rote Tomatenhaut ab. Man nimmt so einen deckenden Puder im eigenen Hautton und arbeitet den richtig in die Poren ein. Nicht einfach, wie ich bis dahin jahrelang gemacht habe, kurz und schnell drüber verteilen und wundern, warum das erstens: kein bisschen deckt und zweitens: nach kurzer Zeit alles wieder weg ist. Habe meine damalige Freundin mal beim Schminken beobachtet und mich gewundert, was sie da minutenlang macht, wie wenn andere sich die Zähne putzen und dabei minutenlang rumlaufen, lief sie rum und arbeitete mit einem breiten weichen Puderpinsel diese pulverige Hautfarbe in ihre Poren ein. Danach sah sie immer aus wie gephotoshopt. Im positiven Sinne, man sah keinen Mitesser mehr, kein Fältchen, keine Pore eigentlich. Einfach nur perfekte, gleichmäßig wunderschöne Haut. Und das mache ich jetzt auch immer so. Das Puder liegt schon am Waschbecken, ich habe mir mal was ganz Besonderes geleistet: einen Reisepuderpinsel. Da können die Haare nicht zerknicken in der Tasche, weil er noch einen Deckel hat, aber bevor man den Deckel drauf macht, denn dabei können die Haare natürlich auch zerknicken, zieht man den Pinsel in den Griff runter. Was für eine gute Erfindung! Der Deckel wird geöffnet, dreimal den Pinsel im Puder gewälzt, und auf geht's mit dem lustigen Verteilen in die Poren. Manchmal muss man sich viel Zeit nehmen, dass was gut wird.

Ich gucke mich im Spiegel an, und meine Augen fragen mich: Warum machst du das, Christine? Was machst du da? Ich drehe mich von meinem Spiegelbild weg, setze mich wieder auf den geschlossenen Klodeckel und reibe den Puder ohne Spiegel ein, braucht man gar keinen Spiegel dafür. Würde so gerne groß, ist aber undenkbar. Was, wenn einer vor der Tür steht, wenn ich rauskomme, und dann in die Duftwolke von mir eintreten muss, das geht nicht, da halte ich lieber ein, bis ich platze!

Aber pinkeln kann ich, das ganze Bier muss raus. Das geht immer! Klodeckel hochgeklappt, Strumpfhose bis zum Knie runtergerollt, Unterhose hinterher, da ist ein nasser Fleck in der Mitte, ist ja nicht so, dass ich keine Gefühle habe, bei diesem ganzen Gefummel da.

Obwohl der Zug ganz laut rauscht, beherrsche ich trotzdem den Pipistrahl, dass er so leise wie möglich ist, das habe ich mir so in all den Jahren angewöhnt, damit ich niemanden mit meinen Toilettengeräuschen nerve. Voll bescheuert eigentlich. Ich selbst finde ja auch niemanden blöder, nur weil er Geräusche auf der Toilette macht. Tja, meine Mutter fand mich aber blöder, wenn ich das gemacht habe früher! Überhaupt nicht gut von meiner Mutter, überhaupt nicht gut.

Abtupfen, alles wieder anziehen, abspülen, erschreck mich jedes Mal, weil die Spülung im Zug so laut ist, und noch mal Gesicht im Spiegel überprüft! Das Gesicht seh ich nicht mehr gerne.

Weiterpudern. Immer kreisende Bewegungen im Gesicht, nicht zu feste drücken, das reizt die Haut wieder unnötig, ich schaue mir kurz selber in meine knallblauen Superman-Augen und schnell wieder weg, das ist ja wohl das Gewissen, wie im Film, kann man sich jetzt schon nicht mehr im Spiegel anschauen? Gibt's ja nicht!

Langsam gehen alle Rötungen weg, die Haut wird farbmäßig gleichgezogen, ein gleichmäßiger guter Teint heißt, das ganze Gesicht hat die gleiche schöne Hautfarbe und nicht Mitesser in Schwarz und aufgeplatzte Äderchen in Rot.

Okay, besser krieg ich mein Gesicht nicht hin.

Noch die Wimpern nachtuschen, mit Spucke auf dem Finger unter den Augen das zerlaufene Mascara vom letzten Mal weggewischt.

In der Handtasche gibt es ein kleines Geheimfach mit Reißverschluss, dort ist die kleine Zipperplastiktasche drin, und darin wiederum der Dosierer. Ich dreh das Ding nach unten, die erste Portion fällt eine Etage tiefer, dann dreh ich's wieder hoch, eine Line vom Rest getrennt, dann dreh ich ganz oben auf und schnupf in die Nase. Das mache ich insgesamt viermal, jedes Nasenloch wird doppelt versorgt, weil ich einfach davon ausgehe, dass ich eine größere Line legen würde als der Apparat. Richtig feste hochgezogen, Kopf in den Nacken gelegt, Kontrolle, ob was am Nasenloch hängt? Nein. Super. Puh, da geht auf jeden Fall schon mal fast die ganze Alkoholwirkung wieder weg! Könnte man auch fragen: Warum überhaupt trinken vorher? Gute Frage! Chrissi. Na ja, bin trotzdem noch besoffen genug.

Das ganze Zeug zusammengesammelt und raus mit dir, Chrissi, weiter die lustige Fahrt mit Marie. Hände waschen vergessen, egal. Passiert mir oft. Whatever.

Beim Gehen merkt man erst, wie betrunken oder high man eigentlich ist. Und unter Leuten. Alleine geht immer, egal, wie voll. Jetzt wünsche ich mir auch mal kurz, wieder nüchtern zu sein. Setze mich auf meinen Platz, Marie wird wach, weil ich es nicht schaffe, mich leise hinzusetzen, und sie hat offensichtlich mein Bier ausgetrunken. Grad wollt ich wieder nüchtern sein, jetzt ärger ich mich, dass es leer gemacht wurde von jemand anderem.

Ich gucke mir ihr schönes Gesicht an, setzte ein falsches Lächeln auf, muss ja nicht jede Aggression direkt rauslassen, ist eher kontraproduktiv für den großen Plan, und streichel ihr mit meinen nicht gewaschenen Händen übers Gesicht. Ich sehe im Augenwinkel eine schnelle Bewegung eines Mitreisenden. Ein Geschäftsmann dreht sich angewidert weg, wegen Lesbenekel, verständlich: aus Männersicht. Kann er ja nicht gut finden. Ich dreh mich wieder zu Marie. Gerade mir kann das ja wohl scheißegal sein, was andere denken. Der Schaffner ist im anderen Wagen, ich wedel mit meiner Hand in der Luft rum, um seine Aufmerksamkeit zu bekommen.

»Was machst du?«, fragt Marie.

»Bier bestellen.«

»Aber doch nicht bei dem.«

»Ich weiß, der soll den Typi schicken.«

»Wir sind doch gleich da.«

»Was? Wie viel Uhr ist es?«

»Gleich 14:00 Uhr.«

»Oh ja, dann lohnt sich das nicht mehr, was zu bestellen, so lahm, wie die sind.«

Marie kichert und nimmt mich in den Arm. Süß. Ich lasse es zu, bin ja auch nur ein Mensch, und schließe die Augen. Schön. Anlehnen. Innen rast alles wegen den Drogen, außen immer schön ruhig bleiben. Versuche, ruhig zu atmen. Einfach so, immer verstecken, wie es einem wirklich geht. Immer kontrolliert. Alles aus Gewohnheit. Gut, wenn ich nicht noch was trinken darf, dann geh ich noch mal kurz auf Klo, die Lage checken.

Ich kringel mich aus Maries Umarmung raus, sie runzelt die Stirn und zieht eine Augenbraue hoch, das muss man erst mal hinkriegen, diese Tausendsasserin! Und das heißt, was machst du?

»Nervöser Magen, wegen der Reise. Du weißt schon.«

Sie weiß schon von zu Hause, von den ganzen ewigen Toilettendiskussionen da, was ich für ein Klemmi bin in der Beziehung. Deswegen nickt sie jetzt verständnisvoll und lässt mich ziehen.

Ich freue mich, darf weg und gehe lächelnd auf die Toilette zu. Dort warten zwei Leute vor mir. Andere Toilette aufsuchen? Nein. An diese hab ich mich jetzt gewöhnt. Warten, an die Decke gucken, Blickkontakt vermeiden, Abstand halten, dass sie die Fahne nicht riechen, da hab ich Übung drin. Als ich endlich dran bin und drin bin, kommt über Lautsprecher die Durchsage, dass wir gleich in München ankommen, mein normaler Impuls ist, alles stehen und liegen zu lassen und zu meinem Rollkoffer zu rennen und mich wie so eine Oma direkt an die Tür zu stellen, als Erste. Aber dann kann ich ja nichts mehr einnehmen. Also tue ich cooler, als ich bin, hol den Dosierer raus, jedes Nasenloch einmal, fertig, Nasencheck im Spiegel, alles gut, und raus hier. Auf jeden Fall vergeht die Reisezeit ganz schön viel schneller auf Drogen, hätt ich das mal auf früheren Reisen gewusst. Schwupp-schwupp, schnell zurück zum Mariechen, ah, schlimm, an allen Leuten vorbei, komisch, was man nüchternen Leuten gegenüber für ein schlechtes Gewissen hat. Obwohl ich erwachsen bin, komme ich mir vor wie ein Kind, vielleicht, weil ich als Jugendliche angefangen habe, Drogen zu nehmen? Und da hatte ich immer Angst, von den Eltern erwischt zu werden. Das habe ich irgendwie immer noch. Nur, dass es jetzt nicht meine Eltern sind, sondern die amorphe Masse der Nüchternen. Ich stelle mir vor: Die nehmen nie Drogen, die machen nie die Nacht durch, bis sie kleine Insekten an der Wand laufen sehen, die nicht da sind, die schlafen nie den ganzen Tag ihren Rausch aus, die sagen nie wegen einem Drogenexzess die Arbeit ab.

Aber wahrscheinlich denke ich das nur. Wenn ich mit einem schreienden Baby reise, deute ich auch alle Blicke auf mich negativ. Vergesse ich, dass natürlich viele der mich anschauenden Menschen auch Kinder haben müssen, rein von der Wahrscheinlichkeit her. Der Kopf verzettelt sich in selbst bestrafenden Gedanken. Na ja. Auch kein Grund aufzuhören, eigentlich.

Ich schlängel mich an der Horde Nüchterner vorbei zu Mariechen, lasse mich plumpsen, nur um direkt wieder aufzustehen, weil sie rausmuss. Wir sind in München, und durch die Drogen habe ich keine Verbindung zu der Freude darüber. Egal. Muss mich am Riemen reißen und uns ins Hotel schaffen! Dann erst kann ich mich wieder entspannen. Dann schön Essen bestellen aufs Zimmer, für Geld Leute für mich arbeiten lassen. Dieses ganze Gedenke über Geld habe ich von meinem Vater geerbt oder abgeguckt, oder wie man das nennen soll. Wenn ich mir den vorknöpfe mit Marie, muss ich auch irgendwas mit Geld mit ihm anstellen, weil dieses Themengebiet hat er auf jeden

Fall für mein Leben total verhonkt! Aber was kann ich ihm mit Geld antun? Einen gerollten Schein in die Harnröhre?

So, Christine, konzentrier dich jetzt aufs Hier und Jetzt. Ziel ist das Hotel, dann Entspannung, weil alle Nüchternen ausgesperrt werden können aus dem Hotelzimmer. Schön abschminken, eincremen, Schlabberschlafanzug an, geil, geil, geil, auf was man sich so freuen kann, wie ein kleines Kind, echt lächerlich eigentlich. Das spießigste Killteam aller Zeiten. Marie kommt von der Toilette zurück. Ich lasse meinen Blick über unsere beiden Sitzplätze schweifen, ob wir was vergessen haben. Nein, und ab.

Stehe gern direkt an der Tür, wenn der Zug anhält. Marie geht Augen verdrehend und Kopf schüttelnd hinter mir her. Ich lache, weil sie über mich lacht. Schön, so eine Reise mit einer Jüngeren! Tut gut. Fühle mich bis auf diesen kleinen Nüchternenverfolgungswahn ziemlich frei. Jetzt doch. Schön.

Zug hält quietschend an, das Geräusch piekst in den Ohren. Wie wär's mal mit Bremsen ölen? Aber jetzt bloß nicht über die Bahn hetzten, oh, wie ich Leute hasse, die über die Bahn hetzen. Schrecklich! Die sollen mal versuchen, täglich Millionen Menschen zu transportieren, würde definitiv schlechter laufen!

Rausgehüpft, Ziehding rausgezogen vom Koffer, voll cooles Teil, steht auf vier Rädern und ist frei in jede Richtung beweglich, ohne dass man kippen muss. Früher hab ich immer Geschäftsleute dafür verachtet, wenn sie so ein Ding vor sich herschoben, aber jetzt hat sich alle Weltsicht für mich geändert, was interessiert mich der Scheiß, gegen den ich mich früher abgegrenzt habe. Nichts! Ich bin FREIII.

Drehe mich um, Marie ist nicht da, ich bleibe einfach mitten in den strömenden nüchternen Checkern stehen, alle rempeln gegen mich, mir egal, ich lächel und warte einfach zufrieden auf meine kleine Freundin.

»Wurde von denen abgedrängt. Danke, dass du gewartet hast.«

»Klar. Ich geh nirgendwo mehr hin ohne dich.«

Sie greift nach meiner freien Hand. Ey, in München kann man doch keine Lesben-Action machen! Na gut. Überredet. Nicht, dass am Ende sie mich verführt, obwohl es genau andersherum geplant ist.

Wir gehen, ich voll high, nebeneinander her durch den Münchner Hauptbahnhof. Ich kann so gerade noch den Schildern folgen zu den Taxen. Ohne dass Marie mich unterstützen muss. Ihr geschenkter und mein mir selbst geschenkter Koffer machen genau die gleichen Geräusche, wenn sie über Hubbel fahren, wenn der Bodenbelag sich ändert. BRRRRRRRR.

Wir erreichen die Taxischlange. Der Taxifahrer, ein kleiner schöner alter Grieche, springt direkt von seinem Sitz auf, um uns den Kofferraum aufzumachen, er fragt, wo es hingehen soll. Ich nenne ihm den Namen des Hotels, sein Gesicht verfinstert sich, ich weiß direkt, es ist nah, das Hotel, unter zehn Euro vielleicht?

»Ach neee«, sagt er laut klagend, »das kann man doch zu Fuß gehen.«

Maries Gesicht verfinstert sich, sie will grad übergehen in eine verbale Attacke, aber da bin ich schneller, wofür hab ich denn schnelle Drogen intus?

»Ich habe leider ein Leiden am Fuß.«

Leider ein Leiden! Geiles Deutsch!

»Ich kann nicht mehr weiterlaufen, Sie müssen mich transportieren, das ist ein Gesetz, Schluss, aus, Feierabend, Ende der Diskussion.«

Alle gucken mich ganz komisch an, ich vermeide Blickkontakt, und wie durch ein Wunder setzen sich alle in Bewegung Richtung Autoinneres. Ich bleibe kurz erstaunt stehen. Ist wie im Tierreich, wie immer, der, der zuerst BUH sagt, gewinnt. Und das war ja wohl klar ich diesmal.

Taxifahrer und Marie sitzen schon auf ihren Plätzen, Marie fummelt mit dem Gurt rum, Fahrer nicht, denn Fahrer schnallen sich gern nicht an. Sie sind der festen Überzeugung, wegen einer dummen Geschichte, die sie mal gehört haben, dass einer im Auto bei lebendigem Leib verbrannt ist, weil er wegen seinem geschlossenen Gurt nicht rauskam. Eine Geschichte gegen alle Statistiken, ein Ammenmärchen gegen die Wissenschaft, aber okay, ihr Problem, und ich gehe gaaanz langsam zu dem Platz hinter dem Fahrer, muss ja ein Fußleiden simulieren, und setze mich auf den für den Fahrer wissenschaftlich erwiesenen gefährlichsten Platz. Hier ist es ein Einfaches, selbst für eine schwache Frau, von hinten den Fahrer zu erwürgen. Ich habe gelernt, in all meinen Serien und Horrorfilmen, dass man viel länger zudrücken oder zudrehen, oder wie man das auch nennen mag, muss, als man denkt. Nur weil er nicht mehr zappelt, heißt noch lange nicht, dass man ihn totgekriegt hat. Wenn er nicht mehr zappelt: noch mal so lange, so feste, wie man kann, zuziehen die Schlinge, das Seil, den Gürtel, den Schneidedraht. Als großer Dexter-Fan würde man den Schneidedraht nehmen, mit dem die im Käsereifachgeschäft den ganz großen Gouda in Stücke teilen, wo diese kleinen Holzenden so gut in der ganzen Faust liegen.

Okay, er hatte recht, die Fahrt ging wirklich ganz schnell, aber wenn man was am Fuß hat, was soll man machen? Darf ich gleich auf keinen Fall vergessen, wenn ich vom Taxi weggehe, bisschen zu humpeln.

Ich lege meine Hand auf Maries Schulter, mir egal, was der Fahrer denkt, und streichel langsam, kaum als Streicheln wahrnehmbar, den preiswerten Stoff ihres Oberteils. Von hier hinten kann ich sehen, dass ihr linkes Ohrringloch entzündet ist.

Der Fahrer hält grummelnd vor dem Hotel an. Wir steigen aus, ich drücke ihm ungefähr das Dreifache der Zahl auf dem Taxometer in die Hand, da hat er wieder gute Laune. Wir schnappen uns unsere kleinen süßen Bonzenrollkoffer aus dem Kofferraum, sagen ihm Tschüss und Danke und tänzeln auf den Bürgersteig. Ich höre noch den Fahrer sagen: »Was am Fuß, ne?«, bevor er die Tür zuschlägt. Mist. Vergessen. Also, Drogen machen auf jeden Fall das Gedächtnis schlechter, das kann man schon mal festhalten. Aber ganz ehrlich, wer braucht schon ein Gedächtnis? Ich nicht mehr! Ist eh nur Scheiße drin gespeichert!

## 15. KAPITEL

Ich schaue Marie an, sie kann den Luxus des Hotels genauso wenig packen wie ich. Große Glasgolddrehtüren, Pagen in Uniform, Marmor auf dem Boden in der Halle. Geil. Rein da.

Ich lasse Marie in die Drehtür vorgehen, trete erst nach der Glastrennwand ein, sie geht an der richtigen Stelle raus, in die Halle, ich bleibe drin und dreh mich noch ein paarmal im Kreis. Zuerst lacht sie, dann guckt sie besorgt hinter mich, wahrscheinlich, weil andere auch reinwollen, ihr Gesicht wird immer ernster, ich höre auf und gehe bei der nächsten Gelegenheit raus.

»Na, schämst du dich für mich?«

»Nein. Doch.«

»Ich hör ja schon auf. Ich freu mich halt, dass wir endlich weg sind von zu Hause. Ey, guck dir mal das Hotel an.«

Habe richtige Glückshormonausschüttung. Und das lass ich mir nicht kaputt machen vom Redenmüssen mit Rezeptionistennüchternen. Ich schicke Marie vor in den Kampf mit meiner Kreditkarte.

»Checkst du bitte ein? Bin zu betrunken dafür.«

»Klar.«

Sie geht auf die Rezeption zu. Da fällt mir was Wichtiges ein. Habe doch gar nicht auf meinen Namen gebucht.

»Ey, tsss, Marie ...«, flüsterschrei ich.

Sie dreht sich um, wie mir vorkommt: in Zeitlupe. Muss an den Drogen liegen, weil in echt gibt's keine Zeitlupe!

Ihre blonden Haare schwingen durch das Sonnenlicht, alles ist gold, auch ihr Lächeln.

»Was ist, Christine, du Besoffski!« Sie lächelt mich breit an, es sammelt sich Wasserglanz in ihren Augen.

»Ich hab das Zimmer auf den Namen Caroline Leiner bestellt.«

» Caroline Leiner? Warum machst'n du so was?«

»Weil ich nicht wusste, dass du eincheckst und ich das dann erklären muss.« Ich lächel sie zurück an.

Sie lacht und geht zur Rezeption.

Weiß ich auch nicht, was mich da geritten hat, ich glaube, weil ich mich ständig eh mit kaum was anderem beschäftige, hab ich beim Buchen gedacht, kann ich auch gleich ganz sie werden. Meine Erzfeindin. Meine Parafreundin. Die unsichtbare Begleiterin. Weg, weg mit euch selbst bestrafenden Gedanken! Haut ab, hört auf, mir das Leben zu versauen, Christine, hör auf, dir selber hier den Ausflug zu versauen! Schluss, aus, basta! Feierabend! Tief ein- und gaaanz lange ausatmen! An was Schönes denken, ablenken lassen. Wovon? Da, das Schild lese ich jetzt mal: *Trader Vics Restaurant*. Das ist mal ein richtiger Scheißname! Was soll das sein? *Vics?* Sind die doof, oder was? Aber da steht was Gutes drunter: »Polynesische Exotik. Kulinarische Köstlichkeiten aus dem Fernen Osten und legendäre Südsee-Cocktails versetzen Sie in entspannte Urlaubsatmosphäre.« Genau das Richtige für Marie und mich. Perfekt. Das wär mein Traumziel des Lebens: Polydingsbums oder Hawaii, so die Ecke, kann man ja eh nicht auseinanderhalten die ganzen Inseln, wenn man wie ich aus einem Kaff kommt. Wow, das klingt so, als gäbe es da Cocktails in Kokosnüssen. Gibt nichts Besseres.

Wenn ich so was gut finde, wieso trink ich das dann nicht wenigstens einmal im Leben, oder wie andere das machen: Sachen, die einen glücklich machen, oft machen! Komisch, ich denke immer, alles, was gut ist und Spaß macht, ist nicht für mich gedacht. Bis jetzt!

Früher war ich immer mit meinem Mann Jörg, Gott hab ihn selig, sagt man dann, glaube ich, im Hotel, da haben wir uns erholt, damit wir so tun konnten zwei Tage und eine Nacht, als wären wir verliebt, unbeschwert und vor allem reich. Wenn man nur so tut, als wär man reich, verliert man ganz schön viel Geld. Bei Roomservice mussten wir stark aufs Geld achten, Jörg hat immer viel auf einmal hochbestellt, um die Roomservicepauschale von 7,50 Euro nicht jedes Mal neu bezahlen zu müssen. Wir ließen uns massieren, aber nicht den ganzen Körper, nur den Rücken, und die meiste Zeit musste ich ihm leider zuschauen, wie er im Internet rumhing oder mit Freunden twitterte. Na ja, gut gemeint war das mit dem Hotel alles, aber auch ganz schön unlocker irgendwie, beklemmend.

Aber das hier, jetzt? Das ist frei, vor allem, weil Jörg nicht mit ist. Und weil ich mein ganzes Geld richtig verprassen kann. Geht doch, da ist die gute Laune wieder! Also, kann ich heute Abend essen? Da müssen wir doch hin in dieses super hawaiianische Restaurant. Vielleicht hör ich kurz auf mit den Drogen, komme bisschen runter, dann kann ich essen und dann wieder saufen und steil gehen? Klingt wie ein guter Plan, wär doch schade, wenn Essen ausfällt, nur weil man zufällig Drogen konsumiert, die den Appetit leider zügeln. Schön, Chrissi, wenn du einen Plan hast, geht's dir direkt viel besser, ne?

Marie kommt strahlend mit zwei Zimmerkarten in der Hand zu mir zurück.

»Du hast eine Suite gebucht. Bist du wahnsinnig?«

»Gut, ne? Können wir hoch?«

»Jaaa. Da ist der Aufzug irgendwo, meinte die Frau. Das ist so schön hier, Christine!«

Sie hoppelt leicht auf und ab, hakt sich bei mir unter, als wären wir so alte Omafreundinnen, schön, und wir gehen gemeinsam genießerisch zum Aufzug. Wir gucken uns an, wir gucken uns um, wir gucken wieder uns an und lachen. Sie drückt den Knopf, es macht bling, wie in einem alten Film, was ist das schön hier! Ich gucke nach oben, um an der Leuchtanzeige zu verfolgen, wann der Aufzug bei uns ist. 5, 4, 3, 2, 1, WIR. Die Tür geht auf, und da steht eine Frau im Bademantel. Eine sehr hübsche Frau. Völlig ungeschminkt, bisschen fettig Spa-glänzige Haut, rote Bäckchen, wahrscheinlich von der Sauna. Wir grüßen höflich, wie es unsere Art ist, und stellen uns in den Aufzug, wie man das eben so macht, alle mit dem Rücken zur Wand, und verlegenheitsmäßig gucken alle auf die Leuchtanzeige, obwohl es meistens einfach die Etagen anzeigt, die man abfährt, bis man da ist. Die kommt mir bekannt vor, ich versuche, unauffällig zur Seite zu gucken, klappt aber nicht. Der Unauffälligkeitswinkel wird klar überschritten, wenn ich noch mal einen richtigen Blick erhaschen will. Komm, Chrissi, kram mal in deinem ollen Gehirn nach, wer ist das? Schauspielerin? Ja. Aber Name. Komm schon. Du hast es gleich, zermarter dich, Gehirn. Sie hat in *Sommer vorm Balkon* gespielt, ja, ja, Nadja Uhl. Sehr gut. Krass, wir fahren Aufzug mit Nadja Uhl. Ha. Das ist München, Alter! Ich zwicke Marie in den Arm, sie quietscht auf. Na toll. Sehr unauffällig! Ich versuch's anders. Ich stupse sie mit dem Ellenbogen und versuche, Blickkontakt aufzunehmen.

Sie fragt: »Was ist?«

Na toll. »Nichts. Was soll schon sein?«

»Du stupst mich an und wackelst mit den Augen, alles in Ordnung bei dir?«

Ich muss es ja nicht mehr lange mit Marie aushalten, zum Glück. Ich sterbe, wie peinlich!

Unsere Etage kommt zuerst, wir gehen raus, ich wünsche einen schönen Tag noch. Ich gehe, gehe, nur so ein Fake-Gehen, weil, sobald ich höre, dass sich die beiden Kanten der Schiebetüren berühren, bleibe ich stehen und fauche Marie, die hohle Fritte, an. Klack machen die Türen, bleibe wie vom Blitz getroffen stehen und erschrecke damit schon Marie.

»Oh, Mann, raffst du gar nichts? Die war berühmt, da im Aufzug.«

»Wie, wer war die denn? Die Nackte da unterm Bademantel?«

»Nadja Uhl.«

»Kenn ich nich.«

»Egal. Ich wollte dir unauffällig was sagen da drin, und du so: was ist?«

»Sorry, so was check ich nie. Tut mir leid, hab ich dich jetzt blamiert? Unten mit der Drehtür hast du mich blamiert, jetzt sind wir quitt!«

Äh, okay, nicht viel Respekt vor meiner Wut. Na gut, das ist aber auch der Grund, warum ich sie mag, einer der Gründe, warum ich sie mag, sie ist so unbedarft! Ich gucke rechts und links den Flur runter, laufe ihr schnell hinterher, pack sie am Arm und zieh sie zu mir. Die linke Hand drückt jetzt ihren Kopf zu mir, ich stecke ihr die Zunge richtig weit rein, wie es eigentlich nur Teenager und schlechte Küsser machen, aber ich weiß ja langsam, auf was sie steht. Und die rechte Hand geht direkt von oben am Gummiband der Jeggings vorbei zwischen die Schamlippen. Ich ziehe an ihnen und knete sie mit ganz spitzen Fingern, dass auch ab und zu die Nägel dran hängen bleiben und mit reinpieksen. An meinen Fingerspitzen kann ich fühlen, dass sie sofort klatschfeucht ist. Geht aber schnell, ich entwickel mich hier langsam zum Vollprofi. Voll einfach eigentlich, das mit den

Frauen, ich mach einfach bei ihr, was ich schon mal gerne gehabt hätte, dass Jörg das bei mir macht, aber mich nie getraut habe anzusprechen. Er ist doch eher sehr verklemmt, wenn es nicht grad um seinen liebsten Kollegen Uli geht. Dem würde er, glaube ich, alle Wünsche von den Augen ablesen. Irgendwie war das für mich ganz schön erniedrigend, wenn ich jetzt drüber nachdenke und weg bin, wie er ihm in den Arsch gekrochen ist, als er mit seiner jungen Frau und dem Baby bei uns zu Besuch war. Ich habe da meinem Mann zugesehen, wie er sich komplett verwandelt hat, meistens merken es Verliebte ja nicht, wie auffällig verliebt sie sich benehmen. Der Freund, der Kollege, wie auch immer man das nennt, hat wahrscheinlich gedacht, mein Mann sei auch zu mir immer so zuvorkommend. Aber von wegen! Völlig befremdlich, wenn man bei so einer Verwandlung zusehen muss, die auch noch unbewusst ist. Hat seine italienische, viel zu dünne Ehefrau das auch so empfunden? Oder bin ich vielleicht völlig verrückt, und das alles, wie ich die Dinge sehe, ist völlig absurd? Kann auch sein. Da würde ich mich aber wirklich sehr stark täuschen. Mein Gott, wäre ich ungern mit meinem eigenen Mann befreundet, jetzt, wo ich weiß, was er alles von seinem Kumpel weitererzählt hat. Einerseits überbordende Liebe, andererseits, glaube ich, neidbedingt: viel Gehässigkeit. Eine explosive Mischung. Er war mal mit dem damals noch frisch verliebten Pärchen im Urlaub, ich konnte wegen meiner Arbeit nicht mit, und hat nachher immer genüsslich erzählt, wie lange und laut sie gebumst haben, das ganze Hotel praktisch zerlegt in ihren Liebesnächten, einmal mit Sex, ein anderes Mal mit Streit, sie verbindet wohl eine starke Hassliebe. Dann soll man doch kein Kind bekommen zusammen, das ist doch beides komisch für das Kind, die Eltern zerfleischen sich oder zerficken sich fast kaputt. Klingt beides brutal und verstörend. Nicht nur für ein Baby, sondern wohl auch für meinen

Mann, so oft, wie der davon redet, als hätte er kein eigenes Leben. Peinlich irgendwie, auch für mich.

Christine, konzentrier dich jetzt mal hier auf deine Aufgabe: Babysitterin verführen, nicht ständig im Kopf über deinen Mann schimpfen, nur weil er mit seinem Kollegen schwul ist.

Marie wälzt und windet sich in meinem Griff, sie hat schon einen leichten Fettfleck mit dem Talg ihrer Kopfhaut produziert an der Wand, komm, Chrissi, mit der einen Hand fummelst du weiter in Maries Hose und mit der anderen suchst du in ihrer Arschtasche die Zimmerkarte. Multitasking. Muttitasking.

Da ist die Zimmerkarte ja. Check! Ich kann ja mit ihr machen, was ich will, scheint jedenfalls so, grad, oder? Ich gucke den Flur nach rechts, nach links, keiner kommt, ist ja eh eher sehr ruhig tagsüber im Hotel, alle besichtigen irgendeinen Garten oder einen Dom in der Stadt. Ich knie mich vor Marie, sie guckt nach unten, ich schäle ihren Po aus der Jeggings und ziehe ihren etwas ausgeleierten verwaschenen Tangaslip bis zum Knie runter. Ich spreize mit der linken Hand ihre äußeren Schamlippen und ziehe ganz langsam und vorsichtig, will sie ja nicht schneiden oder verletzen an der Schleimhaut, die Zimmerkarte durch ihre inneren Schamlippen durch, es klebt ein bisschen, das zieht dann wieder ein wenig an den Lippen, scheint ihr aber zu gefallen. Als ich hochgucke, um ihren Gesichtsausdruck zu sehen, ob sie mich auslacht oder befremdet guckt, legt sie grade ihren Kopf in den Nacken, macht die Augen zu und leckt sich ganz schön übertrieben die Lippen nass. Voll abgeguckt im Porno, denke ich, aber was nicht? Der Porno hat sich ja auch alles beim echten Leben abgeguckt und übertrieben, und jetzt übertreiben wir das echte Leben, weil wir alles vom Porno abgucken.

Will jetzt mal das Zimmer sehen. Die Suite wohl eher! Ich lasse sie einfach da stehen und gehe zu der Tür mit unserer Zahl drauf: 712. Marie hoppelt ganz komisch hinter mir her, während sie sich wieder anzieht, alle Sachen wie immer zu eng, das kann man nicht einfach hochziehen. Das muss man hochrollen, dann noch die Hälfte eingeschleimt, das erleichtert das Anziehen auch nicht grad. Sie ruft: »Hey, was ist los?«

Ich antworte nicht. Denke nur, nix ist los, muss mich interessant machen, sprunghaft sein, damit du gefügig wirst. So einfach ist das.

»Hey«, ruft sie immer wieder, stolpert und hoppelt hinter mir her.

Habe wieder eine gute Idee, sie an mich zu binden. Anbinden, wie eine Fliege an den Haken gebunden wird, was ich so gern gelernt hätte. Ich drehe mich zu ihr um, warte, bis sie bei mir ist, und ziehe dann die Karte durch meine Lippen. Sie lacht und sagt: »Du Sau, Christine!« Ich versuche, sie verwegen anzulächeln.

Ich stecke die Karte in das Kartenlesegerät der Tür, es macht pieps, und die rote Lampe leuchtet. Wohl zu viele verschiedene Flüssigkeiten an der Karte? Kann man nicht lesen, den Magnetstreifen? Ich versuch's ein zweites Mal. Rot. Bitte nicht. Kotz. Ich versuche die andere Karte.

Grün.

Ich sage zu Marie: »Achtung, du bist jetzt bei GNTM: die Mädchen betreten zum ersten Mal die Modelvilla.«

Sie lacht mich an und sagt: »Okay ... «

Ich zähle langsam laut bis drei, mache die Tür ruckartig auf, Marie stürmt schreiend an mir vorbei, fächert sich die ganze Zeit mit der rechten Hand Luft zu und berührt mit der linken immer ihr Brustbein. Perfekt imitiert! Sie läuft in jede Ecke der Suite, untersucht alles, jedes Mal, wenn sie einen neuen Raum betritt, schwillt das Kreischen an, sie zappelt am ganzen Körper und wirft ständig hysterisch ihre knallblonden Haare von einer Seite des Kopfs zur anderen. Sie steht vorm großen Bett und hält sich die Hand vor den Mund, damit das Schreien nicht zu laut wird, die sogenannte Model-Selbstzensur. Wirft sich dann rücklings rein und strampelt mit den Beinen, sie schreit: »Diese Seite ist für mich!« Und bedeutet mir, mich neben sie zu legen.

»Sehr gut«, sage ich zu ihr. Gut Model gespielt. »Ich liebe Heidi«, sage ich.

Sie: »Ich auch. Am lustigsten ist sie, wenn sie so silly-walkmäßig mit ihrer Körperkomik eins der Models nachmacht, wenn die zum Beispiel mit dem Kopf wackeln beim Gehen und das aber weder merken noch abstellen können.«

Ja, sage ich. Wir liegen da in diesem riesigen Bett mit grellweißer Bettwäsche, es riecht lecker nach Waschmittel, oben an der Decke kräuselt sich der Stuck, das Stuck? Ah, selbst im Kopf funktioniert Grammatik nicht gut. Liegt sicher an den Drogen und dem Alkohol. Schön. Ich ziehe meine Schuhe aus und pfeffer sie in hohem Bogen vom Bett runter auf den Boden. Es knallt gar nicht beim Aufprall, weil nämlich der Teppich so dick ist, wie bei reichen Leuten, es macht nur ein schönes beruhigendes leises Mpff. Marie wälzt sich immer noch neben mir in der jetzt schon nervigen Parodie der Models, die die Villa betreten.

»Okay«, sage ich zu ihr, »der Witz ist vorbei.« Sie verdreht die Augen und hört endlich auf.

»So, was machen wir jetzt?«, fragt sie.

»Nimmst du Drogen?«, frage ich.

»Ich hab mal ganz selten Ecstasy genommen, das fand ich so gut, dass ich lieber wieder aufgehört habe, weil ich Angst hatte, süchtig zu werden.«

Diesen Satz hat sie sich zurechtgelegt, das spüre ich total, um nicht zugeben zu müssen, dass sie selbst mitten im Rausch Angst hat vor Drogen. Das sagt mir jedenfalls meine Intuition. Kann sich aber auch täuschen, oft genug schon passiert!

»Habe nämlich Kokain dabei, willst du was?«

»Ja, gerne«, sagt sie, ihr Gesichtsausdruck sagt aber was anderes.

»Ist das okay für dich, wenn wir kurz damit warten? Habe gerade unten in der Lobby gelesen, dass es hier ein polynesisches Restaurant gibt. Verstehste? Hawaii! Da wollte ich immer schon mal hin, schon als kleines Kind. Und dann später wieder hier oben Party machen?«

»Jetzt weiß ich auch, warum du so schräg drauf bist. Ey, du bist drauf. Warum denn heimlich? Im Zug schon? Das erklärt einiges. Hätte ich doch da schon mitgemacht.«

»Kann man ja nicht wissen, dass du soooo offen bist. Ich pack jetzt meine Tasche aus und hänge alle meine Sachen in den großen Schrank hier.«

Wo ist denn hier ein Schrank? Das ist echt das Schlimmste in Hotels, man findet sich erst mal nicht zurecht und fühlt sich wie ein dummes kleines Kind, das ein Klo von einem Bett nicht unterscheiden kann. Ich gehe erst zurück in den Flur, berühre da die Wände, da ist aber kein Schrank, hätte ja sein können, so eine Zaubertür in der Wand, wie bei *Narnia* oder so. Gehe zurück in den großen Raum der Suite und sehe, dass Marie sich auf dem Bett befriedigt. Da bin ich wohl voll selbst schuld, sie erst so anturnen und dann hängen lassen. Das lässt sich so eine junge moderne Frau natürlich nicht lange bieten. Es soll gekommen werden!

Ich versuche, das zu ignorieren, eins nach dem anderen. Wenn ich sage, ich hänge jetzt meine Sachen auf, dann hänge ich auch meine Sachen auf, egal, wie tief die Finger da drin verschwinden. Sie dreht sich auf den Bauch, und ich kann unter dem Po ihre Finger in sich verschwinden sehen. Oh Mann. Die hat's echt drauf. Sie weiß, dass ich gucke, hört man ja, ich stehe da wie angewurzelt, sie spreizt die Schamlippen so weit auseinander, dass ich reingucken kann. Ich sehe das kleine knallrote Zottelmaul, triefend nass, auseinandergedehnt, und will da rein.

Ich atme tief durch, verdrehe die Augen über meine eigene Geilheit und suche verkrampft den Schrank weiter. Ich werde fündig, neben der TV-Anlage, die komplette Holzwand ist eine Schiebetür zu einem sehr großen Schrank. Ich habe nicht sehr viel zu verstauen. Ich hole meinen kleinen nagelneuen süßen Bonzenrollkoffer und rolle die Teile, die drin sind und zusammengerollt, auseinander. Das ist ein alter Trick, den hab ich aus dem Film *Up In the Air* vom Clooney gelernt. Hab ich natürlich Marie gesagt, dass sie das so packen soll für mich. Er rollt seine T-Shirts und alles, damit es nicht so knittert. Funktioniert sehr gut, der Trick, schade, dass man das nicht mit Menschen machen kann, damit sie weniger knittern, wenn ich darüber nachdenke, wie abstoßend ich meine eigene Mutter im Alter finde. Ich sehe sie ja nie. Aber andere Frauen in ihrem Alter, und dann gucke ich mir ganz genau an, was alles schlechter wird. Das wird bei ihr ja wohl genauso sein. Ungefähr! Das muss Selbsthass sein, was denn sonst? Diese Vorstellung, dass ich auch so wabbelige Oberarme bekomme, Doppelkinn, nicht von Fett, sondern von schwacher Haut, Speckfalten am Hals, einen Po, so geformt, als hätte man sich in die Windel gemacht. Und genau so werde ich aussehen, wenn nicht noch was ganz Substanzielles dazwischenkommt. Horror.

So. Fertig eingeräumt, werde ja doch noch ganz ordentlich auf den letzten Metern. Marie scheint gekommen zu sein, liegt ganz entspannt auf dem Bett mit Augen zu.

Um sie zu erschrecken, schreie ich: »Wer will mit nach Hawaii?«

Klappt, sie erschrickt wie die Hölle, ich lache, sie dann mit und kommt nur mithilfe ihrer Bauchmuskeln ins Sitzen. Sie schwingt ihre schönen Beine auf die Bettkante und hebt ihren nackten Po hoch ins Stehen. Ihre Augen fixieren meine, sie geht langsam auf mich zu und bleibt ganz nah vor mir stehen. Sie legt beide Arme auf meine Schultern und nimmt beide meine Mundlippen in ihren Mund und saugt feste daran. Ich mache meinen Mund auf, es schmatzt laut und abstoßend, wir müssen beide lachen, ich gehe in die Knie, sie auch, und meine Hand muss wieder zwischen ihre Beine. Sie ist ganz geschwollen und prall da, heiß und nass von ihrem ganzen Gereibe vorhin. Ich kenne das Gefühl, das sie jetzt haben muss. Eigentlich tut's eher fast weh jetzt, da berührt zu werden, ich mach's trotzdem, ist ja nicht mein Problem! Ich packe die ganze Pflaume in eine Hand und drücke zu. Ich quetsche richtig die Faust zusammen, als würde ich eine Kiwi zerquetschen. Und drehe meine Hand. Sie wimmert leicht, legt sich zurück und stellt die Beine auf, wie beim Frauenarzt. Okay, das mach ich jetzt noch kurz vorm Essen auf Hawaii. Ich halte mit beiden Händen die komplett rasierten Schamlippen auseinander, lege mich auf meinen Bauch, damit mein Gesicht nah dran ist, mache meine Zunge so spitz und steif, wie es geht, strecke sie so weit raus, wie es nur geht, da krieg ich fast 'nen Krampf von, macht meine Zunge zu selten, solche Bewegungen, ich atme nur noch durch die Nase und rieche ihren Schamgeruch, riecht besser, als ich dachte, und ramme meine Zunge bei ihr rein, so tief es geht, meine Nase verschwindet auch kurz im Nassen und Dunklen, sie stöhnt auf, räkelt sich, ist eben noch gut durchblutet von grade, wär ja gelacht, wenn ich sie nicht direkt wieder zum Orgasmus brächte. Ich habe eine andere Idee, setze mich vor sie hin, ziehe meine Socke vom rechten Fuß aus und bohre meinen Fuß in sie rein, gehen aber nur die Zehen und der Ballen, zum Glück habe ich immer die Zehnägel ganz kurz, sonst würde das, glaub ich, zu sehr schmerzen, wenn die da noch innen am Rand rumkratzen.

Ich setze mich etwas zurück, strecke mein Bein ganz aus und

drehe meinen Fuß in ihr, sie hält meinen Fußknöchel fest und hilft bei den Drehbewegungen und stößt selber noch ein bisschen rein, ich kann aber, glaub ich, mit dem dicken Zeh den Gebärmutterhals fühlen, was soll das sonst sein? Das merkt sie ja nicht, innen merkt man als Frau ja nicht so viel wie außen. Und jetzt muss ich, um im Plan zu bleiben, sie wieder leiden lassen, ich breche abrupt ab, zieh den Fuß wieder raus und die Socke wieder an. Feierabend!

Sie hat das Prinzip schon durchschaut, bettelt aber noch was weiter, ich bleibe hart. Sie gibt auf, zieht sich an, geht ins Bad und schminkt sich nach. Ich suche die zweite Zimmerkarte, das Päckchen und lege alles schon mal für nach dem Essen bereit auf den Schreibtisch mitten im Zimmer.

Schwer, erst essen.

Na ja, manchmal muss man sich halt zu seinem Glück zwingen, man braucht ja auch eine gute Grundlage für eine Party. Und: Näher an Hawaii komm ich in diesem Leben nicht ran!

Ich gehe zu Marie ins Bad, schiebe sie wie ein altes Pferd auf der Weide zur Seite und schaffe mir etwas Platz, damit ich mich auch im Spiegel sehen kann. Meine Mascara, meine einzige Schminke, die ich benutze, neben Farbe für die Haut, weil Jörg immer sagt, das betont noch meine knallblauen Augen, und er das sonst eh nicht gut findet, wenn Frauen sich zu sehr rausputzen, jedenfalls ist alles ums Auge rum verschmiert. An diese Regeln von Jörg muss ich mich doch jetzt auch nicht mehr halten, schlimm, wenn sich Paare so angleichen, dachte schon, ich selber finde es blöd, wenn Frauen sich schminken, ganz ehrlich: war nur die starke Meinung meines Mannes. Ich spinkse rüber zum Kulturbeutel von Marie, da stapeln sich nur so die bunten Produkte.

»Darf ich?«

»Klar.« Ich schnapp mir den ganzen vollgestopften Beutel

und durchwühle ihn. Entscheide mich für *Coralle*-Lippenstift, blauen Kajalstift und altrosa Rouge für die Wangen, aber jetzt nicht clownmäßig ausflippen, Christine!

Ganz bisschen nur. Ich freu mich schon so aufs Restaurant, das soll man meinem Gesicht auch ansehen. Ich ziehe mit einem Finger das untere Lid weg vom Auge und bemale den Lidrand vorsichtig mit ganz wenig Blau. Das wiederhole ich auf der anderen Seite, dann male ich nur die Unterlippe *Coralle* an und drücke die Lippen mehrmals feste aufeinander, klemme die aufeinandergedrückten Lippen innen mit den Schneidezähnen zusammen, und dann reibe ich Zeige- und Mittelfinger im Rougepöttchen und tupfe nur ein wenig Farbe außen auf die Wangenknochen. »Fertig, tadaaaa«, sage ich laut, drehe mich zu Marie, um bewundert zu werden, interessiert sie nicht, weil sie sich viel besser schminken kann und eh mit ihrem Gesicht grad beschäftigt ist.

Ich gehe zum Schrank und überlege, was ich anziehen soll. Was passt denn zu Hawaii? Kokosnuss-BH hab ich nicht mit. Wusste ja nichts von dem Restaurant beim Packen. Shit. Oder ein schöner Hula-Rock, leider nicht! Noch nicht mal ein Hawaiihemd. Okay, dann muss ich eben durch die Farbkombination Hawaii ausdrücken, ich zieh die buntesten Sachen aus dem Schrank, die ich habe, und kombiniere wild, nicht zusammenpassend, um eine polynesische Blumenwiese darzustellen. Ob das jemand erkennt? Wohl kaum. Hauptsache, ich erkenn's. Mein Blick schweift immer wieder zum Schreibtisch, wo ich schön, wie ein Stillleben, alles für nach dem Essen drapiert habe. Würde so gerne weitermachen, aber dann geht definitiv kein Essen mehr in den Bauch heute. Das geht auch nicht. Ich zwinge mich, nicht mehr auf den Schreibtisch zu gucken, und beobachte stattdessen Marie beim Fertigmachen, sie braucht länger als ich. Setze mich auf den Schreibtischstuhl, drehe aber dem

Arrangement den Rücken zu, dann ruft es nicht so stark nach mir. Schön, wie kribbelig einen das macht. Wahnsinn, diese Anziehungskraft, die das Zeug auf mich hat. Ganz schön gut von mir, dass ich dem nicht oft nachgegeben habe in meinem Leben. Manche Sachen habe ich auch ganz schön gut gemacht, sage ich mir selbst, wenn es schon sonst keiner tut.

Sie läuft im Zimmer rum, sucht ihre Schuhe, hab sie längst gesehen, sage aber nicht, wo sie sind, sie sagt: »Dieses Zimmer ist der Knaller!« Ich sitze noch eine Zeit lang da und habe traurige Gedanken über Mila und Jörg. Was hab ich mir da bloß vorgenommen? Und es ist ja absolut klar, dass ich es auch durchziehe. Das ist ja das Angsteinflößende.

»Fertig«, sagt sie.

Ich stehe auf, und wir verlassen das Zimmer.

## 16. KAPITEL

Immer wenn ich wieder unter die Nüchternen muss, hab ich Verfolgungswahn, aber nicht schlimm, bin ich schon dran gewöhnt, ich fixiere einfach einen Punkt auf dem Boden, damit ich jedem Blickkontakt mit Fremden aus dem Weg gehe, dann läuft die Sache. Bin jetzt auch zu angespannt für flirtyflirty. Ich muss mich darauf konzentrieren, unbeschadet und ohne aufzufliegen ins Restaurant zu gelangen. Ich hab noch dran gedacht, die Zimmerkarte mitzunehmen. Da bin ich schon stolz drauf. Der Hauptgrund, an die Zimmerkarte zu denken, ist aber, dass ich verletzlich bin, wenn ich drauf bin. Wenn ich mir dann vorstelle, dass ich mich ausschließe und wegen dem dummen Fehler von mir zur Rezeption muss und dort nach einer neuen Karte fragen, sterbe ich allein beim Gedanken daran. Nicht mit mir, so was Dummes mach ich nicht. Also Karte eingepackt, zwanzig Euro Trinkgeld.

Heute lassen wir es richtig krachen, meine neue junge Liebe, wenn sie wüsste! Und ich. Das ist so was Positives und Lebensbejahendes, zwei Frauen haben sich bisschen rausgeputzt, frisch geschminkt, parfümiert, aber bloß nicht so viel, dass der Flur lange nach uns noch stinkt. Wie können sich Leute eigentlich so sicher sein, dass ihr Parfüm andere nicht belästigt? Wie selbstbewusst die so viel auftragen, dass man Meter hinter ihnen geht und sich trotzdem vom Geruch total belästigt fühlt. Solche Menschen haben das Schlimmste verdient, was ihnen passieren kann. Denke ich oft, wenn ich zum Beispiel im Sommer durch den Park gehe und sehe, wie viele Flaschen und Grillabfall im Schutze der Dunkelheit einfach liegen gelassen wurden. Und jeder Einzelne, der da gesessen und gegessen und getrunken hat, denkt: Die Dunkelheit zersetzt Plastik. Macht wer anders weg, oder wie?

»Was ist das denn für ein Restaurant, wo wir hingehen?«

Bin ich blöd, hab ich etwa das alles ausgesucht und ihr nicht gesagt, wo wir hingehen? Die Erinnerung an frühere Gespräche am heutigen Tag verschwimmt.

Nee, nee, warte, die hört mir nicht zu. Ich bin mir sicher, dass ich der oben im Zimmer erklärt habe, wo wir hingehen. Oder? Manchmal denke ich, ich bin verrückt. Während sie sich geschminkt hat, hab ich doch vom Restaurant geschwärmt, oder nicht? Hab ich das nur gedacht? Mein Kopf dreht sich. Wär so schön, wenn man Drogenwirkung im Kopf an- und ausschalten könnte. Kommt bestimmt bald. Aktiv, inaktiv. Je nachdem, wen man im Nachtleben trifft. Mama, zack, Drogenwirkung aus, Freunde, an. Ach, was wär das schön.

Marie geht zu langsam. Langsamer als ich, man wird aber auch iggelig.

»Kannst du bitte ein bisschen schneller gehen, ich will da sein, will sitzen.«

»Oh, joah, ist gut, ich lauf ja schon.«

Wir reden wie ein altes Ehepaar. Ich gehe in meinem schnellen Schritt, höre sie schnell hinterhergehen. Rechts, links, rechts, links, gehen zum Aufzug, drücken auf den goldenen Knopf, warten, gucken, welche Zahl angezeigt wird, der Körper ist leicht, bisschen bin ich zum Glück noch drauf. Aber Appetit hab ich trotzdem. Wir gehen nach Hawaii. Wie schön. Marie und Christine, Marie und ich. Klingt gut! Vielleicht lern ich ja doch noch Hula tanzen? Man muss ja keinen Kurs machen heutzutage, wozu gibt's YouTube-Tutorials? Das lern ich heute, nach dem Abendessen, wenn ich drauf bin. Yeah. Geile Idee, du alte Checkerin.

Bling. Aufzugtür geht auf, ich lächel breit und dick, Marie guckt mich fragend an, weiß nicht, was lustig sein soll. Ich lächel sie an, mein Blick geht vom Gesicht zum Hals, zum Kiwihaar, da guck ich die ganze Aufzugfahrt drauf. Macht sie natürlich supernervös. Mir egal, trägt alles nur zum großen Ganzen bei. Bestimmt.

Sie guckt mich ab und zu an, guckt genervt weg, verdreht die Augen, spackt die ganze Zeit mit ihren Gesichtszügen rum, macht halt unsicher, wenn man von Nahem auch noch die ganze Zeit beobachtet wird. Ich höre draußen einen schrecklichen Schrei. Klingt, als wäre etwas Schreckliches passiert. In der Lobby? Wo wir jetzt aussteigen? Bitte nicht in meinem Zustand jemanden retten müssen.

Der Körper von Marie wird auch ganz angespannt, sie wirkt sehr alert. Man denkt ja dann wer weiß was. Hinter der Tür, durch die wir jetzt müssen, schreien Menschen. Der Aufzug hält mit einem kaum spürbaren Ruck im Erdgeschoss. Einundzwanzig, zweiundzwanzig, die Tür teilt sich in der Mitte, und vor uns auf dem Boden in der Lobby kniet eine junge Frau, ganz lange Haare, wie Pocahontas, sie kauert auf dem Boden und hält was, ein kleines Tier? Ich schaue Marie an, sie will auch näher rangehen und sehen, was die Frau da hält, für unsere Begriffe unauffällig schleichen wir uns langsam an sie ran, wir tun so, als würden wir vorbeigehen, aber gaanz nah an ihr kann ich erkennen, dass sie ein Tier hält, wie ein Baby eigentlich. Es hat kein Fell oder kaum Fell, irgendwie ein süßes Kurzhaarwiesel. Sie sieht sehr besorgt aus, guckt herum, ich fasse mir ein Herz und frage sie, ob sie Hilfe braucht. Sie scheint dankbar für das Angebot und erklärt, dass ihr Hund, ach so, ein Hund, krass, grad einen epileptischen Anfall hat, ich denke: Epilepi, aber häppy, warum auch immer, dieser ganze Blödsinn aus der Kindheit in meinem Kopf, kommt zu den unmöglichsten Zeiten heraus, ich guck noch mal genau hin, ist so schwierig zu sehen, meine Augen flackern ein bisschen, sie trägt komplett Schwarz, und ihr Hund ist ein ganz edles Anthrazit-Dunkelgrau, ganz feine kleine Ohren hat er, wie bei Dobermännern, nur viiiiel kleiner und fast durchsichtig, so dünn, und ein wenig stehen die Augen raus, für die Augäpfel ist im Schädel nicht genug Patz, alles zu klein geraten oder gezüchtet wahrscheinlich. Dem Hund geht es sehr schlecht offensichtlich. Die Frau sagt, er habe gespielt. Hier in der Lobby? Und der andere Hund ist ihrem so feste gegen den Kopf gelaufen, dass der Kleine aufgeschrien hat, umgefallen und dann nahtlos in einen epileptischen Anfall verfallen ist.

Der Hund wimmert ganz leicht, wie ein neugeborenes Baby, seine Augen sind leicht milchig, er schaut komplett durch Marie und mich durch, ganz langsam sammelt sich an seiner rechten Lefze ein Tropfen Seiber vermischt mit Blut. Der Tropfen wird immer größer, langsam sieht er aus wie ein minikleiner Eiszapfen, in dem etwas mit eingefroren wurde, es sammelt sich immer weiter, bis die Erdanziehung wirkt, die Frau sieht das nicht, aber es läuft ein Spuckeblutfaden vom Maul des Hundes auf die edle Lederjacke der Frau und läuft dort weiter in den Reißverschluss am Ärmel, da läuft die Flüssigkeit dann im Reißverschlussverfahren. Er tut mir sehr leid, wie er da in den Seilen hängt, wie ein Schluck Wasser in der Kurve, wenn das überhaupt geht.

»Haben Sie Medikamente irgendwo? Soll ich einen Tierarzt anrufen?«

»Nein, nein, aber vielen Dank. Diese Anfälle hat er oft, nur das mit dem Schlag gegen den Kopf hatte er noch nie. Kann ja jetzt auch grad nicht rausfinden, ob ihm was fehlt, ich warte einfach den Anfall ab, dann guck ich mal, ob er laufen kann.«

»Sicher?«

»Ja, danke, Sie sind sehr nett.«

Ich packe Maries Hand, wir gehen langsam von der Unfallstelle weg.

Ich muss noch was fragen und tippel zurück, Marie bleibt stehen, guckt mir hinterher.

»Was ist das denn für eine Rasse? Ist das denn überhaupt eine reine Rasse?« Klingt bisschen Nazi, die Frage ... na ja.

»Ja, er ist ein Windspiel. So heißt die Rasse.«

Aha, danke, »gute Besserung«, sage ich im Weggehen, sie sitzt da ganz ruhig und heilig wie die Heilige Jungfrau mit ihrem Baby, laufe wieder zu Maries Hand. Lege meine Hand in ihre Handfläche.

»Komm, lass uns das Restaurant suchen. Da ist ein Schild.« Auf dem Schild steht RESTAURANT mit einem Pfeil in Richtung einer breiten Marmortreppe. Das muss es ein. Perfekt, wir legen etwas Tempo zu. Ich muss unbedingt was trinken, Wasser und Alkohol. Getrennt natürlich. Wir laufen die Treppe runter, ich bin vorne, nicht fallen, Marie versucht, mich einzuholen, ich laufe noch schneller, beide fangen wir an zu lachen, Klassenfahrtspinnereien.

Wir kommen unten an, das Restaurant sieht gar nicht exotisch aus.

»Das ist ja bayerisch!«, sagt Marie enttäuscht.

Das kann nicht sein, so viel Vorfreude und dann so eine Enttäuschung. Dafür muss jemand sterben. Sagt man so, meint man natürlich nicht. Noch nicht.

Ich packe mir Marie, ziehe sie die Treppe hinauf, in der Lobby kniet immer noch die hübsche Pocahontas mit ihrem hübschen

Zwergwindhund. Er scheint immer noch nicht geradeaus gucken zu können. Sie ist am Telefon – Tierarzt wahrscheinlich – und sagt grad den Satz: »Das kann man nicht gerade behaupten.«

Ich lasse Marie wie ein abgestelltes Kind ein paar Meter vor der Rezeption stehen, gehe auf die nette Frau zu, die dahinter steht, und frage: »Das Hawaii-Restaurant, gibt's das nicht mehr?«

Sie lächelt und antwortet: »Das polynesische Restaurant? Natürlich, das gibt es noch.«

Ich hasse Leute, die einem in der Antwort einen Fehler in der Frage berichtigen! Atomkrieg! »Sehen Sie, direkt hinter Ihnen, die dunkle Tür da, wo es abwärts geht, da unten ist das Restaurant.«

Ich drehe mich um, schaue an Marie vorbei, sie freut sich sichtlich schon, weil die Frau ja irgendwohin zeigt, heißt: »ES GIBT DAS RESTAURANT. YEAH.«

»Komm, Baby«, sage ich, peinlich. Ihr gefällt's.

Wir gehen wieder an Pocahontas vorbei, sie stellt ihren Hund auf die Beine, alle vier knicken weg, und er landet mit dem Kopf auf dem Marmorboden. Oje. Sie guckt sich um, ob das jemand gesehen hat, ich gucke schnell weg, um sie nicht zu beschämen, sie nimmt ihn schnell wieder in den Arm, steht umständlich ohne Hilfe der Arme auf und tritt ganz aufrecht und hocherhobenen Hauptes durch die goldene Drehtür nach draußen. Wir gehen auf den dunkelbraunen Holzbogen zu, als wär es der Eingang zum Himmel. Freude durch Mangel, sag ich immer!

Vor dem Durchgang, es ist wirklich nur wie eine im Raum stehende braune Türzarge, und dann gehts runter, drehe ich Marie erst weg von mir, damit unsere Arme lang werden und unsere Körper sich weit voneinander entfernen, und dann ziehe ich sie zurück zu mir. Sie kann sich führen lassen. Und ich? Ich kann führen. Ist wichtig für die Zukunft.

Ich bedeute ihr wie ein altmodischer Gentleman, zuerst durch die Tür zu gehen, und gehe dann direkt hinterher. Voll gefährlich dunkel. Die Augen müssen sich erst an die Dunkelheit gewöhnen. Das dauert aber ein paar Schritte in völliger Blindheit auf den Stufen. Kein Grund für mich, nicht weiterzugehen. Hier wird jetzt nicht mehr rumgememmt oder vorsichtig stehen geblieben, wie ich das früher gemacht hätte. Einfach weitergehen. Und da kommt auch schon das Augenlicht wieder zurück. Ich sehe überall Lampions hängen und Holzmasken und alte Speere oder was von den exotischen Inseln. Alles ist richtig schön gemacht, mit Bambus, Stroh, dunklem Holz, Orchideen, indirektem Licht, dickem, weichem, schallverschluckendem Teppich. Überall sitzen Leute in kleinen Nischen, auf den ersten Blick wirken alle sehr verliebt. Manche Frauen haben sich hawaiianisch angezogen. Mist. Mist. Mist. Ach Mann, hätt ich auch gerne. Egal. Nicht zu sehr aufregen! Eine ganz kleine Kellnerin kommt auf uns zu und fragt, wo wir sitzen möchten, ich gucke mich um und suche den Platz, wo man uns am wenigsten zuhören kann. Kann ja sein, dass man was redet heute Abend, das keiner hören darf, und wenn es nur Saukram ist. Wir setzen uns an den meiner Meinung nach besten Tisch.

»Bitte zwei von den stärksten Cocktails, die Sie haben.«

»Zwei Samoan Frog Cutter, bring ich Ihnen.«

Marie lacht mich an. Ich übernehme mal die Regie hier.

»Also«, sagt sie und lehnt sich nach hinten in den Emmanuelle-Korbstuhl, »wie sind eigentlich deine Gefühle für morgen, für den Kurs?«

Wenn ich nur drüber nachdenke, krieg ich sofort Durchfallzwicken im Unterbauch.

»Ganz gut.«

## 17. KAPITEL

Okay, der Wecker vom Handy klingelt neben meinem Ohr. Ich muss kurz überlegen, wer ich bin. Wo ich bin. Und alles. Hotel München. Christine. Ich habe ein Ziel. Ich habe einen schweren Kater. Der wird aber ignoriert, so gut ich kann. Reiß dich am Riemen, Christine, du willst ja nicht über dich selber sagen: Mit dir kann man aber keinen Krieg gewinnen. Fail. Wie die jungen Leute sagen. Nix fail! Sieg, so wird's ausgehen. Marie schläft zum Glück weiter neben mir, sie sieht schlafend noch jünger und unschuldiger und rosiger aus als wach. Ist doch komisch mit den Kindern, bei Mila hab ich das auch, eigentlich ist man nur glücklich und entspannt, wenn sie schlafen. Dann braucht man doch auch eigentlich gar keine zu bekommen, oder? Aufstehn, ich rieche mir selbst an den Achselhöhlen, jogimäßig auffällig unauffällig. Hat mir mal Caroline, als wir noch ein Herz und eine Seele waren, bei YouTube gezeigt, da gibt's aus dem englischen Fernsehen so Zusammenschnitte von Jogi Löw über Achselreiben und etwas zeitversetzt, damit es keiner merkt, hmm, ist klar, an der Hand riechen, die grad in die Achselhöhle gerieben wurde. Und noch lustiger, Popel aus der Nase rausoperiert, kurz zwischen den Fingern gerollt, damit alle vergessen, wo grad die Finger waren, und nach einer kleinen Anstandspause, schwuppdi, Popelkugel in den Mund. Sehr lustig, wenn man das macht, wo tausend Kameras auf einen gerichtet sind. Aber man ist in guter Gesellschaft als Popelessender: Berlusconi, J.Lo, na gut, mehr fallen mir jetzt auch nicht ein.

Mein Test sagt mir, leider muss ich duschen. Duscht eigentlich überhaupt jemand gerne? Ich jedenfalls nicht. Ich zwinge mich nur dazu, weil man als vollwertiges Mitglied dieser Gesellschaft nicht schlecht riechen darf, niemals. Um nicht zu negativ aufzufallen, halte ich mich an diese Regel.

Ich gehe ins edle Marmorbad, stecke den Stopfen unten im Waschbecken fest und drehe mehr heißes als kaltes Wasser auf und lass das Waschbecken halb volllaufen. Nehme drei Ibus und spüle sie mit viel viel Wasser runter. Marie bewegt sich aus dem Bett. Ihr geht's anscheinend auch schlecht. Oder vielleicht schlechter, weil sie es nicht so gewöhnt ist, das Schlechte? Wie ich.

»Good morning in the morning«, sagt sie und hält sich die Hand auf den Brustkorb und schluckt ein paarmal leer. Muss sie kotzen? Oh nein, bitte nicht.

»Du bist ja gleich weg, dann gehe ich ein bisschen bummeln.« Wie ich das Wort hasse. Aber soll sie machen. Sie kann ja nicht mit.

Sie putzt die Zähne, wäscht sich nicht und zieht sich gerade an, als ich wortlos rausgehe. Keine Lust zu sprechen. Kater ist die schlimmste Krankheit. Von keiner Krankheit, die ich je hatte, ging's mir so schlecht wie von Kater!

Habe mich ein bisschen geschminkt, gemütliche Sachen angezogen. Bin pünktlich um zehn an der verabredeten Adresse. Frau Doktor kommt vier Minuten zu spät. Sie ist einfühlsam. Das merke ich daran, dass sie mich mitleidig anguckt. Und fragt: »Wie war die Nacht?«

Okay, entweder ich seh scheiße aus, oder das heißt, dass alle Flugangstpatienten vorher schlecht schlafen.

Ich antworte lachend: »Geht so.«

Sie lacht verständnisvoll mit. Sie schleppt zwei extrem vollgestopfte Taschen mit sich rum. Beide Taschen sind Damenhandtaschen aus Leder. Eine in Moosgrün, könnte Chanel sein, aber dezent Chanel und dafür ganz schön groß. Muss ich mir unbedingt genauer angucken, wenn sie mal auf Klo geht, will jetzt nicht zu sehr glotzen. Und eine: naturbraun, Leder, könnte Chloé sein, aber älteres Modell, check ich auch später, ob ich da recht habe. Sie stopft die echt zu voll. So geht man nicht mit teuren Taschen um, was schleppt die eigentlich so viel mit? Ist das alles für meinen Kurs? Was hat die Alte vor? Am Sonntag nach diesem ganzen Schlimmen sag ich der das vielleicht, dass man so nicht mit schönen Taschen umgeht. Ich sehe die Nähte schon auseinandergehen an mehreren Stellen.

»So, Frau Schneider, dann wollen wir mal.«

Wir fahren mit einem minikleinen Aufzug zwei Etagen hoch, hätten wir auch laufen können. Aber so denken Flugangsttherapeuten wahrscheinlich nicht. Die denken bestimmt, Aufzug ist fast genauso geil wie fliegen. Warum dann laufen? Dort oben sind viele Leute, sie stehen an einem Kaffeeautomaten rum. Frau Dr. Nikitidis schleust mich schnell an ihnen vorbei in unseren eigenen Raum. Bei einer Therapie scheint Diskretion offensichtlich wichtig zu sein. Ganz kurz kann ich sehen, dass ihr Name auf dem Reinschiebeschildchen neben der Tür steht. Und darunter *Flugangstkurs*. Oh Mann, wie peinlich! Dann sieht das ja doch jeder. Sie stellt mit einem Wumms die beiden explodierenden Taschen auf einen runden hässlichen grauen Konferenztisch in der Ecke des Raums, sie stellt zwei große Stühle rechts und links von etwas wie einem Coffeetable, sagt mir, ich soll mich hinsetzen, öffnet das Fenster, zum Glück, hier riecht es nach Talg von der Kopfhaut und dem Nacken eines Mannes. So riechen nur Männer.

Ich setze mich brav hin. Mache dieses Wochenende alles, was die komische Frau sagt. Denn: SIE MACHT MEINE FLUGANGST WEG, da bin ich mir sicher. Sie geht noch mal raus.

Ich atme so tief ein und aus, wie es geht. Habe Angst. Sie redet und lacht da draußen mit den Leuten, sie kennt sie alle. Lachen sie über mich? Ziemlich schnell ist sie wieder da, mit zwei Tassen Scheißautomatenlattemacchiato und einem Teller Kekse. Wie bei uns zu Hause hier, so doof. Sie trägt die Kaffees beide in einer Hand. Das geht bestimmt beim Absetzen schief. Sie setzt sie ab. Und es geht schief. Ich muss grinsen, aber ganz heimlich, dass sie es nicht sieht. Wie kann man nur eine Flugangsttherapeutin sein, überhaupt Ärztin und so eine Chaosnudel. Na ja. Ich muss mich in ihre Hände begeben. Es ist extrem wichtig für meinen finalen Plan, dass ich die Flüge schaffe. Den einen am Ende von dieser Therapie und den anderen nach Spanien, wo Marie nicht weiß, dass es keinen Retourflug gibt. Und das gibt es nicht mehr wie früher, dieses losermäßige, schwache: Nichteinsteigen. Das darf auf keinen Fall passieren.

Sie setzt sich in den Stuhl gegenüber von mir, macht ihr Handy leise oder aus, kann ich nicht genau sehen, ich kenn das Modell nicht. Und atmet schwer aus. Sie kommt zur Ruhe. Sie weiß, wie das geht. Ich nicht. Ich komme nie zur Ruhe. Außer ich knall mich total mit Wodka voll, dann hat meine Ruhe aber auch schreckliche Nachwirkungen. Extrem Kopping! Dann hab ich lieber keine Ruhe.

Sie betrachtet mich lange. Und ich sie. Unangenehm. Direkt am Anfang. Sie hat ganz große braune Augen, dichtes schwarzes Haar. Ich schätze, sie kommt aus dem Iran, aber wegen der dicken Lippen vielleicht doch aus Marokko? Aber warum heißt sie dann Nikitidis? Ihr wachsen jedenfalls ein minibisschen die

Koteletten zu weit runter. Ein minibisschen Bartwuchs am Kinn und über der Oberlippe. Ich glaube, Lasern wär da keine gute Idee, brennt zu sehr. Eher ins Waxingstudio. Ich glaube, die Haare müssen mit der Wurzel rausgerissen werden. Vielleicht werden sie dann auch etwas weniger mit der Zeit. Wenn die Frau Doktor aber jetzt so rumläuft, schätze ich, dass sie einen Mann oder sogar eine Familie mit Kindern hat, die sie liebt, oder die lieben, wie sie ist, und deswegen spielt das Behaarungsproblem für sie eine untergeordnete Rolle. Schön für sie. Da freu ich mich. Ich selber würde nie denken, ich werde so geliebt, wie ich bin, denke immer von meinen Eltern her, ich muss wahnsinnig was abliefern, dass jemand mich liebt. Das ist für mich sehr anstrengend.

Sie hat mich lange angeguckt, und ich sie. Sie steht auf, geht hinten zu den viel zu vollen teuren Taschen und holt ein Blatt und einen Stift raus. Sie drückt mir das Blatt in die Hand und bittet mich, das durchzulesen. In den ersten Zeilen geht es um Geld, wie viel das alles kostet, pro Stunde, auf die beiden Tage zusammengerechnet, der Teil der Therapie, den wir gemeinsam absolvieren müssen. Ich überschlage alles und komme auf ungefähr 10 000 Euro. Schade für Christoph Weber, das geht ja wohl von seinem Erbe ab, nicht von Jörgs, der kriegt, wie auch leider gefühlsmäßig von mir: nur den Pflichtteil.

Ich muss ganz feierlich den Vertrag unterschreiben, daraus schließe ich, dass andere Flugangstpatienten mittendrin abbrechen. Vielleicht auch, um dem Flug, der am Ende der Therapie steht, zu entgehen. Mir ist dieser Gedanke auch schon gekommen. Aber ich prügel mich da durch, hier wird nicht gekniffen, ich befinde mich auf einer Mission, und die wird jetzt durchgezogen.

In dem Vertrag steht auch, was morgen passiert. Sie schleppt einen Purser an, noch nie vorher gehört das Wort. Auf Nachfrage erklärt sie, dass das eine Chefstewardess ist. Aha, und dieser Chefstewardess und einem Piloten kann ich alle Fragen stellen, die man sich nicht traut, im Flugzeug zu stellen, oder die man nicht stellen kann, weil man grad hyperventiliert vor Todesangst. Das find ich irgendwie gut. Da freu ich mich drauf. Das heißt für mich im Umkehrschluss, dass wir heute alleine sind, ich befürchte, es geht um mich und die Krankheit und die Ursachen der Scheißangst. Gar kein Bock, aber gehört dazu, was?

Wir reden über früher, ich gebe mir wirklich Mühe, meinen Kater zu überspielen, die ganze Zeit, jede Minute. Es geht um die Auswirkungen meiner Flugangst, was eigentlich ganz genau mit mir passiert. Und dann machen wir was ganz Cooles.

Man denkt ja mitten in einer Panikattacke, man kriegt keine Luft und erstickt entweder, oder das Herz bleibt gleich wegen Überbelastung stehen oder beides. Sie misst erst meinen Ruhepuls und bittet mich danach, mit hohen Knien drei Minuten auf der Stelle zu laufen, so schnell ich kann. Hätt ich bloß nicht gestern gefeiert! Feiern ohne Grund. Ein großes Problem. Ich stehe es durch, mir läuft die Suppe nur so runter. Noch mal messen. Der Wert wird aufgeschrieben. Hinten am Bein unter meine Kniebeuge schmerzt es sehr wie Muskelriss. Ich soll ein paar Minuten zu normalem Atem kommen, und dann lässt sie mich mit den Augen einen Punkt fixieren. Sie hält mir ein Plakat vor die Nase mit lauter grafischen Mustern drauf. Es sind dicke, schwarz-weiße Balken, die nach innen immer dünner werden, da wird einem schon schwindelig, wenn man nur kurz hinguckt. Ich soll da jetzt richtig draufglotzen und mich in meine Panik reinhyperventilieren. Immer nur ein-, ein-, einatmen, mich in meinen normalen Flugmodus reinkatapultieren, stell dir vor, die Stewardess schließt jetzt die Türen ab. Der Start, das Gefühl im Magen, wenn wir schräg in der Luft hängen, der Kopf, der in den Stuhl gedrückt wird. Ein, ein, ein. Nichts geht mehr raus. Kribbeln die Arme schon? Ja! Schweißhände? Ja! Brennt das Herz schon? Ja!

Und dann misst sie den Puls noch mal. Wir vergleichen die drei Werte und kommen zu dem beruhigenden Schluss, dass mein Panikdurchdrehpuls bei Weitem nicht so hoch ist wie mein Sportpuls, und der gilt ja allgemein als gesund.

Das gefällt mir, das wirkt in meinem Kopf sehr positiv. Ich bekomme langsam Respekt vor ihrer Arbeit. Diese Lady weiß, was sie tut! Solche beruhigenden Erkenntnisse reihen sich an dem Vormittag aneinander, dann wird Mittag gegessen, ich wähle salzig und fettig, gegen Kater, und lerne viel und komme vorwärts, wie ich finde. Der Tag verfliegt, haha, regelrecht, weil ich nur die Hälfte mitkriege.

Abends im Hotel hab ich keine Lust auf Marie, sie redet viel, und ich hör nicht zu, nicke ab und zu aus Höflichkeit und sage: »Hmmm, hmmmm.« Merkt sie nicht. Bin im Kampfmodus, plane die ganze Zeit den Flug nach Spanien. Im Prinzip nur noch einen Tag Therapie, ein Flug zum Abschluss dieser Therapie, ein Flug mit der plappernden Marie nach Spanien und: Showdown.

Ich hab mir schon so viele Gedanken gemacht, ob Marie, wenn's hart auf hart kommt, mit einsteigt, aber, ganz ehrlich, wenn sie nicht mitmacht, ist sie die Erste, die auf der Strecke bleibt. Da lass ich mich weder von Gefühlen noch von Schamlippen abhalten. Keine Gefühlsduseleien auf den letzten Metern. Wir liegen verkatert und müde im großen Kingsize-Bett rum und gucken Fernsehen. Ich darf zappen. Meine Gedanken sind bei meinen Eltern. Und Marie erfährt es nicht. Wir bestellen Essen aufs Zimmer, aus dem Hawaii-Restaurant, viel, und essen alles auf. Ich schlafe ein mit dem Tablett im Bett.

# 18. KAPITEL

Sonntag! Raus aus den Federn. Los, du kleiner tapferer Soldat, ab zur Ärztin, diesen Scheiß abgeschlossen.

Ich bin eine megagute Patientin, offen für alles, offener für Therapie als ich kann kein Patient sein. Habe ja ein großes Ziel vor Augen! Dr. Nikitidis hat schnell ermittelt, dass ich ein Kontrollproblem habe und nicht loslassen kann und niemandem traue, erst recht nicht einem Piloten. Sie meint, ich bestrafe mich selbst mit solchen Gedanken, dass ich keinen Spaß an etwas haben darf. Da hat sie auch einen Trick dagegen.

Ich bekomme ein Flitschegummi, ein ganz ordinäres Kautschukgummi für mein Handgelenk, und wenn ich wieder in eigentlich glücklichen Momenten negativ zu grübeln anfange, soll ich mich selbst mit dem Gummi am Handgelenk flitschen, um mich daran zu erinnern, dass es mir gut gehen darf.

Das Psychische haben wir schnell abgehakt, nur die körperlichen Symptome machen mir zu schaffen, und darauf nimmt die klassische Psychotherapie nicht genug Rücksicht. In meine Flugangst kann ich mich so reinsteigern, dass ich schon zwei Tage vor dem Flug körperlich krank werde. Dann red ich mir selber ein, tja, krank geworden, Flug am besten absagen. Das muss Frau Dr. Nikitidis erst mal abstellen. Deswegen wechseln wir jetzt zu den körperlichen Syptomen.

Was passiert, wenn ich es doch mal ins Flugzeug geschafft habe, mit meinem Körper? Ich schwitze kalten Schweiß, meine Hände kribbeln, besonders die linke Hand, auf der Seite sitzt ja das Herz. Weil ich vor Angst nicht mehr weiß, wie normales Atmen geht, denke ich auch, mein Herz wird nicht genug versorgt mit sauerstoffreichem Blut. Ich fummel die ganze Zeit an meiner linken Hand rum, guck sie an, langsam wird sie weißer als die andere und kälter, ich bin mir dann sicher, ich werde nicht mehr richtig durchblutet, versuche, meinen Puls zu fühlen, er ist aber nicht mehr da. Jede Sekunde kann ich umkippen, ich muss versuchen, Sauerstoff in den Körper zu pumpen, aber wie? Durch extrem tiefes Einatmen. Meine Lunge fühlt sich dann an wie ein riesiger Ballon. Er drückt von innen gegen die Rippen, wird immer größer und größer, nur kleiner, fürs Ausatmen, geht nicht mehr.

Hier kommt Dr. Nikitidis ins Spiel. Sie ist der Meinung, dass ich hyperventiliere. Der Kopf denkt, es ist nicht genug Sauerstoff da, in Wirklichkeit ist viel zu viel da, und ich atme immer mehr ein, und es wird immer mehr. Wenn ich in solchen Momenten klar denken könnte, was unmöglich ist in diesem Sauerstoffrausch, sollte ich entweder ganz lang die Luft anhalten oder in die Kotzetüte atmen, damit ich nachher nur noch verbrauchte Luft einatme, irgendwann würde sich dann die Atmung wieder regulieren. Na toll, das macht bestimmt einen super Eindruck bei den anderen Passagieren. Das sieht ja aus, als würde ich Kleber schnüffeln.

Meine Therapeutin ist da ganz locker: Sie sagt, irgendwann würde ich eh in Ohnmacht fallen, das wäre für mich eigentlich sogar erstrebenswert, dann würde sich in der Ohnmacht das Atmen von selbst regulieren. Ich kann also nicht an zu viel Sauerstoff ersticken. Fühlt sich aber so an. Und wenn ich kurz vor der Ohnmacht bin, atme ich immer tiefer ein, weil ich mir dann vorstelle, dass ich mir in der Ohnmacht nicht nur in die Hose pinkel, sondern auch Nummer zwei in flüssig. Dann will ich nur noch vor Scham sterben. In diesem sauberen Flugzeug mit all den schicken Geschäftsmännern und -frauen Durchfall in die Hose machen! Oh mein Gott, bitte nicht. Keine Wechselsachen mit, andere wischen mir das weg, machen sich selber voll mit dem zwar flüssigen, aber krankhaft klebrigen Zeug, das ganze Flugzeug trieft vor krankhaftem Durchfall, bis ins Cockpit zu den Piloten in ihren weißen Hemden und Schulterklappen mit Streifen drauf. Hilfe.

Dr. Nikitidis erklärt mir, dass mein Kopf das Problem ist, er deutet alle Symptome falsch. Sie erklärt mir auch, dass wir jetzt lernen, alle Angstsymptome richtig zu deuten, dann kann die Angstkurve auch wieder runtergehen. Sie geht an eine weiße Tafel, auf die man mit Edding schreiben kann. Sie malt links eine Linie und schreibt »Puls« daneben, und unten, wie ein Koordinatensystem, eine Linie und schreibt »Zeit« dran. Sie erklärt mir, dass es jetzt so ist, wenn ich fliege und meine Angstsymptome falsch deute, dass ich immer oben in der Angstkurve bleibe und immer weiter panike. Sie fängt unten mit dem Edding an und malt eine steile Kurve nach ganz oben zum Angstpuls und bleibt da oben und malt einen riesigen hohen Berg, der leider eine gaaanz flache lange Ebene oben hat. Das bedeutet, ich bleibe da oben in der Angst und komm nicht mehr runter.

»Die Kurve geht erst runter, wenn Sie gelandet sind, richtig?«

Ich lache. »Ja. Das stimmt.«

»Und was wir lernen wollen«, sagt sie, »ist, mit der Angst so umzugehen, dass es eher so aussieht.« Sie nimmt einen roten Edding, fängt wieder unten links an und malt eine Spitze nach ziemlich ganz oben, geht dann wieder mit der Kurve fast nach ganz unten, malt einen kleinen spitzen Berg und einen noch kleineren Spitzenberg daneben. »Das bedeutet, dass Sie die Angst nicht sofort ganz verlieren, das dauert einige Zeit und braucht viel Übung, aber wenn die Angst kommt, geht sie auch schnell wieder. So ist ein Flug viel angenehmer für Sie, weil Sie zwischendurch sehr viele entspannende Minuten haben. Der Angstschub kommt zwar noch, Sie sehen ihn kommen, können ihn aber schnell wieder gehen lassen, weil Sie die Symptome nicht falsch deuten und oben bleiben in der Panikkurve.«

Das verstehe ich sehr gut. Als Nächstes: Atemtechnik, um mich besser zu beruhigen. Super, das kann ich bestimmt auch bei anderen Stresssituationen gut gebrauchen.

»Das lernen wir aber nach dem Mittagessen.«

Was? Ist es schon so spät?

Wir essen gegenüber in der Kneipe zu Mittag und treffen die Chefstewardess zum Essen. »Dann können Sie ihr alle Fragen stellen, die Sie schon immer mal stellen wollten.«

Ja, super.

# 19. KAPITEL

Beim Mittagessen habe ich eine super Idee, um diesen ganzen Scheiß mit der Fliegerei abzukürzen. Dr. Nikitidis will ja einen Flug mit mir zum Abschluss, und ich will mit Marie nach Spanien. Das kann Frau Doktor doch bestimmt zusammenlegen? Sie hat doch Kontakte. Ich frage sie, sie kümmert sich, sie kann für sich und mich Flüge egal wohin auch ohne lange Ankündigung buchen, nur von Marie war eben bisher nicht die Rede. Ich lüge die Ärztin an und sage, ich brauche meine beste Freundin dringend dabei, bei meinem ersten Flug ohne Angst, beste Freundin, auch so ein schlimmer Begriff. Und sie sagt, sie überlegt und versucht's.

Ich überstehe den restlichen Sonntag ganz gut, die Stimmung ist schlecht wegen Kokskater von vorgestern noch. Lohnt sich nie, wird aber immer wieder gemacht.

Das mit dem Flug nach Spanien klappt. Ist mir ja egal, wenn meine vorher gebuchten Flüge platzen.

Ich rufe Marie im Hotel an und sage ihr, sie soll packen und auschecken, die Rechnung soll zugeschickt werden. Vielleicht klappt's. Ich habe Druck. Es kann nicht schnell genug gehen. Ich ziehe das durch, auf Biegen und Brechen. Nachdem der Pilot noch am Nachmittag da war und ich ihm so pseudomäßig ein paar Fragen gestellt habe, hab ich mir eh zwei Tavor reingeschmissen, das ist ein Psychopharmakum gegen Angst. Ich weiß, das ist total bescheuert. Was ist, wenn ich da nicht einsteige, ich muss meinen beschissenen Körper doch nach Spanien transportieren lassen, und so viel Vertrauen hab ich jetzt auch nicht in eine Therapie, dass die sofort so eine schlimme schmerzhafte Angst heilt.

Dr. Nikitidis wird sich wundern, wie entspannt ich im Flugzeug bin. Kein Risiko mehr hier! Wir treffen Marie am Flughafen, sie hat meinen Koffer dabei. Dr. Nikitidis redet die ganze Zeit auf mich ein, ich höre irgendwie zu, versteh aber nichts, rein gar nichts. Habe nur meine Eltern im Kopf und wie die aussehen, wie ich da alles machen soll. Dieses Kapitel hier in München ist für mich längst abgeschlossen.

Ich schlafe die ganze Zeit im Flugzeug, und Frau Doktor denkt, die Therapie war so anstrengend für mich. Die Tavor ballern so, dass ich die Augenlider noch nicht mal hochkrieg, wenn ich mir richtig Mühe gebe. Der Flug verfliegt wie im Flug. Easy. Uwe Barschel war süchtig nach Tavor. Nach seinem Selbstmord haben seine Witwe und seine Ärzte zu Protokoll gegeben, dass er sich über lange Zeit den ganzen Tag lang damit vollgeballert hat. Das verstehe ich gut. Man wird davon der Mensch, der jeder gerne sein würde. Locker, entspannt, selbstbewusst, gnädig und weich. Man kann sogar in alten Fernsehaufnahmen beobachten, wie Barschel beim Sprechen Wortfindungsschwierigkeiten und Silbenschleifen hat, weil er einfach viel zu viel von dem Zeug genommen hat. Irgendwann hängen auch ein bisschen die Augenlider runter, wie bei einem Bekifften. Also ich habe großes Verständnis, wie er davon so abhängig werden konnte. Es ist einfach eine tolle Erfindung, das Tavor. Ich sitze im Flugzeug und grinse vor mich hin. Da hätte ich doch auch mal draufkommen können: das Zimmer im Beau-Rivage in Genf, wo er sich umgebracht hat, zu mieten und da den Abgang zu machen. Na ja. Zu spät, aber gute Idee. Draußen beobachte ich Wolken in Ambossform, da kommt wohl ein Gewitter auf.

Am Flughafen in Madrid verabschieden wir uns von Dr. Nikitidis, ich bitte Marie, ein Auto zu mieten, was sie nicht machen kann, weil sie keine Kreditkarte besitzt. Na toll. Mädchen für fast alles, außer Sachen, die mit Kreditkarte zu tun haben. Ich miete ein Auto. Einen Alfa Romeo, kann nicht erklären, warum. Marie fährt, ich darf auf keinen Fall, ich meine jetzt nicht wegen der Gesetze, die sind mir alle scheißegal, ich will es nur heile dort hinschaffen, will endlich vor ihnen stehen.

Während sie vom Flughafen wegfährt, gebe ich mit großer Mühe und mit schweren Händen und Armen und Kopf die Adresse meiner Eltern ins Navi ein. Ich rege mich im Kopf total auf über diese Formulierung. Früher wäre das mein absoluter Traum gewesen: die Adresse meiner Eltern. Aber jetzt? Neeeeee. Nicht mit mir. Obwohl, ein ganz ganz kleines bisschen gefällt mir das trotzdem. Das unterdrücke ich aber, das kleine feine Gefühl der befriedigten Hoffnung, nach all den Jahren.

Ich nicke weg, Marie ist zwar eine schlechte Autofahrerin, da kann ich mich aber jetzt nicht mit aufhalten. Ich denke darüber nach, wann ich wieder koksen kann und mein Herz nicht davon stehen bleibt, wie bei Philip Seymour Hoffman. Hat er nicht Upper wie Koks mit Downern wie Tavor gemischt? Keine gute Idee.

Jetzt erst mal runterkommen vom Tavor, ist man auch viel zu peacig drauf mit für meinen Plan. Ich denke an Walter White und schlafe ein.

Marie weckt mich. Ich flippe aus, hab doch jetzt nicht vier Stunden geschlafen. Doch, sagt sie und küsst mich auf die Stirn. Das liebe ich ja. Kurz vergessen, was hier eigentlich Sache ist. Ich gucke nach rechts, das muss das Haus meiner Eltern sein. Ich sage

Marie, sie soll noch mal wegfahren. Ich muss mich sammeln, so geht das nicht. So ein plötzlicher Kaltstart!

Sie macht den Motor an, ist sichtlich irritiert, das ist mir schon länger egal, ich atme tief ein und aus, frage in meinem Körper nach, ob die Tavor noch wirken, ich meine, nein. Sehr gut. Marie plappert die ganze Zeit was von Versöhnung und weiß der Geier was, klar, sie denkt, wir sind hier nur auf einer Friedensmission. Whatever!

Wir fahren einmal um den Block und halten wieder an der gleichen Stelle wie vorher. Wir lassen alle Taschen im Auto. Gehen diesen süßen kleinen Trampelpfad entlang zum Haus meiner Eltern. Ha! Wie das klingt.

Früher ein großer Traum von mir. Marie ist positiv aufgeregt, sie freut sich auf die bevorstehende Versöhnung. Ich bin auch aufgeregt, aber aus anderen Gründen. Hab ich sie weichgekocht? Bei Jack Reacher lernt man richtig viel darüber, wie man am besten Menschen überfällt, und da steht immer, dass das Überraschungsmoment bei einem selbst liegen muss.

Ich atme tief ein, mache ganz kurz die Augen zu, mache sie wieder auf, da huscht eine kleine Babyschlange über den Steinweg, der zum Haus führt, und schlängelt sich in die hellblauen Hortensien.

Marie fragt mich: »Bist du bereit?«

»Schon lange«, antworte ich. Cool.

Sie fragt: »Und? Aufgeregt?«

»Aufgeregt? C'mon.«

Sie lacht, ich greife ihre Hand.

Mit der anderen klingelt sie. Bisschen übergriffig, aber gut, ich sag nichts, gibt Wichtigeres. Ich habe noch nicht darüber nachgedacht, dass ich ja erst mal ins Haus kommen muss und zur Küche. Ich muss ja jetzt erst mal lieb sein. Kann ja nicht einfach an der Tür anfangen, jedem in die Fresse zu boxen. Fuck. Okay.

Ich höre drinnen Schritte, die Tür geht auf, mein Vater öffnet, sein Gesicht ist erst mal blank, er braucht etwas, um bei den beiden Frauen vor der Tür seine eigene Tochter zu erkennen, aber gut, ich will nicht empfindlich sein. Hat mich ja auch lange nicht gesehen.

Jetzt verzieht sich sein Gesicht zu einem Lächeln. Oh Gott, ist der alt geworden. Das hat man davon, wenn man nie seine Eltern besucht. Alles voll mit Falten, und irgendwie wirkt die Haut ganz ganz trocken und fast durchsichtig, wie Pergamentpapier, also, wie ich mir Pergamentpapier vorstelle, ich weiß gar nicht, was das sein soll, eigentlich.

»Schön, dass du hier bist. Warum hast du dich nicht angekündigt?«

Damit ihr keine Vorsichtsmaßnahmen treffen könnt.

»Sollte eine Überraschung werden.«

Jetzt sagt er, wie jeder darauf: »Na, die ist dir gelungen. Die ist dir gründlich gelungen.« Er tritt zur Seite und zeigt Richtung Flur.

Ich sage noch schnell: »Das ist Marie, eine Freundin, die mich auf der Reise begleitet.«

Er schüttelt ihre Hand und sagt: »Herzlich willkommen.« Er macht hinter uns die Tür zu. Ich muss erst mal die Lage checken, wie viel Leute sind im Haus und so. Er ruft in das Innere des Hauses: »Christine ist hier und hat eine Freundin mitgebracht.«

Ich sehe auf Maries Gesicht, dass sie sich über die Bezeichnung »Freundin« sehr freut. Klingt so schön offiziell, was?

Er überholt uns in dem langen Flur, bisschen umständlich, der Alte. Wer weiß, welches Zusammentreffen er verhindern will. Irgendwas läuft doch hier.

Jetzt sehe ich erst, dass er schwer humpelt. Bestimmt ist das seine kaputte Hüfte, die noch schlimmer geworden ist. Er hatte mal einen Autounfall, Hüfte gebrochen, und die ist damals schief zusammengewachsen, so hat man mir das jedenfalls früher kindgerecht erzählt. Wahrscheinlich ist alles, was mir als Kind erzählt wurde, nicht richtig.

Erwachsene versuchen doch immer, Kinder vor der schrecklichen, harten Wahrheit zu beschützen, aber was sie nicht machen, ist nachher, wenn das Kind Teenager ist, alles noch mal in richtig zu erzählen. Egal jetzt. Alles egal. Schön. Alles ist jetzt egal, es geht nur noch darum, das jetzt hier zu beenden, dann Ruhe und fertig. Einatmen, langsam, und ruhig ausatmen, wie Diane, die Göttin der Jagd, kurz vorm Abschuss.

Mein Vater betritt eine große Wohnküche, dort sitzt völlig verdattert meine Mutter und guckt uns etwas irre an. Ja ja, Überraschung! Mein Vater zuckt mit den Schultern. Aber die haben mich doch auch auf dieser beschissenen Postkarte eingeladen, was ist jetzt los mit denen?

Jetzt versteh ich's. Die Einladung war nur alibimäßig, sie wollten gar nicht, dass ich wirklich komme. Das muss es sein, warum sie sich so komisch angucken. Oder strahle ich aus, was ich vorhabe? Meine Mutter ist auch extrem gealtert. Wenn man seine eigene Mutter anschaut, ekelt man sich richtig, auch schon vor seinem eigenen Altern. Meine Mutter hat für ihr Alter viel zu lange Haare, sie trägt ein T-Shirt, das die kompletten alten Arme herzeigt. Ihre Oberarme sind dick und sehen sehr weichwabbelig und hängend aus. Stört mich sonst nicht so, das schlechte Aussehen von Alten. Aber bei meiner Mutter macht es mich fuchsteufelswild. Es stößt mich richtig ab, schlimmer als ein Unfall oder so was, wo jemandem die Gedärme aus dem Bauch hängen oder das Gehirn freigelegt wurde und Hirnflüssigkeit raustropft. Ihre Taille ist weg, ihr Oberköper ist ein Kastenbrot geworden, die normale Stellung des Mundes, die der Mund immer einnimmt, wenn sie alleine ist, kann man an den tiefen Furchen neben dem Mund erkennen, sie verlaufen abwärts. Sie hat ein Doppelkinn, nicht vom Fett, sondern von herabhängender Haut. Keine Ahnung, was man dagegen machen kann, gibt es Anti-Doppelkinn-Übungen? Hab noch nie davon gehört, müsste es aber eigentlich geben. Es gibt doch nichts, was es nicht gibt, sagt man immer, vielleicht bei YouTube.

Wusste ich doch, dass das Wiedersehen erschreckend wird für mich. Das ist der Nachteil an lange nicht sehen.

»Oh«, sagt meine Mutter mit ihrer unnatürlich hohen Fake-Stimme. »Das ist aber schön, dass du gekommen bist. Warum hast du nicht Bescheid gesagt, dann hätt ich mein berühmtes Curry gemacht.« Berühmt. In unserer Familie vielleicht, weil du das ständig behauptest. Immer viel zu viel Kokosmilch und Zucker drin in dem Curry. Es gab ja kein Entkommen vor dem Essen meiner Mutter damals. Berühmt, ts!

Marie und ich setzen uns zu meiner Mutter an den Tisch. Meine Mutter macht so ein trauriges, bedauerndes Gesicht. Sie spricht mich direkt an: »Du bist wegen der Nachricht auf der Postkarte so schnell hierhergekommen?«

»Ja«, sage ich und lächel. Irgendwie find ich's doch ein ganz kleines bisschen rührend, dass sie wieder zusammen sind. Ich erlaube mir aber nicht zu viele Glücksgefühle.

»Dein Vater hat schon versucht, mich dran zu hindern, sie abzuschicken, weil wir noch so viel zwischen uns zu klären hatten. Zu klären haben.«

Achtung, Christine, sie nimmt Anlauf für eine weitere Kinderenttäuschung. Oh, das kennst du nur zu gut von deiner Mutter, das Schlimmste ist ja noch, dass sie Mitleid hat. Das kriegt die ja wohl voll zurück! Ja, vielleicht mach ich irgend so ein Fetischding mit meiner Mutter. Wie bei den Prostituierten, die ihrem Freier für Geld auf den Bauch kacken müssen, das stelle ich mir bei meinen Beklemmungen natürlich extrem anstrengend bis fast gar nicht möglich vor. Wie soll man da was rausgedrückt bekommen, wenn einer zuhört und ja nicht nur zuhört, sondern da drunter sitzt und praktisch da reinguckt, wo es rauskommt. Krass. Oder noch besser: fesseln, foltern, vergewaltigen, mit Gegenständen wie bei diesem schlimmen Video, wo dem Gaddafi das zugefügt wird, als alles in Libyen auseinanderbricht. Kann man das überhaupt sagen? Eigentlich war ja schon alles zu seiner Regierungszeit auseinandergebrochen. Jedenfalls haben die dem da einen dicken Stock, fast schon einen Prügel, DURCH DIE HOSE gerammt, um ihn anal zu vergewaltigen mit dem Stock. Fucking erniedrigend! Echt! Diese Bilder im Kopf gehen ja nie wieder weg. In einem schwarzen Fotoalbum mit 'nem silbernen Knopf bewahre ich alle diese Bilder im Kopf. So was Ähnliches schwebt mir vor für meine Mutter jetzt. Und wenn sich Marie auf die Brust der Mutter hockt und da einen Haufen hinsetzt, perfekt!

Sie sagt ab, ich weiß es ganz genau. Mein Körper wird schwer, der Lebenssaft weicht mir aus allen Poren, es drückt auf meine Brust, alles schwer, ich kann nicht atmen. Wie sie schon so oft alles abgesagt hat. Wechselbalg! Ich habe das Gefühl, ich krieg Durchfall und muss pinkeln gleichzeitig.

»Und er hatte recht. Ich hab dir zu früh Bescheid gesagt, Schatz, wir kommen da nicht zusammen. Um es mal salopp zu formulieren. Haha.« Ihr nervöses Lachen.

War klar. Jeder Funken Hoffnung ist in dieser Familie ein Witz.

Ganz langsam und leise sage ich: »Ich muss mal kurz ins Bad.«

Okay, ich geb's zu, jetzt kann ich's ja zugeben, ich hatte noch eine kleine Hoffnung für Mila, nicht für Jörg, dass ich das alles nicht mache, ich hatte die Hoffnung, dass mich vielleicht noch was stoppt. Ich stehe wie in Zeitlupe auf. Es gibt doch Zeitlupe in echt! Ich rate einfach, wo die Toilette ist, mache eine Tür auf,

Schlafzimmer, das Elternschlafzimmer, ekelhaft, es riecht nach Talg und Süße, schließe die Tür, versuche die daneben. Bingo: Ich schließe doppelt hinter mir ab. Ich müsste eigentlich kacken, alles rausscheißen, das Gift, die Trauer, die Wut. Ich beschließe aber, das alles drinzulassen für das, was folgt. Ich setze mich auf den geschlossenen Klodeckel, stütze meine Stirn auf die Hände, die Ellenbogen auf die Oberschenkel, und sage zu mir selbst, laut: »Du gehst jetzt da raus, Christine, und rockst die Scheiße aus der Schaukel!« Ich muss lachen, und Tränen laufen über meine Wangen.

Ich liebe es, wenn man einen Plan hat, genau weiß, was zu tun ist. Ist so selten in meinem Leben gewesen. Ich bleibe noch einen Augenblick sitzen. Die Vorfreude ist die schönste Freude. Ich sitze da und stelle mir vor, wie ich rausgehe.

Meine Mutter fragt grad Marie: »Wie habt ihr euch kennengelernt?«

»Ich habe einen Zettel ...«

Ich unterbreche sie.

»Ist doch scheißegal, wie wir uns kennengelernt haben.«

Okay, Stimmung kippt, damit zwinge ich mich selbst zur Eskalation. Es gibt nur einen Weg, Christine, ZIEH ES DURCH: Vater und Mutter wirken beunruhigt. Weiß der Geier, was die denken, was hier gleich passiert.

Ich sprech meinen Vater an: »Kannst du uns einen Tee machen?«

»Tee? Klar. Tee. Mach ich euch.«

Ich brauche ihn von hinten, er ist doch größer und stärker, als ich mir das so in meinen Plänen vorgestellt habe. Von hinten und mit dem Hüftschaden schaffe ich das. Ist doch richtig, ihn zuerst? Ja, ich glaube ja, dann kann er nicht Mutter verteidigen, und alles geht in die Binsen. Was sind Binsen überhaupt? Das finde ich auch niemals raus, jetzt.

Marie streichelt meinen Arm, ich glaub, sie denkt, ich bin nervös vor der Versöhnung. Haha.

»Christine, komm, setz dich. Geht's dir gut?«

Ich zischel sie an: »Ich will nicht sitzen, und du stellst dich auch wieder hin.«

Mein Vater humpelt zur Anrichte, ich hinterher. Ich spüre einen schönen Adrenalinkick, da kann man besser denken, ganz klar und scharf, er macht sich zu schaffen am Kessel und Gasherd. Ich öffne leise eine Schublade nach der anderen und suche die Messer. Wär jetzt besser, ich würde mich auskennen. Nützt nix, viel Adrenalin und klares Denken, wenn man nicht weiß, wo die Messerschublade ist.

Vater bemerkt, dass ich wühle. Er fragt: »Was suchst du wieder?«

Wie ich dieses »wieder« hasse. Ich gelte in meiner Familie als Tolpatsch und Sachenverbummler.

Achtung, Dreistigkeit siegt: »Ich brauch ein Messer ...«

»Im Messerblock stecken alle Messer, die wir haben.« Ist der doof?

Mein Blick schweift über die dunkle Siebzigerjahre-Arbeitsfläche. Da steht der Block, klobig und aus rustikalem Holz, schön, wie es meine Eltern mögen, mit vielen Astlöchern drin. Die nehmen immer das Holz, das keiner mehr will, und machen da was draus. Ich atme einmal tief ein, mache die Augen zu, und gaaanz langsam alles ausatmen, wie Katniss Dingsbums kurz vorm Abschuss ihres Pfeils. Hiernach gibt es kein Zurück mehr, kein Leben mehr danach, keine Chance, mittendrin abzubrechen. Wenn ich jetzt zusteche, bringe ich das ganze Ding hundertprozentig zu Ende. Ich öffne meine Augen, muss ganz leicht lächeln vor Glück, weil es so schön ist, einen richtigen Plan zu haben. Toll!

Ich schaue rüber zu Mutter, zu Marie, sie unterhalten sich, ich kann nicht verstehen, worüber. Mein Vater geht vom Herd weg, humpelt an mir vorbei, ich greife zum Messerblock, habe mir das Filetiermesser ausgesucht, dünn und scharf, drehe mich schnell um, damit ich ihn noch in der Küche erwische, und schiebe die Klinge, so feste ich kann, in den unteren Rücken. Die Klinge geht bei Weitem nicht so tief rein, wie ich mir das wünsche, irgendwas ist innen und blockt die Klinge. Oder geht das Messer innen in einer Kurve nach oben, weil die Klinge gebogen ist? Vater schreit auf, greift mit beiden Händen hinten an seinen Rücken und bekommt das Messer zu packen. Ich ziehe es schnell raus für einen neuen Versuch und schneide tief in alle seine Finger. Er holt seine Hände nach vorne und guckt sich nah am Gesicht die zerschnittenen Finger an. Ich höre Mutter am Esstisch schreien, sie stürzt auf uns zu. Aber Marie hält sie fest. Na also. Geht doch. Sie hat's ohne Anweisung und von sich aus gerafft, sie hilft. Schön.

Mein Vater dreht mir jetzt nicht mehr ganz sauber den Rücken zu, ich stecke die Klinge seitlich in die Taille und hoffe dort auf weniger Widerstand von innen, scheiß Knochen oder Rippen oder was das war. Das geht sehr gut. Na also. Ich zieh raus und etwas mittiger noch mal rein. Ist aber trotzdem nicht ganz leicht, alleine durch die Spannung der Hautoberfläche durchzukommen. Der nächste Stich bleibt drin, und um etwas mehr Schaden anzurichten, kippe ich den Griff des Messers nach oben und unten, ich lege mich mit dem ganzen Gewicht von oben auf den Griff, wie beim Turnen früher am Reck. Mein Vater hat jetzt wieder aufgehört zu schreien und zu wimmern, er ist jetzt still geworden. In Zeitlupe rutscht er langsam mit dem Rücken am Küchenschrank runter und guckt mich mit so einem irren Blick an. Tja, blöd, ne, Papa, wenn man weiß, dass man gleich stirbt. Stell ich mir richtig angsteinflößend vor.

Ja, und so guckt der auch. Ich beobachte ihn noch ein paar Sekunden, dass er ja nicht wieder aufstehen kann und den weiteren Ablauf stört. Ich gehe durch die schwingende Cowboysaloontür zu den Ladys ins Esszimmmer. Marie sitzt krasserweise auf meiner Mutter, ich glaube, sie denkt, dass sie grad Polizeigriff macht bei ihr. Ich meine, so geht der nicht, aber ich will nicht kleinlich sein. Immerhin hat sie praktisch ohne Kommando, einfach durch seelische Verbindung, oder wie soll ich das nennen, meine Partei ergriffen, ich meine, die Initiative ergriffen, und zwar die richtige. Sie ist auf meiner Seite. Das sagt sich gut. Oh Mann, was ist in meinem Kopf los? Doch aufgeregt, was, Christine? Ich meine, ist ja auch eine große Sache, gleich habe ich keine Eltern mehr. Nur noch kurz konzentrieren. Und hart sein. Durchziehen, verwirkliche deinen Traum, Christine, los, reiß dich am Riemen.

Ich stelle mich ganz nah an den Kopf meiner Mutter, Marie guckt mich komisch an, sie weiß selber nicht, wie ihr geschieht. Aber sie handelt richtig. Gott sei Dank, es klappt tatsächlich. All das Pampern und Beschenken und Verständnis und Gefinger und die Clutch natürlich! Der Plan geht auf.

Mutter versucht sich die ganze Zeit zu befreien, aber keine Chance mit Marie auf ihrem Rücken und den Armen verdreht. Ich stelle mich so nah an den Kopf meiner Mutter, dass ich mit der Fußspitze auf ihre Lippen trete. Ich verlager das Gewicht nach vorne und kneife ihre Lippe feste mit Fußspitze und Boden zusammen, sie quiekt wie ein Schweinchen.

»Was machen wir jetzt?«, fragt Marie.

Ich laufe zurück zum Vater und hole das Messer aus ihm raus, beim Rausziehen schreit er noch mal auf aus seiner Schmerzohnmacht. Könnte mir vorstellen, dass rein wie raus genau gleich wehtut. Beim Rausziehen verliert er erst richtig Blut, das Messer war vorher der Stopfen der Wunde.

Zurück bei meiner Mutter knie ich mich neben ihren Kopf, sie dreht ihn weg, Marie dreht ihn wieder zu mir, und ich packe all ihre Haare, packe sie zu einem ordentlichen Zopf mit der linken Hand und schneide ihr in sägenden Bewegungen die für ihr Alter viel zu langen Haare ab. Ich komme mit der Klinge immer näher an die Kopfhaut, die Klinge rutscht an den Haaren ab, bis ich nur noch die Wurzeln aus der Kopfhaut abschneiden kann. Ich halte einen Zopf langer graublonder Haare mit einem baumelnden Stück Kopfhaut in der Hand. Ich komme mir ein bisschen vor wie in so einem Eingeborenenfilm. Sowieso schon die ganze Zeit. Die Eingeborene. Ja, ich wurde in diese Familie reingeboren. Wer träumt nicht manchmal davon, seine Eltern zu töten? Ich lege den Zopf vor die Augen meiner Mutter auf den Boden, hole ganz weit aus mit dem Messer und ramme es ihr in den Arsch. Ich treffe nicht die Mitte wie geplant, eher den inneren Rand der Pobacke, und das Messer rutscht dann ab, Richtung Poloch. So war das gar nicht gemeint. Ich wollte einfach nur wissen, wie sich der Speck unter dem Messer anfühlt. Jetzt hab ich das Poloch sicher zerschnitten. Egal, braucht sie nicht mehr, sie bäumt sich vor Schmerzen auf, wirft Marie fast wie ein bockendes Pferd von sich runter, ich helfe Marie, sie zu fixieren. Mutter schreit laut um Hilfe, und ich höre wieder, wie Vater in der Küche wimmert. Die nächsten Nachbarn sind weit weg. Marie schreit über Mutters Geschrei drüber: »Stopf ihr was ins Maul!«

Muss man sich denn direkt so barbarisch ausdrücken? Was ist denn mit Marie los? Aber recht hat sie. Ich schaue mich um in dem Haus, in dem ich niemals vorher war. Draußen, das kann ich durch die große schöne Scheibe sehen, liegen Reihen von frisch gemähtem Gras. Das in den Mund? Oder was ist mit Sachen in der Küche? Ein altes weiches Brötchen? Gibt's überhaupt Brötchen in Spanien oder nur Patatas Bravas zum Frühstück? Ich laufe erst zur Wohnzimmerscheibe, fuchse mir aus, wie sich die Tür öffnet, ist wahrscheinlich deutsche Handwerkskunst, wie ich meinen Vater kenne, so ein riesiger Schalthebel, dann kann man die ganze Fensterfront aufschieben. Ich liebe so Fenster. Wenn es warm ist draußen, sitzt man drinnen wie draußen. Richtiger Luxus.

So, was wollte ich jetzt eigentlich? Ja, eine Handvoll Gras holen für den Mund meiner Mutter. Löcher sind zum Stopfen da. Stimmt. Ich trippel leichtfüßig, gut gelaunt auf die Natursteinterrasse, auf den frisch gekürzten Rasen. Schnappe mir mit beiden Händen so viel Gras, wie ich greifen kann, laufe zurück und verstreue extra etwas im Wohnzimmer. Marie beobachtet mich bei meinen merkwürdigen Aktionen, sagt aber nichts. Ich hocke mich neben Mutter, sage ihr, sie soll den Mund öffnen. Sie dreht sich weg, ich drehe sie feste wieder zurück und pule mit meinen Fingern in den Mund rein.

Sie presst die Lippen zusammen und den Kiefer, ich kann es an der Kiefermuskulatur fühlen. Ich habe fast einen Finger drin, sie beißt rein. Das schmerzt extrem. Ich ziehe raus, und sie beißt dabei weiter zu. Meine eigene Mutter! Mit dieser Handlung hat sie mir sehr tief Haut und Fleisch vom Finger abgeschabt, weil ich sehr feste rausgezogen habe und sie mit den Eck- und Schneidezähnen feste zugebissen hat. Ich lege das Gras neben ihr hin, Marie scheint sich langsam zu langweilen auf dem Rücken meiner Mutter, ich gehe in die Küche und suche nach altem Brot. Ich muss versuchen, ruhig zu bleiben, sonst schaff ich das hier nicht. Sie hat mir sehr wehgetan am Finger, aber das wird wahrscheinlich nicht die einzige Verletzung sein, die ich heute davontrage.

Wo bewahrt man Brot auf? Ich stehe ratlos in der Küche, versuche mich einerseits auf die Suche zu konzentrieren und andererseits auf eine ruhige Atmung, ich lutsche an meinem Finger und tue mir selber etwas leid, ich will's aber mit dem Selbstmitleid auch nicht übertreiben und feuer mich im Kopf selber an, über mich hinauszuwachsen. Über dem großen Kühlschrank sehe ich so einen Schrank, der nach oben aufklappt. Warum auch immer, aber ich habe das Gefühl, da tun normale Menschen ihr Brot rein. Ich gehe hin, stelle mich auf die Zehenspitzen, klappe die Tür hoch, sie rastet im Zickzackhalter ein, und, tadaaa, da ist das ganze olle Brot. Und ich hab ein Glück: eine Packung schlimme amerikanische weiße Hamburgerbrötchen. Ich komme mit Zeige- und Mittelfingerspitzen an den letzten Zipfel dieser Packung und zieh sie raus. Das andere Brot fällt dabei auf meinen Kopf. Gut, sieht nicht so cool aus, aber hey, wen interessiert's hier in so einer Situation? Keinen! Papa, ich schaue zu ihm hin und wundere mich, wie selten ich ihn liegend gesehen habe im Leben, ist eh ohnmächtig, Mutter sieht nichts, weil sie hinter der Theke liegt, und Marie kichert kurz, da wird sie sehen, was sie davon hat, gleich. Ich reiße die Packung auf, werfe den Plastikmüll auf den Kopf meines Vaters, ganz schön schlechtes Benehmen, Christine!

So, jetzt muss ich etwas finden, wo ich sicher bin, dass es in dieser Küche existiert. Einen Austernöffnungsstahlkettenhandschuh. Nur wo? Ich reiße alle Schubladen auf und lasse sie offen, hier wird jetzt nicht mehr irgendwas ordentlich zugemacht oder weggeräumt. FEIERABEND! In der dritten und letzten Schublade von allen liegt der Handschuh. So eine Art Kettenhandschuh, der die Hand schützt, falls man bei Austernöffnungen mit dem Messer ausrutscht, dann kann man sich die andere Hand eben nicht verletzen, wenn man den Handschuh trägt. Perfekt für meine Zwecke jetzt! Und jogge rüber zu Marie, ich nehme das Gras in die linke Hand, ziehe den Handschuh auf die rechte Hand und drücke total feste mit meinen Fingernägeln in die Nasenlöcher meiner Mutter, an den Fingerspitzen spüre ich Schleimhaut reißen. In einer Serie kam mal vor, wie Polizisten es machen, dass Menschen Klammergriffe lösen oder den Mund öffnen. Sie stöhnt auf und macht, wie geplant, den Mund weit auf, ich stecke die Handschuhhand in den Mund, mit der ganzen Faust rein. Jetzt ist der Kiefer so weit aufgesperrt, dass sie mich unmöglich beißen oder verletzen kann. Mit der andern Hand stopfe ich so viel Gras, wie es nur geht, in den Mund und das Brötchen hinterher, das bröselt dabei etwas auseinander, aber größere Brösel auf dem Boden hebe ich noch auf und stopfe sie hinterher. So. Jetzt ist mal Ruhe hier.

»Warte mal kurz, ich such was zum Fesseln von den Handgelenken«, sage ich zu Marie, damit sie schön da obendrauf sitzen bleibt. Oh Mann, ist das anstrengend, immer dieses Rumlaufen und Sachensuchen, aber gut, Christine, selber schuld, du hättest auch Werkzeug mitbringen können. Aber wolltest du ja nicht, damit Marie bis kurz vor Schluss keinen Verdacht schöpft. Also jetzt, was nehm ich zum Fesseln? Bademantelgürtel?

Gaffa? Paketschnur? Was ist denn mit diesen Plastikratschen, wie heißen die noch mal? Die man zum Pflanzenanbinden zweckentfremdet? Kabelbinder. Genau! Wo ist das in einem Haushalt? In der Garage. Und wem gehört immer die Garage? Dem Mann. Also, ab in Papas Garage. Wir standen ja grad vor dem Haus. Hat mein Gehirn abgespeichert, welche Seite des Hauses die Garage ist? Leider nicht. Also laufe ich schnell, lasse die Haustür offen stehen, oh Gott, wenn ich mich jetzt ausschließen würde wie zu Hause so oft, müsste man auch mal überlegen, was das tiefenpsychologisch aussagt, wenn jemand sich so oft ausschließt wie ich, vielleicht will der einfach nicht in dem Haus sein! Dann müsste Marie von Mutter aufstehen, und dann läuft die weg, durch die Terrassentür, und schreit um Hilfe, nachdem sie sich von den Knebeln befreit hat. Bloß nicht. Dann macht die uns hier die coole Party kaputt.

Garage ist links vom Haus. Wirklich nicht gesehen vorher, wahrscheinlich wegen der Aufregung. Macht man ja nicht alle Tage, so was.

Das Garagentor ist zum Glück nicht abgeschlossen, ich hebe es ein Stück an, schlüpfe unten durch mit so einer *Mission-Impossible*-Kämpferrolle. Und bin nun in einem stockfinsteren Raum, Augen gewöhnen sich, warte noch ... und kann was erkennen. Ein bisschen was. Ganz hinten im Raum ist ein seitlicher Eingang, da ist der Lichtschalter.

Jetzt ist das ordentliche Refugium meines Vaters zu sehen, er hat wahrscheinlich, wie ich ihn kenne, seine Garage in Deutschland fotografiert und hundertprozentig nachgebaut, damit er sich an keine neue Ordnung gewöhnen muss. Sieht wirklich so aus. Darum weiß ich auch sofort von früher, wo die Kabelbinder sind. Haha. Er hat sich mit seiner penetranten Ordnung sein eigenes Grab geschaufelt.

Er hat so gestapelte, durchsichtige Kisten mit Schubladen, da sind immer die Binder drin. Wie viel brauch ich? Hände Füße Mutter, Hände Füße Vater und für später Hände Füße Marie, aber bis dahin muss ich das natürlich verstecken. Sonst rafft die noch was. Mann, bin ich raffiniert.

Also sechs reichen. Gaffa unter der Werkbank in der Schublade. Will der mich verarschen, es ist auch tatsächlich genau die gleiche Werkbank oder dieselbe, was weiß ich!

Ich schnapp mir noch einen Teppichschneider, mehr fällt mir jetzt auch nicht ein, was ich drinnen gebrauchen könnte. Kann ja auch immer wieder hier rein, läuft ja nicht weg, Vaters Garage. Jetzt geh ich mal einen anderen Weg, ich mach mal nicht so viel Stress und werde immer schneller, ich gehe mal durch die seitliche Tür aus der Garage raus, ganz genüsslich und langsam, und lande auf der Terrasse hinterm Haus. Marie hat die Bewegung durch die Scheibe schon gesehen, sehr alert, das Mädchen heute, top!, muss das Adrenalin sein, und strahlt mich an, als ich reinkomme.

»Komm schnell, die zappelt hier rum wie verrückt«, sagt sie.

Ich schwebe langsam zu ihr, lasse mich nicht unter Druck setzen hier und reiche ihr einen Kabelbinder, sie legt ihn um, braucht einige Zeit, um das Ende durch die Öse zu kriegen, ich werde langsam nervös, wie lange das dauert, scheint für Ungeübte schwierig. Wie lange soll das denn noch dauern? Sie schafft's nicht. Ich knie mich dazu und helfe ihr, das dumme kleine Fummelding durch das Loch zu stecken. Meine Mutter haut immer ihren Kopf gegen meine Hand und macht es uns so nicht gerade leichter. Endlich ist es gegen jeden Widerstand durchgefummelt, und ich ratsche es so fest, wie es geht, ihre alte Haut wirft Falten am Kabelbinder, sieht aus wie eine Galapagos-Echse. Muss richtig fest sein, soll nicht rauskommen, nie wieder.

Marie macht sich an den Füßen zu schaffen, ich sage: »Warte, sonst kriegen wir sie nicht ausgezogen.«

Sie guckt mich irritiert an, mir egal, ist meine Mutter, ich kann mit ihr machen, was ich will, jetzt, ich ziehe ihr also die enge Jeans über den Po aus und dann die Bauch-weg-Unterhose runter, hat eh nicht viel geholfen. Ich breche mir einen Nagel ab, die sitzt aber auch eng. Marie stellt sich etwas abseits und verschränkt die Arme vor der Brust, internationales Zeichen für Distanziertheit oder Ablehnung. Mir egal. Es muss weitergehen.

Mein Vater kommt wieder zu Bewusstsein und muckt auf. Ich laufe zu ihm hin, ich will, dass es hier leise ist, wenn es zu laut wird, werde ich nervös, ich suche die Arbeitsfläche ab nach einem geeigneten Instrument. Ich öffne alle Schubladen und finde Schaschlikspieße aus Metal, schön angespitzt. Perfekt. Ich ziehe ihn an den Beinen nach hinten, damit er flach auf dem Rücken liegt. Ich setze mich auf seinen Brustkorb, fühle mit der linken Hand genau die Lücken zwischen den Rippen auf seiner linken Seite und rate, wo sein Herz ist. Ich finde eine schöne Lücke, setze die Spitze des Spießes auf die Lücke, gehe mit beiden Händen auf den Stahlkreis oben am Spieß, nehme die ganze Kraft meines Körpers in die Bewegung und häng mich da richtig rein. Papa bäumt sich auf, es sprudelt aus dem Loch, und ich steche da ganz oft rein, wechsle manchmal den Winkel, dass ich auch so viele Löcher wie möglich in das Herz steche. Er ist still. Für immer. Nie wieder ein vergessener Geburtstag, denke ich.

Ich bleibe auf ihm sitzen, betrachte das viele Rot und sage zu Marie: »Geh in die Garage, schraub von dem Damenfahrrad da drin den Sattel ab und bring ihn mit. Und such bitte im Badezimmer den Rasierer. Ich brauch keinen Schaum.«

Sie steht auf und macht, was ich ihr sage. Läuft!

Es klopft an der Badezimmertür.

»Alles klar da drin, mein Baby?«

Es ist meine Mutter. Wie lange sitze ich schon hier und male mir diesen guten Plan aus?

Ich antworte nicht. Nie mehr. Ich atme einmal zischend laut aus, erhebe mich vom Klo und gehe zur Tür. Mit der linken Hand packe ich die Türklinke, mit der rechten den Schlüssel. Ich drehe den Schlüssel zweimal rum, das ist laut. Ich hebe die linke Hand und schlage von oben auf die Türklinke, die Tür springt auf.

Goldenes Licht scheint mir in die Augen.

# »Der Beginn einer neuen sexuellen Revolution.«

Stern

*Cover- und Preisänderungen vorbehalten

*Hier reinlesen!*

Charlotte Roche

**Schoßgebete**

Roman

Piper, 288 Seiten
€ 16,99 [D], € 17,50 [A]*
ISBN 978-3-492-05420-1

Sie liegt immer auf der Lauer, ist immer kontrolliert, immer aufs Schlimmste gefasst. Nur beim Sex ist Elizabeth Kiehl plötzlich frei, nichts ist ihr peinlich. Dann vergisst sie alle Pflichten und Probleme. Und hat nur ein Ziel vor Augen – mit der Liebe ihres Lebens für immer zusammenzubleiben.

»Schoßgebete« erzählt von Ehe und Familie wie kein Roman zuvor. Radikal offen, selbstbewusst und voller grimmigem Humor ist es die Geschichte einer so unerschrockenen wie verletzlichen jungen Frau.

PIPER

Leseproben, E-Books und mehr unter www.piper.de